Sir Arthur Conan Doyle

LES AVENTURES DU BRIGADIER GERARD

Sir Arthur Conan Doyle

LES AVENTURES DU BRIGADIER GERARD

Traductions de Louis Labat

© 2019, AOJB

Edition : BoD – Books on Demand,
12/14 rond-point des Champs-Elysées, 75008 Paris.
Impression : BoD - Books on Demand, Norderstedt, Allemagne

ISBN : *978-2-322081202*

Dépôt légal : juin 2019

SOMMAIRE

I comment le brigadier perdit une oreille..........................7

II comment le brigadier prit Saragosse 27

IV comment le brigadier sauva une armée...................61

V comment le brigadier triompha en Angleterre 83

VI comment le brigadier se rendit à Minsk................. 101

VII comment le brigadier se conduisit à Waterloo..... 121

VIII la dernière aventure du brigadier 157

AVANT-PROPOS DU TRADUCTEUR

On a beaucoup lu en France Les Exploits du Colonel Gérard : c'est un des meilleurs livres de Conan Doyle. Mais il n'épuisait pas la matière. Les Aventures du Brigadier Gérard, dont il n'existait pas jusqu'ici de traduction française, complètent les mémoires parlés du jeune officier de l'Empire que la Restauration avait mis à la demi-solde et qui devait traîner longtemps le poids d'une vie inactive, car nous le voyons encore en 1854, au moment de la guerre de Crimée, évoquer, dans un café, devant le cercle habituel de ses auditeurs, les jours de son héroïque jeunesse. Il convient de se rappeler le personnage : Gascon, naïvement infatué de ses avantages, moins doué d'intelligence que d'initiative et de sens commun que de décision, embellissant volontiers une réalité déjà belle, cavalier infatigable, sabreur sans pareil, brave jusqu'à la folie, galant, gai, dévoué, fidèle, généreux et jusqu'en ses défauts, parfaitement aimable. On admirera ici, chez Conan Doyle, non seulement la connaissance approfondie des choses et des gens dont il parle, mais la sûreté avec laquelle il met à profit les matériaux que lui fournissait l'époque napoléonienne, si riche, comme il l'a dit lui-même, en documents humains et pittoresques.

I

COMMENT LE BRIGADIER PERDIT UNE OREILLE

C'est au café que le vieux brigadier contait ses histoires.

J'ai vu bien des cités, mes amis, je ne saurais vous dire toutes celles où j'entrai en vainqueur, suivi de mes huit cents petits bougres tintants et cliquetants. La cavalerie marchait en tête de la Grande Armée, les hussards de Conflans marchaient en tête de la cavalerie, je marchais en tête des hussards de Conflans. Des innombrables villes qui reçurent ma visite, Venise est la plus mal bâtie et la plus ridicule. Comment les gens de l'état-major imaginèrent-ils que la cavalerie y pourrait manœuvrer ? Murat ou Lasalle eux-mêmes eussent été bien empêchés d'y amener un escadron. Nous laissâmes donc à Padoue, qui est en terre ferme, la brigade lourde de Kellermann et ses hussards. Mais Suchet, avec l'infanterie, occupa Venise. Il m'avait choisi pour son aide de camp, étant fort satisfait de moi à propos de certaine affaire où j'avais heureusement soutenu contre un maître d'armes de Milan l'honneur de l'escrime française. L'homme, tireur habile, méritait une leçon ; car si l'on n'apprécie pas une cantatrice, on a toujours la ressource de se taire, et c'est une chose intolérable qu'un affront public infligé à une jolie femme. J'eus pour moi, dans la circonstance, toutes les sympathies ; de sorte que, l'affaire une fois étouffée et la veuve pourvue d'une pension, Suchet m'appela près de lui. C'est ainsi que je le suivis à Venise, où j'eus l'étrange aventure que je vais vous conter.

Vous ne connaissez pas Venise ? Non, sans doute, car les Français voyagent peu. Nous étions de grands voyageurs en ce temps-là. Nous avions couru partout, de Moscou au Caire, plus nombreux, il est vrai, que ne l'auraient souhaité ceux que nous visitions ; et nos canonniers portaient nos passeports dans leurs avant-trains. Ce sera pour l'Europe un mauvais jour que celui où les Français se remettront à voyager. Car ils n'abandonnent pas facilement leurs foyers, et, lorsqu'ils s'y décident, on ne sait jamais où ils iront, pour peu qu'ils aient un guide comme celui qui nous montrait la route. Hélas ! les grands

I – Comment le brigadier perdit une oreille

hommes sont morts, et me voilà, moi, le dernier d'entre eux, buvant le vin de Suresnes dans un café, en ressassant de vieilles histoires.

Je vous disais donc que nous étions à Venise. Les gens vivent là comme des rats d'eau sur un banc de vase. Mais les maisons y sont très belles ; les églises, Saint-Marc en particulier, des plus imposantes ; quant aux tableaux et aux statues, l'Europe n'en a pas de plus célèbres, c'est de quoi surtout les Vénitiens s'enorgueillissent. Beaucoup de soldats se figurent qu'ayant pour métier de faire la guerre ils ne doivent rêver que combats et butin. Tel était, par exemple, le vieux Bouvet, qui fut tué par les Prussiens le jour où je reçus ma croix des mains de l'Empereur. Tiré de la tente ou de la cantine, si vous lui parliez de littérature ou d'art, il vous regardait d'un air ébahi. Le soldat supérieur est celui qui, comme moi, sait comprendre les choses de l'esprit et de l'âme. Sans doute j'étais fort jeune quand j'entrai dans l'armée, et le maréchal des logis fut mon seul maître d'école, mais on ne peut manquer de s'instruire quand on promène à travers le monde des yeux bien ouverts.

Ainsi j'admirai les peintures de Venise sans ignorer les noms du Titien et des autres grands artistes dont elles sont l'œuvre. On ne saurait nier que Napoléon les admirât lui aussi, car son premier soin, après l'occupation de la ville, fut de les envoyer à Paris. Chacun de nous prit tout ce qu'il put prendre, et j'eus pour ma part deux tableaux. Je gardai l'un, qui s'appelait Nymphes surprises ; l'autre était une Sainte Barbara dont je fis présent à ma mère.

Il convient d'avouer toutefois qu'en ces questions de statues et de peintures certains des nôtres se comportèrent fort mal. Les Vénitiens avaient pour ces objets un attachement extrême, et ils chérissaient comme un père ses enfants les quatre chevaux de bronze qui surmontaient le portail de leur principale église. Je me tiens pour connaisseur en chevaux, j'avais attentivement regardé ceux-là, je ne vois pas qu'on dût en faire tant d'estime : trop massifs pour la cavalerie légère, ils ne l'étaient pas assez pour l'artillerie. Cependant c'étaient les quatre seuls chevaux, vivants ou morts, qu'il y eût dans toute la ville, et l'on ne pouvait s'y flatter d'en voir jamais de meilleurs. Leur départ fut pour les habitants un sujet d'amertume, et l'on repêcha, dans la nuit, dix cadavres de soldats français flottant sur les canaux. En manière de représailles on fit une nouvelle rafle de tableaux, sans compter que la troupe se mit à briser les statues et à tirer des coups de feu sur les vitraux des églises. La fureur du peuple ne connut plus de bornes, l'animosité contre nous gagna toute la ville. Un grand nombre d'officiers et d'hommes disparurent au cours de l'hiver, et jamais l'on ne retrouva leurs corps.

J'étais, quant à moi, trop occupé pour que le temps me durât. En règle générale, chaque fois que je me trouvais dans un pays nouveau, j'essayais d'en apprendre la langue. Je cherchais quelque dame qui eût la bonté de m'en instruire, après quoi nous la pratiquions ensemble. C'est le mode d'enseignement le plus intéressant, et je n'avais pas trente ans que je parlais déjà presque tous les idiomes de l'Europe. Je dois pourtant reconnaître que ce qu'on apprend ainsi n'est que de peu d'usage dans les circonstances ordinaires de l'existence. Moi, par exemple, j'avais surtout affaire aux soldats et aux paysans : que sert-il, je vous le demande, de savoir leur dire qu'on les aime et qu'on leur reviendra fidèlement sitôt la guerre finie ?

En aucun lieu je ne rencontrai une maîtresse de langue plus délicieuse qu'à Venise. De son prénom, elle s'appelait Lucie, et de son nom… Mais le nom d'une dame est chose qu'on oublie quand on est un galant homme. J'indiquerai simplement qu'elle appartenait à une des familles sénatoriales de Venise, son grand-père avait même exercé la charge de doge. Elle était d'une exquise beauté ; et quand je dis « exquise », moi, Étienne Gérard, je donne à ce mot tout son sens : j'ai du jugement, des souvenirs, des termes de comparaison.

Dans le nombre des femmes qui m'ont aimé, il n'y en a pas vingt à qui j'appliquerais une pareille épithète. Mais, je le répète, Lucie était exquise. Je ne me souviens pas d'une brune qui pût rivaliser avec elle, hormis Dolorès de Tolède. Cette Dolorès, dont le nom m'échappe, était une petite personne que j'aimai à Santarem, du temps où je servais sous Masséna. Elle était d'une beauté parfaite, mais n'avait ni la tournure ni la grâce de Lucie. Il y eut également Agnès, et je ne saurais donner le pas à l'une sur l'autre ; mais je ne commets point d'injustice en affirmant que Lucie allait de pair avec la plus belle.

C'est à propos de tableaux que je fis sa connaissance. Son père possédait, de l'autre côté du pont du Rialto, sur le grand canal, un palais si riche en peintures murales que Suchet envoya des sapeurs pour les enlever et les expédier à Paris. Je les accompagnai. Au moment où Lucie m'apparut tout en larmes, il me sembla que le plâtre allait se fendre si on le détachait du mur ; j'en fis l'observation et les sapeurs reçurent un contre-ordre. Après cela, devenu l'ami de la famille, combien de flacons de Chianti je débouchai avec le père ! Combien de douces leçons je pris

I – Comment le brigadier perdit une oreille

avec la fille ! Quelques-uns de nos officiers se marièrent cet hiver-là à Venise. J'aurais pu faire comme eux, car j'aimais Lucie de toute mon âme. Mais j'avais mon épée, mon cheval, mon régiment, ma mère, mon empereur et ma carrière. Un brave hussard peut toujours être amoureux, il n'y a point de place dans son cœur pour une épouse. Du moins, c'est ainsi que je pensais, mes amis. Je ne songeais guère, alors, à ces futures années de solitude où je languirais du désir d'étreindre encore tant de mains évanouies, où je détournerais la tête au spectacle de vieux camarades entourés de leur jeune famille. Je prenais l'amour pour un jeu, une amusette ; aujourd'hui seulement je comprends que c'est lui qui façonne une vie, qu'il n'est rien de plus solennel et de plus sacré. Merci, mes amis, merci : ce vin est excellent et une seconde bouteille ne fera de mal à personne.

Comment mon amour pour Lucie fut-il cause de l'une des plus terribles aventures qui m'échurent jamais ? Comment me coûta-t-il le sommet de l'oreille droite ? Vous m'avez souvent demandé pourquoi il me manquait, je vais vous le dire.

Suchet, à ce moment, avait son quartier général au palais du doge Dandolo, sur la lagune, non loin de la place Saint-Marc. L'hiver touchait à sa fin lorsque, une nuit, revenant du Théâtre Gondini, je trouvai chez moi un billet de Lucie. Elle avait des ennuis et me demandait en toute hâte. Une gondole m'attendait. Pour un soldat et un Français, il n'y avait, à cet appel, qu'une réponse. Je sautai immédiatement dans le bateau et le batelier poussa sur l'eau noire. Je me souviens qu'en allant m'asseoir je fus frappé par l'aspect de cet homme. Ce n'était pas la taille qu'il avait de remarquable, mais la carrure, l'une des plus extraordinaires que j'eusse vues de ma vie. Ces gondoliers de Venise sont de forte race, les beaux hommes ne manquent point parmi eux. Le mien prit place derrière mon siège et commença de ramer.

Un bon soldat, en pays ennemi, devrait toujours être sur le qui-vive ; si j'ai vécu assez pour avoir les cheveux gris, c'est que j'ai su fidèlement observer cette règle. Pourtant, cette nuit-là, je montrai l'insouciance d'un conscrit qui n'a peur que de paraître avoir peur. J'avais, dans ma précipitation, négligé de prendre mes pistolets. Je portais bien mon sabre, mais c'est souvent l'arme la moins commode. Étendu dans la gondole, je me laissais bercer par les molles ondulations du flot et le bruit régulier de la rame.

Nous nous dirigions à travers un dédale de petits canaux que bordait une double rangée de hautes maisons. Au-dessus de nous se découpait une mince bande de ciel pailletée d'étoiles ; çà et là, sur les ponts qui enjambaient le canal, brillait faiblement la lueur de quelque lampe à huile : parfois un rayon de lumière tombait d'une niche devant laquelle un cierge éclairait l'image d'un saint. Mais, à cela près, tout était noir, et je ne distinguais l'eau qu'à la blancheur du sillage dont l'écume s'arrondissait autour de notre longue proue obscure. Quel lieu et quel instant pour le rêve ! Je songeais à ma vie passée, aux grandes actions où j'avais été mêlé, aux chevaux que j'avais montés, aux femmes que j'avais aimées. Je pensais aussi à ma chère mère, j'imaginais sa joie quand elle entendait les gens du village commenter la gloire de son fils. À quoi ne pensais-je pas ? À l'Empereur, à la France, à la douce patrie ensoleillée, féconde en jolies filles et en fils valeureux. J'avais chaud dans le cœur en me rappelant à combien de lieues de ses frontières nous avions promené ses drapeaux. Je jurai de lui vouer ma vie. Je portai ma main à ma poitrine tout en faisant ce serment. Et dans le même instant, le gondolier m'assaillit par derrière.

Quand je dis qu'il m'assaillit, je me fais mal entendre ; en réalité, il tomba sur moi de tout son poids. Un gondolier, pour mener sa barque, se tient non seulement derrière vous, mais au-dessus ; de sorte que vous ne pouvez ni le voir, ni prévenir une pareille attaque. Le moment d'avant, j'étais tranquillement sur mon siège, l'âme remplie de sublimes résolutions ; le moment d'après, je me trouvais couché à plat dans le fond du bateau, respirant à peine et maintenu par le monstre. Je sentais dans mon cou son souffle haletant et féroce.

Quelques secondes lui suffirent pour m'arracher mon sabre, me passer un sac autour de la tête et l'assujettir avec une corde. J'étais là, misérable comme une volaille troussée, réduit à l'état de paquet, incapable de pousser un cri ou de faire un mouvement. Bientôt après, j'entendis de nouveau le clapotis de l'eau et le grincement de la rame : son œuvre accomplie, l'homme se remettait en route, aussi calme, aussi indifférent que s'il avait eu l'habitude de mettre en sac un colonel de hussards chaque jour de la semaine.

Impossible d'exprimer mon humiliation, ma fureur, à me voir ainsi dans la position d'une bête qu'on va livrer à la boucherie. Moi, Étienne Gérard, champion des six brigades de cavalerie légère, première lame de la Grande Armée, être accommodé de cette façon par un homme seul et sans armes ! Néanmoins, je ne bougeai pas ; car, s'il est des moments où il faut savoir résister, il en est d'autres où il vaut mieux ménager ses forces. J'avais senti sur mon bras la poigne de l'homme, je savais qu'entre ses mains je ne pèserais pas plus qu'un enfant. Immobile, mais, au fond de moi, consumé de rage, j'attendis que mon tour vînt.

Combien de temps, je restai de la sorte, c'est ce que je ne puis dire ; il me sembla que c'était un très long temps. Les eaux continuaient de clapoter, la rame de gémir. Nous tournâmes plusieurs fois des coins, autant que j'en pus juger par ce cri lent et triste que poussent les gondoliers pour signaler leur approche. Enfin, après un trajet considérable, je sentis que nous accostions un débarcadère. L'homme frappa trois fois de sa rame contre du bois. En réponse à cet appel, j'entendis des barres gronder, puis des clefs tourner dans des serrures. Enfin une lourde porte gémit sur ses gonds.

— Vous l'avez ? demanda une voix, en italien. L'homme se mit à rire, et tapant sur le sac qui me contenait :

— Il est là, répondit-il.

— On attend, reprit la voix ; et des mots suivirent que je ne saisis point.

— Alors, je vous le passe, dit l'homme.

Il me souleva dans ses bras, monta des marches et me lança sur quelque chose de très dur. Un moment après, nouveau bruit de barres et de clefs ; j'étais prisonnier dans une maison.

Aux voix et aux pas que j'entendais, il me parut qu'il y avait autour de moi plusieurs personnes. Je comprends l'italien beaucoup mieux que je ne le parle ; je me rendais parfaitement compte de ce qu'on disait.

— Vous ne l'avez pas tué, Matteo ?

— Si je l'ai tué, qu'importe ?

— Sur ma foi, vous en répondrez devant le tribunal.

— Le tribunal ne le tuera-t-il pas ?

— Sans doute. Mais ce n'est ni à vous ni à moi de le soustraire à la justice.

— Baste ! je ne l'ai pas tué. Un cadavre ne mord pas, et le coquin a su trouver mon pouce avec ses dents pendant que je lui enfonçais mon sac sur la tête.

— Il est bien tranquille.

— Secouez-le, vous verrez qu'il est vivant.

On défit la corde qui m'enserrait, on me dégagea la tête ; je demeurai sur place, inerte et les yeux clos.

— Par les saints, Matteo, je vous dis que vous lui avez brisé le cou.

— Non. Il est seulement évanoui. Mieux vaudrait pour lui ne jamais reprendre connaissance.

Une main me tâta sous la tunique.

— Matteo a raison, le cœur bat très fort, dit une voix. Laissons le gaillard se remettre de lui-même, ce qui ne tardera guère.

J'attendis une minute ou deux, puis je risquai à travers mes cils un regard furtif. D'abord, je ne distinguai rien, car j'étais depuis longtemps dans l'obscurité, et il ne régnait autour de moi qu'une lumière assez vague. Bientôt, pourtant, je vis au-dessus de ma tête un haut plafond voûté, couvert de peintures qui représentaient des dieux et des déesses. Évidemment, on ne m'avait pas amené dans un coupe-gorge ; c'était là, plutôt, la grande salle d'un palais vénitien. Puis, toujours immobile, lentement, à la dérobée, je donnai un coup d'œil aux gens qui m'entouraient. Près du gondolier, sorte de ruffian au teint hâlé, à la mine d'assassin, se tenaient trois hommes, dont l'un, petit et recroquevillé, n'en avait pas moins un air de commandement et tenait à la main un trousseau de clefs, tandis que les deux autres étaient de grands diables de domestiques, jeunes et vêtus d'une riche livrée. En prêtant l'oreille à leurs propos, je sus que le petit homme était l'intendant de la maison et que les autres servaient sous ses ordres.

Donc, ils étaient quatre, bien qu'à vrai dire le petit majordome ne comptât guère ; et j'aurais eu seulement une épée qu'une aussi faible disproportion m'eût fait sourire. Mais, homme pour homme, je n'étais pas de force à lutter contre le gondolier, même s'il n'avait pas eu l'aide des trois autres, et la ruse devait, dans ces conditions, suppléer à la force. Je voulus promener les yeux autour de moi ; chercher un moyen de fuite ; je fis un mouvement de la tête presque imperceptible ; si léger qu'il fût, je ne sus pas le dérober à mes gardiens.

— Allons ! réveillez-vous, réveillez-vous ! me cria le majordome.

Le gondolier, pour la seconde fois, me poussa du pied.

— Debout, le Français ! commanda-t-il d'une voix bourrue ; debout ! vous dis-je.

Jamais ordre ne fut si promptement obéi. Je me dressai d'un bond, je pris ma course, de toute la vitesse de mes jambes, vers le fond

I – Comment le brigadier perdit une oreille

de la pièce. Les quatre hommes s'élancèrent derrière moi, pareils à ces chiens anglais que j'ai vus poursuivre le renard. J'enfilai un long corridor. Il tournait à gauche, puis encore à gauche. Et voilà que je me retrouvai dans la salle. On me tenait presque, je n'avais pas le temps de la réflexion. Je me dirigeai vers l'escalier, mais deux hommes étaient en train de le descendre. Revenant sur mes pas, j'essayai d'ouvrir la porte par laquelle on m'avait introduit. Elle était maintenue par de lourdes barres que je n'arrivai pas à déplacer. Le gondolier m'avait rattrapé. Déjà il levait son couteau. Je lui décochai dans la poitrine une ruade qui l'étendit à la renverse, et son couteau alla tinter sur les dalles de marbre. Avant que j'eusse pu m'en saisir, une douzaine d'hommes abattaient leurs poings sur moi. Je me ruai au milieu d'eux. Le petit majordome, en avançant le pied, me fit tomber ; mais je me relevai à l'instant, je secouai l'étreinte de mes adversaires et me frayai un passage vers une porte située à l'extrémité opposée de la salle. Un cri de triomphe m'échappa quand, la poignée ayant tourné librement sous ma main, je vis que la porte donnait sur le dehors et que rien ne me fermait la route. J'avais oublié en quelle étrange ville je me trouvais. Chaque maison y est une île. Et comme, la porte ouverte, j'allais bondir dans la rue, la lumière de la salle me montra la nappe profonde, tranquille et noire, qui affleurait le sommet de l'escalier. Je reculai. La seconde d'après, mes poursuivants m'avaient rejoint. Mais je ne suis pas de ceux qu'on prend si aisément.

Je me dégageai de nouveau à coups de pieds, non sans laisser quelques cheveux entre les doigts qui cherchaient à me retenir. Le petit majordome eut beau me frapper avec l'une de ses clefs : battu, meurtri, je fis encore devant moi place nette. Je montai le grand escalier tout d'une haleine, j'ouvris d'une poussée les deux battants d'une porte ; alors seulement je compris que mes efforts étaient vains.

La pièce où je venais de faire irruption resplendissait de lumière. Avec ses corniches d'or, ses gros piliers, ses murs et ses plafonds peints, c'était évidemment le grand salon de quelque illustre palais vénitien. Des palais semblables, il y en a plusieurs centaines dans cette curieuse ville, et beaucoup ont des salons qui honoreraient le Louvre ou Versailles. Au centre de la pièce, sous un dais couronnant une estrade, se tenaient, rangés en demi-cercle, douze hommes, tous vêtus de robes noires comme celles des moines franciscains, et le visage recouvert d'un masque.

Un groupe de gens armés, chenapans à mines patibulaires, entouraient la porte. Au milieu d'eux, et faisant face au dais, était un jeune officier français portant l'uniforme de l'infanterie légère. Comme il tournait la tête, je le reconnus : c'était le capitaine Auret, du 7e, un Basque avec qui j'avais, durant les derniers mois, vidé plus d'un verre. Mortellement pâle, il gardait cependant, le pauvre garçon, une attitude virile entre les mains des assassins. Jamais je n'oublierai la soudaine lueur d'espérance dont s'éclairèrent ses yeux sombres lorsqu'il vit un camarade apparaître inopinément dans la salle, ni le désespoir qui se peignit sur sa figure quand il comprit que je ne venais pas changer son destin, mais le partager.

Vous jugez de la surprise que causa le tumulte de mon arrivée. Mes poursuivants s'étaient rassemblés derrière moi ; ils obstruaient la porte ; je n'avais plus d'issue. C'est dans de pareils instants que ma nature s'affirme. Je m'avançai d'un pas digne vers le tribunal. Mon habit était en lambeaux, ma chevelure en désordre, ma tête en sang ; mais il y avait dans mon regard, dans mon maintien, quelque chose où ces gens-là connurent qu'ils n'avaient pas affaire à un homme ordinaire. Aucune main ne se leva pour m'arrêter avant que j'eusse fait halte devant un vieillard formidable, dont la barbe grise et l'air impérieux disaient suffisamment qu'il exerçait la double autorité de l'âge et du caractère.

— Monsieur, lui dis-je, peut-être voudrez-vous bien m'apprendre pourquoi l'on s'est permis d'user de violence envers moi et de me conduire dans cette maison. Je suis un homme loyal, un soldat, tout comme monsieur que voici ; j'exige qu'on nous remette immédiatement en liberté.

Un silence effrayant répondit seul à mes paroles. Ce n'est pas une chose agréable que d'avoir en face de soi douze figures masquées et de se sentir le point de mire de douze paires d'yeux italiens où brille le feu de la vengeance ; mais, campé dans ma fierté professionnelle, je songeais à l'honneur qui en rejaillissait sur les hussards de Conflans. Je ne crois pas que personne se fût mieux conduit en des circonstances si délicates. Je considérais sans crainte, l'un après l'autre, ces assassins, attendant une réponse.

Enfin, l'homme à la barbe grise rompit le silence.
— Qui est cet individu ? demanda-t-il.
— Son nom est Gérard, dit le petit majordome, de la porte.

I – Comment le brigadier perdit une oreille

— Le colonel Gérard, précisai-je. Je ne veux pas vous tromper : je suis Étienne Gérard, le colonel Gérard, cinq fois cité à l'ordre, proposé pour une épée d'honneur, présentement aide de camp du général Suchet. Et, je le répète, j'exige qu'on me remette tout de suite en liberté, avec mon camarade.

Le même silence pesa sur l'assemblée, les mêmes douze paires d'yeux implacables s'abaissèrent sur moi. Puis l'homme à la barbe grise reprit la parole.

— Ce n'est pas son tour. Je vois deux noms avant le sien sur notre liste.

— Il nous a échappé et s'est jeté dans cette salle.

— Qu'il attende. Mettez-le au cachot.

— S'il résiste, Votre Excellence ?

— Vous lui plongerez vos couteaux dans le corps, le tribunal vous justifiera. Emmenez-le jusqu'à ce que nous en ayons fini avec les autres.

Comme ils s'approchaient de moi, je pensai d'abord à me défendre. C'eût été chercher une mort héroïque, mais qui l'aurait vu ? qui l'aurait raconté ? Je ne pouvais que hâter un dénouement fatal ; et je m'étais déjà trouvé en tant de mauvais endroits, d'où j'étais sorti sain et sauf, que j'avais appris à croire toujours en mon étoile. Je permis à ces coquins de me saisir. On m'emmena hors de la salle, le gondolier marchant près de moi, un long couteau nu à la main. Je lisais dans ses yeux de brute la satisfaction que je lui donnerais en lui fournissant un prétexte pour s'en servir.

Elles sont extraordinaires, ces grandes maisons de Venise, palais, forteresses et prison tout ensemble. On me fit passer par un couloir, descendre par un escalier de pierre aboutissant à un petit corridor sur lequel s'ouvraient trois portes ; et, m'ayant poussé à travers l'une d'elles, on la referma d'un tour de clef derrière moi. Un soupçon de lumière me venait d'une fenêtre grillagée donnant sur le couloir. Écarquillant les yeux, tâtonnant des mains, j'inspectai avec soin ma prison. Je savais, par ce que j'avais entendu, que je ne tarderais pas à en ressortir pour comparaître devant le tribunal. Mais il n'est pas dans mon tempérament de sacrifier la moindre chance quand il m'en reste une.

Le pavé de la cellule était si humide, ses murs, hauts de quelques pieds étaient si gluants, si sales, qu'évidemment elle se trouvait en contre-bas de l'eau. Le jour et l'air n'y avaient accès que par un trou oblique ménagé près du plafond. La vue d'une étoile dans le ciel, à travers cette échappée, m'emplit de courage et d'espoir. Je n'ai jamais eu de sentiments religieux, bien que j'aie toujours respecté ceux des autres ; mais je me rappelle que cette étoile, dont la clarté descendait au fond de mon puits, me fit l'effet d'un œil immense ouvert sur le monde et sur moi-même ; et j'éprouvai le sentiment qu'un timide conscrit peut éprouver dans la bataille quand il voit tourné vers lui le calme regard de son colonel.

Trois des côtés de ma prison étaient des murs de pierre, le quatrième était une simple cloison de bois, récemment construite, à ce que je pus voir, et qui, sans doute, partageait une grande cellule en deux plus petites. Rien à espérer des vieux murs, ni de la petite fenêtre, ni de la porte massive ; donc, pas d'autre parti à prendre que d'examiner à fond la cloison de bois. La raison me disait bien que, si j'arrivais à la forcer, chose apparemment facile, je ne ferais que changer de cellule et pour me heurter aux mêmes obstacles. Mais j'ai toujours mieux aimé agir que de me croiser les bras, et je concentrai sur la cloison toute mon attention, toute mon énergie. Deux des planches étaient si mal jointes et si mal fixées que j'eus la certitude de les détacher sans peine. Je cherchai autour de moi un outil : un petit lit rangé dans un coin me livra l'un de ses pieds. Je venais de l'introduire entre deux planches quand des pas pressés se firent entendre. Je m'arrêtai et j'écoutai.

Que ne puis-je oublier ce que j'entendis ! J'ai vu mourir bien des hommes sur le champ de bataille ; moi-même, j'en ai tué plus que je n'aurais voulu ; du moins, tout cela était de bonne guerre et le soldat ne connaît que son devoir. Mais entendre se commettre un meurtre dans ce repaire de bandits ! Ils poussaient quelqu'un dans le couloir, quelqu'un qui résistait et qui, en passant, s'accrocha à ma porte. Ils durent le mener ainsi jusqu'à une troisième cellule, voisine non pas de celle que j'occupais, mais de la suivante. « Au secours ! au secours ! » cria une voix. Puis il y eut un coup violent, puis un hurlement « Au secours ! répéta la voix, au secours ! » Et mon nom m'arriva aux oreilles : « Gérard ! colonel Gérard ! » C'était mon pauvre capitaine d'infanterie que l'on égorgeait. « Assassins ! Assassins ! » vociférai-je. Je tapai du pied contre la porte. Les cris se renouvelèrent. Puis tout retomba dans le silence. Une minute après, la chute d'un corps dans l'eau m'informait que l'on ne reverrait plus jamais le capitaine Aubert. Il avait pris le même chemin que des centaines d'autres, dont les noms manquaient sur les listes d'appel depuis notre occupation de Venise.

I – Comment le brigadier perdit une oreille

On se mit à marcher dans le couloir, ce qui me fit croire que l'on venait me chercher. Au lieu de cela, on ouvrit la porte de la cellule contiguë à la mienne ; un prisonnier en fut extrait ; ensuite les pas remontèrent. J'attaquai de nouveau les planches, et travaillai si bien qu'au bout de quelques minutes je pouvais, à ma volonté, les enlever ou les remettre en place. Passant par l'ouverture, je me trouvai dans une deuxième cellule qui, en réalité, comme je m'y attendais, ne faisait qu'une avec celle où l'on m'avait mis. Je n'étais donc pas plus avancé que tout à l'heure dans mes projets de fuite ; il n'y avait là aucune cloison à démolir, et l'on avait eu soin de clore la porte. Je rentrai dans ma cellule, je rétablis sommairement les deux planches et j'attendis, avec tout le courage possible, un appel qui probablement serait mon glas de mort.

Il fut long à venir. Enfin des pas résonnèrent une fois de plus dans le couloir. Je raidis mes nerfs, pensant qu'un nouveau crime allait s'accomplir et que je ne tarderais pas à entendre crier la victime. Cependant il n'arriva rien de pareil ; on mit un prisonnier dans la cellule voisine, mais sans violence. Je n'eus pas même le loisir de risquer un regard à travers la cloison : presque aussitôt ma porte s'ouvrit et mon coquin de gondolier entra, escorté de sa bande.

— Venez, le Français, me dit-il.

Il tenait dans sa large main velue un couteau ensanglanté ; ses yeux féroces guettaient un mot, un geste qui lui permît de me l'enfoncer dans le cœur. Toute résistance eût été vaine. Je le suivis en silence. On me fit remonter l'escalier de pierre, pour me ramener dans la magnifique salle où j'avais laissé le tribunal secret. À ma grande surprise, loin d'attirer l'attention de mes juges, je la trouvai fixée sur l'un d'eux, grand jeune homme brun qui se tenait debout en face des autres, avec lesquels il discutait à voix basse, d'un ton passionné. Sa voix tremblait d'angoisse, il agitait les mains ou les joignait dans une étreinte suppliante.

— Vous ne pouvez faire cela, disait-il, vous ne pouvez faire cela ! Je conjure le tribunal de revenir sur sa décision.

— Frère, répondit le vieillard qui présidait, revenez à votre place. L'affaire est jugée, passons à une autre.

— Au nom du Ciel ! soyez cléments, dit le jeune homme.

— Cléments, nous le sommes, répliqua le vieillard. Pour un pareil forfait la mort n'est qu'un châtiment bien faible. Taisez-vous, et que la sentence suive son cours.

Je vis le jeune homme se rejeter avec désespoir sur son siège. Mais je n'eus pas le temps de me demander d'où lui venait son chagrin, car déjà ses onze collègues avaient abaissé sur moi leurs yeux sévères. Je touchais à l'instant décisif.

— Vous êtes le colonel Gérard ? dit le terrible vieillard.

— En personne.

— Aide de camp de ce voleur qui se nomme le général Suchet et qui, lui-même, représente ce chef de voleurs qu'on nomme Bonaparte ?

Je fus sur le point de lui dire qu'il mentait ; mais il faut, le cas échéant, savoir retenir sa langue.

— J'ai déjà protesté que je suis un soldat honorable, répondis-je. J'ai obéi aux ordres de mes supérieurs et fait mon devoir.

Le sang afflua aux joues du vieillard et ses yeux, par les trous du masque, lancèrent des flammes.

— Vous êtes tous, tant que vous êtes, des voleurs et des meurtriers ! s'écria-t-il. Que faites-vous ici ? Français, pourquoi n'êtes-vous pas en France ? Vous avons-nous invités à Venise ? De quel droit vous y trouvez-vous ? Où sont nos tableaux ? Où sont les chevaux de Saint-Marc ? À quel titre vous arrogez-vous des trésors que nos pères ont amassés au long des siècles ? Nous étions une grande cité quand la France n'était encore qu'un désert. Vos soldats, ces braillards ignorants, ces ivrognes, ont détruit l'œuvre des héros et des saints. Que répondrez-vous à cela ?

En vérité, c'était un homme effroyable que ce vieillard. Sa barbe se hérissait de colère, ses courtes phrases sonnaient comme les abois d'un chien de meute. J'aurais pu, certes, lui représenter que ses tableaux étaient en sûreté à Paris, que ses chevaux ne méritaient pas un scandale et qu'à défaut de saints il pouvait voir des héros sans remonter jusqu'à ses aïeux ou même sans bouger de sa chaise. Mais j'aurais aussi bien fait de causer religion avec un mameluk. Je haussai les épaules et demeurai bouche close.

— L'accusé renonce à se défendre, dit l'un des juges.

— Quelqu'un a-t-il une observation à présenter avant que le tribunal prononce ?

Et le vieillard consultait du regard ses assistants.

— Excellence, intervint l'un d'entre eux, je voudrais, au risque de rouvrir la blessure d'un de nos frères, rappeler que dans le cas de l'officier ici présent il y a lieu de rendre un arrêt exemplaire.

I – Comment le brigadier perdit une oreille

— Je ne l'avais pas oublié, dit le vieillard. Frère, si le tribunal a pu, dans un sens, vous faire de la peine, il vous satisfera pleinement dans un autre.

Le jeune homme que j'avais, au moment où j'entrais, surpris dans une si humble attitude, se leva tout chancelant.

— Je n'en peux plus ! s'écria-t-il. Que Votre Excellence me pardonne. Le tribunal n'a aucun besoin de moi. Je suis malade. Je suis fou.

Arrondissant les mains dans un geste furieux, il s'enfuit de la salle.

— Qu'on le laisse aller, dit le président. Vouloir qu'il reste ici, ce serait trop exiger d'une créature de chair et de sang. Ce n'en est pas moins un vrai Vénitien ; le premier désespoir passé, il saura comprendre que ce qui est devait être.

On m'avait oublié durant cet épisode ; et bien que je n'aie pas coutume de m'effacer, je n'aurais pas demandé mieux que de me laisser oublier davantage. Mais, enfin, le président me jeta le regard du tigre qui revient à sa proie.

— Vous paierez tout cela, me dit-il, et ce ne sera que justice. Étranger de malheur, aventurier, gueux que vous êtes, vous avez osé lever les yeux sur la petite fille d'un doge de Venise, fiancée à un héritier des Lorédan : de pareils avantages se payent cher.

— Pas plus cher qu'ils ne valent, répondis-je.

— Nous verrons si vous tiendrez toujours ce langage ; peut-être, quand il s'agira d'acquitter votre dette, montrerez-vous moins d'insolence. Matteo, vous allez reconduire le prisonnier dans sa cellule. C'est aujourd'hui lundi. Vous le laisserez sans manger et sans boire, et, mercredi soir, vous le ferez de nouveau comparaître. Nous déciderons alors de quelle mort il doit mourir.

La perspective que m'ouvraient ces paroles n'avait rien d'agréable ; mais j'obtenais un sursis, et l'on fait cas de la moindre faveur quand on a près de soi une espèce de sauvage hirsute, armé d'un couteau ensanglanté. Il m'entraîna hors de la salle, me poussa dans l'escalier, puis dans ma cellule, dont il referma la porte, m'abandonnant à mes réflexions.

Ma première pensée fut d'entrer en relations avec le camarade d'infortune qu'on m'avait donné pour voisin. Sitôt que je n'entendis plus aucun bruit de pas, j'écartai avec précaution les deux planches et glissai un œil au travers. La lumière était faible, si faible que je pus discerner tout juste une forme pelotonnée dans un coin. Il s'en échappait le murmure d'une voix, priant comme on prie sous l'empire d'une terreur mortelle. Les planches avaient dû craquer en bougeant, car la prière s'acheva dans une exclamation de surprise.

— Courage, ami, courage ! m'écriai-je. Tout n'est pas perdu. Espérez encore. Étienne Gérard est là, près de vous !

— Étienne !

C'était une voix de femme qui me répondait, une voix qui, pour mes oreilles, avait toujours été une musique. Et m'élançant par la brèche, enveloppant mon amie de mes bras :

— Lucie ! Lucie ! m'écriai-je.

« Lucie ! Étienne ! » nous ne trouvâmes pas autre chose à nous dire pendant plusieurs minutes : on ne fait point de discours en un pareil moment. Ce fut elle qui la première revint à la raison.

— Ah ! l'on vous tuera, Étienne ! Comment êtes-vous tombé entre leurs mains !

— En répondant à l'appel de votre lettre.

— Je ne vous ai pas écrit de lettre.

— Les monstres ! les perfides ! mais vous-même ?...

— J'avais reçu une lettre de vous.

— Lucie, je ne vous avais pas écrit.

— Ils nous ont pris tous les deux au même piège !

— Je ne tremble point pour moi, Lucie. D'ailleurs, aucun danger immédiat ne me menace. On m'a simplement renvoyé dans ma cellule.

— Étienne, Étienne, ils vous tueront. Lorenzo est là.

— Le vieux à barbe grise ?

— Non, non. Un jeune homme brun. Il m'aimait, et j'ai cru l'aimer... jusqu'au jour où j'ai su ce que c'est que l'amour, Étienne. Jamais il ne me pardonnera. Il a un cœur de pierre.

— Qu'ils me fassent ce qu'ils voudront, ils ne peuvent me dépouiller du passé, Lucie. Mais vous, que vous feront-ils, à vous ?

— Cela ne sera rien. Étienne, rien que l'angoisse d'une seconde, et tout sera fini. Cette marque d'infamie qu'ils prétendent m'infliger, je la porterai comme un insigne de gloire, en pensant que c'est à vous que je l'aurai due.

Ces mots me glacèrent : mes pires aventures n'étaient que peu de chose comparées à ce qu'ils me laissaient entrevoir.

I – Comment le brigadier perdit une oreille

— Lucie ! Lucie ! m'écriai-je, par pitié, dites-moi quel traitement vous réservent ces hommes sanguinaires. Parlez, Lucie, parlez !

— Non, Étienne, car cela vous ferait plus de mal qu'à moi-même. Eh bien ! oui, je vais vous le dire, pour que vous n'alliez pas vous imaginer quelque chose de plus horrible. Le président a ordonné qu'on me coupât une oreille, afin que je fusse marquée à jamais comme ayant aimé un Français.

Une oreille ! une des chères petites oreilles sur lesquelles j'avais si souvent appuyé mes lèvres ! Je caressai, l'une après l'autre, les deux fines coquilles de velours, pour m'assurer qu'on n'avait pas encore commis le sacrilège. On n'arriverait jusqu'à elle qu'en passant sur mon cadavre. Je le jurai à Lucie entre mes dents serrées.

— Je ne veux pas que vous vous tourmentiez pour moi, Étienne, si doux que soit l'intérêt que je vous inspire.

— Ils ne vous toucheront pas, ces démons !

— Un espoir me reste. Lorenzo est là. Il s'est tu pendant qu'on me jugeait ; peut-être, après mon départ, aura-t-il plaidé ma cause.

— Il est intervenu, en effet ; je l'ai entendu.

— Alors, peut-être aura-t-il trouvé le chemin de leur cœur.

Je savais trop ce qu'il en était, mais pouvais-je le lui dire ? Aussi bien, je l'aurais pu sans inconvénient ; mon silence fut pour elle aussi éloquent que l'auraient été mes paroles.

— Ils n'ont pas voulu l'écouter ! Mais n'importe, vous n'avez pas à craindre pour moi, mon ami ; vous verrez que j'étais digne d'être aimée par un soldat comme vous. Où est Lorenzo maintenant ?

— Il a quitté la salle.

— Et sans doute aussi la maison ?

— Sans doute.

— Il m'abandonne à mon destin. Étienne, Étienne, on arrive !

J'entendais au loin des pas sinistres, accompagnés d'un tintement de clefs. Que venait-on faire, puisqu'il n'y avait plus de prisonnier à traduire en jugement ? La sentence prononcée contre mon amie allait donc recevoir son exécution ! Je me campai entre elle et la porte. Je me sentais dans tous les membres la force d'un lion. La maison croulerait avant qu'on portât la main sur Lucie.

— Partez, partez ! implora-t-elle. On vous tuera, Étienne. Moi, du moins, on n'en veut pas à ma vie. Par l'amour que vous me portez,

Étienne, allez-vous-en ! Ce qui m'attend n'est rien. Je ne crierai pas. Je subirai ma peine sans me plaindre.

— Nous pouvons encore être sauvés, répondis-je dans un murmure. Faites seulement ce que je vous dis, tout de suite, sans discuter : entrez dans ma cellule, vite !

Je la fis passer, presque de force, à travers la brèche, que je l'aidai ensuite à refermer avec les planches. J'avais retenu dans mes mains son manteau. Je l'enroulai autour de mon corps, puis je gagnai en rampant le coin le plus sombre de la cellule, où je me substituai à elle. Sur ces entrefaites, la porte s'ouvrit, plusieurs hommes entrèrent. J'avais présumé avec raison qu'étant déjà venus sans lanterne, ils feraient de même cette fois. Je n'étais, à leurs yeux, qu'une masse noire dans un coin.

— Apportez une lumière ! dit l'un des hommes.

— Non, non, au diable soit la lumière ! répliqua une voix brutale, que je reconnus être celle de Matteo. Il ne s'agit pas d'une besogne que j'aime : moins j'en verrai, mieux cela vaudra. Désolé, signora, mais la volonté du tribunal doit s'accomplir.

Je faillis me dresser tout d'un coup, foncer au milieu d'eux et fuir par la porte restée ouverte. Mais qu'en serait-il résulté pour Lucie ? Fuir, c'était la laisser à la discrétion des bourreaux jusqu'au moment où, pour la secourir, je me serais procuré le renfort nécessaire, car je ne pouvais me flatter d'assurer, moi seul, son évasion. L'évidence m'en apparut dans le temps d'un éclair. L'unique parti à prendre, c'était de rester là bien tranquille, d'accepter ce qui devait arriver et d'attendre une chance meilleure. Je sentis la main grossière de Matteo tâter les mèches de mes cheveux, de ces cheveux où n'avaient jamais erré que des doigts de femme. Soudain, elle saisit mon oreille, une douleur cuisante me traversa, comme si l'on m'eût touché avec un fer rouge ; je me mordis la lèvre pour étouffer un cri ; un ruisseau de sang me coula le long du cou et de l'échine.

— Grâce à Dieu, voilà, c'est fait ! dit Matteo en me donnant une petite tape amicale sur la tête. Vous êtes une brave fille, signora ; vous auriez dû avoir trop de goût pour aimer un Français. Ne m'en veuillez pas, c'est à lui seul qu'il faut vous en prendre.

Que pouvais-je, sinon me tenir coi, et tout en grinçant des dents, me résigner à l'impuissance ? Ma douleur, ma rage, trouvaient d'ailleurs un adoucissement dans la pensée que je souffrais pour celle que j'aimais. C'est l'habitude des hommes de dire aux femmes qu'ils

I – Comment le brigadier perdit une oreille

souffriraient pour elles mille tortures ; j'avais le privilège de montrer que, si je l'avais dit moi-même, j'étais sincère. Je songeais en outre que l'histoire ne s'ébruiterait pas sans qu'on rendît hommage à la noblesse de mon acte, et le régiment de Conflans serait fier à bon droit de son colonel. Ces réflexions m'aidaient à subir mon mal en silence, tandis que le sang qui coulait toujours de ma plaie s'égouttait sur le dallage. Peu s'en fallut que le bruit qu'il faisait ne causât ma perte.

— Elle saigne à flots, dit un des valets. Vous devriez aller chercher un chirurgien, sans quoi, demain matin, vous la trouverez morte.

— Elle ne fait pas un mouvement et n'a même pas ouvert la bouche, dit un autre ; l'émotion l'aura tuée.

— Sottise ! Une jeune femme ne meurt pas si vite ! déclara Matteo. Puis, je n'ai taillé que juste assez pour laisser sur elle la marque du tribunal. Debout, signora, debout !

Il me secoua par l'épaule ; et la crainte qu'il ne rencontrât l'épaulette sous le manteau me figea le cœur.

— Eh bien, comment vous sentez-vous ?

Je m'abstins de répondre.

— Malédiction ! s'écria le gondolier. Que n'ai-je eu affaire à un homme plutôt qu'à une femme, et à la plus belle de Venise ! Ici, Nicolas. Prêtez-moi votre mouchoir et apportez une lumière.

Pendant que des hommes sortaient pour aller chercher une lampe, Matteo se penchait sur moi avec un mouchoir. Une seconde de plus, et mon secret se découvrait. Mais, soudain, Matteo se releva, écoutant. Une rumeur confuse venait de la petite fenêtre au-dessus de ma tête ; un bruit de rames se mêlait à un bourdonnement de voix. Puis il se fit un grand fracas à la porte située en haut de l'escalier ; une voix terrible gronda :

— Ouvrez !... au nom de l'Empereur !

L'Empereur ! Ce mot fit l'effet d'un nom de saint qui, par sa seule vertu, exorciserait les démons. Des cris d'épouvante s'élevèrent : Matteo, les valets, le majordome, toute la clique braillait à l'unisson. L'ordre terrible retentit encore, suivi d'un coup de hache et d'un craquement de planches qui se brisent. Enfin, des armes résonnèrent, nos soldats envahissaient à grand bruit la maison ; il y eut des pas précipités dans l'escalier, un homme s'élança comme un fou dans ma cellule.

— Lucie ! criait-il, Lucie !

À peine discernais-je ses traits. Il s'arrêta, soufflant avec force, incapable de trouver ses mots. Puis, de nouveau, il éclata :

— Ne vous ai-je pas montré combien je vous aimais, Lucie ? Pour vous le prouver, que pourrais-je faire encore ? J'ai trahi mon pays, violé mon serment, voué mes amis à leur perte, sacrifié ma vie à votre salut.

C'était le jeune Lorenzo Lorédan, l'amoureux que j'avais supplanté. Je le plaignais, à ce moment, du fond du cœur ; mais, après tout, en amour chacun pour soi, et qui perd au jeu doit s'en consoler si le gagnant a du tact et de la bonne grâce. J'allais le lui dire quand, au premier mot que je prononçai, il s'exclama de surprise, courut au dehors, saisit la lampe accrochée dans le couloir, et m'en projeta la lumière sur la figure.

— C'est donc vous, scélérat de Français, vil faquin ! s'écria-t-il. Vous me payerez le mal que vous m'avez fait !

Mais alors, il vit ma pâleur et le sang dont j'étais inondé.

— Qu'est-ce que cela ? demanda-t-il. Comment avez-vous perdu l'oreille ?

Je secouai ma faiblesse et, pressant mon mouchoir contre ma blessure, je me dressai, d'un air dégagé tout ensemble et digne, comme il sied à un colonel de hussards.

— Ma blessure n'est rien, monsieur. Avec votre permission, nous négligerons un détail si infime et si personnel.

Mais Lucie s'était brusquement jetée au travers de la cloison, elle avait pris Lorenzo par le bras et lui débitait d'un trait toute l'histoire.

— Le noble cœur ! Il a pris ma place, Lorenzo. Il a souffert pour moi. Il s'est dévoué pour me sauver.

Une lutte intérieure, à laquelle je ne pouvais demeurer insensible, se trahissait sur le visage du jeune homme. Il finit par me tendre la main.

— Colonel Gérard, me dit-il, vous méritez le grand amour qu'on vous porte. Je vous pardonne, car, si vous m'avez fait du mal, vous l'avez noblement expié. Ce qui m'étonne, c'est de vous voir encore vivant. J'avais quitté le tribunal avant qu'on vous jugeât, mais j'avais compris qu'il ne serait fait grâce à aucun Français depuis la destruction des trésors de Venise.

— Lui, pourtant, il ne les a pas détruits ! s'écria Lucie. Il a préservé ceux de ce palais.

— Ou l'un d'eux tout au moins, dis-je.

I – Comment le brigadier perdit une oreille

Et, m'inclinant, je lui baisai les doigts.

C'est ainsi, mes amis, que je perdis une oreille. À deux jours de là, on trouva sur la place Saint-Marc le cadavre de Lorenzo percé d'un coup de poignard au cœur. Les douze bandits qui composaient le tribunal, Matteo et trois autres de leurs compères, furent passés par les armes ; le reste fut banni de la ville. Quand nous eûmes évacué Venise, Lucie, mon adorable Lucie, se retira dans un couvent de Murano. Peut-être y est-elle encore ; peut-être, devenue abbesse, aura-t-elle oublié les jours où son cœur et le mien confondant leurs battements, le vaste monde nous semblait peu de chose auprès de l'amour qui nous brûlait les veines. Et peut-être, au contraire, n'aura-t-elle pas oublié. Peut-être le souvenir du guerrier qui l'aima dans ces temps lointains vient-il, à certaines heures, troubler pour elle la paix du cloître. La jeunesse a fui ; la passion est morte ; mais un cœur généreux ne change pas. Étienne Gérard inclinerait volontiers devant Lucie sa tête chenue ; et c'est avec joie qu'il lui sacrifierait au besoin sa deuxième oreille.

II

COMMENT LE BRIGADIER PRIT SARAGOSSE

Vous ai-je jamais dit, mes amis, dans quelles conditions je rejoignis les hussards de Conflans au siège de Saragosse, et l'exploit très remarquable que j'accomplis lors de la prise de cette ville ? Non ? Eh bien, vous avez encore quelque chose à apprendre. Voici les faits, très exactement rapportés. Sauf deux ou trois hommes, et trois ou quatre douzaines de femmes, vous serez certainement les premiers qui les aurez connus.

C'est, vous le savez, au deuxième régiment de hussards, appelés hussards de Chamborant, que j'ai servi comme lieutenant et capitaine en second. À l'époque dont je parle, je n'avais encore que vingt-quatre ans, il n'y avait pas, dans toute l'armée, un soldat plus insouciant que moi ni plus résolu. Comme la guerre subissait un temps d'arrêt en Allemagne, au lieu qu'en Espagne elle faisait rage, l'empereur, préoccupé de renforcer les troupes de la Péninsule, me fit passer, en qualité de premier capitaine, aux hussards de Conflans, qui participaient, avec le 5e corps, aux opérations du siège de Saragosse, menées par le maréchal Lannes.

La route est longue de Berlin aux Pyrénées. J'enfourchai mon cheval, partis vers le but qu'on m'assignait, et, dans l'espace d'environ une semaine, je me présentais au quartier général français, d'où l'on me dirigea sur le camp des hussards de Conflans.

Vous connaissez apparemment, par les récits qu'on en a faits, ce fameux siège de Saragosse. Tout ce que j'en dirai, c'est que rarement un chef d'armée eut devant lui besogne plus ardue que celle qui incombait au maréchal Lannes. Des hordes d'Espagnols emplissaient l'immense ville. Soldats, paysans, prêtres, tous montraient une détermination sauvage de mourir plutôt que de se rendre. Il y avait là quatre-vingt mille hommes, et pour les assiéger nous n'étions que trente mille ; mais, à la vérité, nous avions une artillerie puissante et les meilleures troupes du génie. Jamais on ne vit siège semblable ; car,

II – Comment le brigadier prit Saragosse

d'habitude, une ville tombe quand ses fortifications sont prises ; ici, c'est seulement quand les fortifications eurent été prises que la véritable lutte s'engagea. Chaque maison était un fort, chaque rue un champ de bataille. Nous dûmes nous frayer un chemin pas à pas, jour par jour, en faisant sauter les maisons avec les habitants, jusqu'à ce qu'une moitié de la ville fût en notre pouvoir.

Encore l'autre moitié restait-elle aussi décidée à la résistance ; et elle était en meilleure position de se défendre, avec ses couvents et ses monastères énormes, dont les murs, épais comme ceux de la Bastille, ne se laisseraient pas comme eux balayer en un tournemain. Nos affaires en étaient là quand j'arrivai.

Laissez-moi vous avouer que la cavalerie ne sert pas à grand'chose dans un siège, bien qu'il y ait eu un temps où je n'aurais permis à personne d'en faire la remarque. Les hussards de Conflans étaient campés au sud de la ville, où leur mission se bornait à faire des patrouilles et à déjouer toute brusque sortie des forces espagnoles. Ayant pour colonel un soldat médiocre, il s'en fallait qu'ils eussent atteint ce haut degré de valeur où ils devaient parvenir plus tard. Dès ce premier soir, bien des choses que j'aperçus me choquèrent, car je ne me satisfais pas de peu, et il me répugnait de trouver un camp mal tenu, des chevaux mal soignés, des cavaliers malpropres. Je soupai au mess avec vingt-six de mes nouveaux camarades. Peut-être, dans mon zèle, marquai-je trop la différence de ce que je voyais avec ce à quoi j'étais accoutumé à l'armée d'Allemagne ; un silence suivit mes paroles, et je compris mon imprudence aux regards que l'on me jetait. Le colonel était furieux. J'avais en face de moi un grand major nommé Olivier, réputé le plus mauvais coucheur du régiment ; tortillant les pointes de ses grandes moustaches noires, il me regardait comme s'il eût voulu me dévorer. Cependant je ne m'offusquai point de son attitude, sentant que j'avais manqué de réserve et que je donnerais de moi une fâcheuse impression en me querellant, d'entrée de jeu, avec un de mes supérieurs.

Jusque-là, je conviens que j'avais tort ; mais j'en viens à la suite.

Le souper terminé, le colonel et quelques officiers quittèrent le mess, installé dans une ferme ; nous restâmes une douzaine, qu'une outre de vin d'Espagne ne tarda pas à mettre en gaîté. Le major Olivier m'ayant alors posé quelques questions sur l'armée d'Allemagne, je me laissai, sous l'influence de la boisson, entraîner d'une histoire à une autre, chose bien naturelle, n'est-ce pas, mes amis ?

J'avais toujours été le modèle des officiers de mon âge, le plus intrépide bretteur, le plus brillant cavalier, le héros de cent aventures. Ici, je me sentais non seulement étranger, mais antipathique ; quoi d'étonnant si je souhaitais de faire connaître à ces braves camarades l'homme qui arrivait au milieu d'eux, si j'avais envie de leur dire : « Réjouissez-vous, mes amis, car ce n'est pas le premier venu que vous recevez ce soir, mais c'est moi, Gérard, le héros de Ratisbonne, le vainqueur d'Iéna, celui qui, le jour d'Austerlitz, enfonça le carré russe » ? Ne pouvant leur tenir ce langage, je pouvais, du moins, par le récit de quelques incidents, leur permettre de se le tenir à eux-mêmes. C'est ce que je fis. Ils m'écoutèrent sans broncher. Enfin, quand je leur eus conté comment j'avais guidé l'armée à travers le Danube, ils éclatèrent tous de rire. Je bondis de ma chaise, rouge de colère et de honte. Ils ne m'avaient fait parler que pour se divertir à mes dépens. Ils me prenaient pour un hâbleur et un bravache. C'était donc là ma réception aux hussards de Conflans ? J'essuyai les larmes de mortification qui me venaient aux yeux, et les rires éclatèrent de plus belle.

— Capitaine Pelletan, dit le major, savez-vous si le maréchal Lannes est toujours à l'armée ?

— Je le crois, monsieur, répondit l'autre.

— Sa présence n'y paraît vraiment plus nécessaire aujourd'hui que nous comptons parmi nous le capitaine Gérard.

L'hilarité redoubla. Je vois encore le cercle des visages, les yeux moqueurs, les bouches grandes ouvertes. Olivier avec ses longues moustaches brunes, Pelletan mince et narquois, et jusqu'aux jeunes sous-lieutenants convulsés par le rire. Dieu du ciel ! l'injurieux spectacle ! Mais la rage avait séché mes pleurs ; je me retrouvai moi-même, froid, tranquille et me possédant bien, de glace au dehors, de feu au dedans.

— Puis-je, monsieur, dis-je au major, vous demander à quelle heure le régiment se rassemble pour la parade ?

— J'espère, capitaine Gérard, me répondit-il, que vous n'allez pas changer nos heures ?

Et il y eut une nouvelle explosion de gaieté, dont les éclats redoublèrent sitôt que, lentement, je promenai les yeux autour de moi.

— À quelle heure le rassemblement ? demandai-je au capitaine Pelletan, d'un ton si bref, en le toisant d'une telle façon, qu'ayant un lardon tout prêt au bout de la langue, il l'y retint.

II – Comment le brigadier prit Saragosse

— À six heures, me répondit-il.

— Merci, dis-je.

Alors je fis le compte des officiers présents. Ils étaient quatorze, dont deux sous-lieutenants tout jeunes, qui semblaient frais émoulus de Saint-Cyr : je ne pouvais leur prêter une importance. Restaient le major, quatre capitaines et sept lieutenants.

— Messieurs, continuai-je, les dévisageant l'un après l'autre, je me croirais indigne de ce fameux régiment si je ne vous demandais satisfaction pour la sévérité avec laquelle vous m'accueillez, et je vous en jugerais indignes vous-même si vous me la refusiez sous aucun prétexte.

— Nous n'aurons pas de difficultés à ce propos, dit le major. Je suis prêt à oublier la différence des grades pour vous donner satisfaction au nom des hussards de Conflans.

— Je vous remercie, répondis-je ; mais je crois avoir aussi quelques droits sur ces messieurs après avoir subi leurs risées.

— Avec lequel vous plaît-il donc de vous mesurer ? demanda le capitaine Pelletan.

— Avec tous, répliquai-je.

Ils se regardèrent, surpris ; puis ils se retirèrent à l'autre extrémité de la salle, et je les entendis se consulter à voix basse, en riant : évidemment, ils pensaient toujours avoir affaire à un matamore.

— Ce que vous demandez n'est pas dans les règles, dit le major Olivier ; il y sera fait droit cependant. Comment désirez-vous qu'ait lieu la rencontre ? Vous avez le choix des conditions.

— Au sabre. Major Olivier, c'est à vous qu'appartient le privilège de l'âge, c'est par vous que je commencerai, à cinq heures. Ainsi je pourrai, avant le rassemblement, donner à chacun de vous cinq minutes. Toutefois, je vous prierai de désigner le lieu du combat, puisque je ne connais pas encore le pays.

Impressionnés par la froideur et la netteté de mes paroles, ils ne riaient plus. De moqueuse, la figure du major Olivier était devenue grave.

— Il y a un petit terrain découvert derrière les lignes des chevaux, fit-il. Nous y avons déjà réglé quelques affaires d'honneur, tout s'y est passé à merveille. Capitaine Gérard, vous nous y trouverez à l'heure dite.

Je m'inclinai en guise de remerciement, quand la porte s'ouvrit toute grande et le colonel s'élança dans la pièce. Il semblait fort ému.

— Messieurs, dit-il, on me charge de faire appel à l'un de vous pour une mission des plus dangereuses. Je ne vous cache pas que l'objet en est d'une importance exceptionnelle, et le maréchal Lannes réclame un officier de cavalerie parce qu'il a plus de chances de s'en tirer qu'un officier des autres armes. Les officiers mariés sont exceptés. Sous cette réserve, lequel d'entre vous se propose ?

Inutile de dire que les officiers célibataires n'eurent tous qu'un seul mouvement. Le colonel les regarda un à un, fort perplexe. Je voyais bien ce qu'il pensait au fond de lui : c'était le meilleur d'entre eux qu'il devait choisir, et c'était, en même temps, celui dont il pouvait le moins se priver.

— Mon colonel, dis-je alors, me permettrai-je d'exprimer un avis ?

Il me considéra d'un œil dur. Il n'oubliait pas mes propos de table.

— Parlez, fit-il.

— J'estime que la mission me revient, et par droit et par convenance.

— Comment cela ? capitaine Gérard.

— Par droit, car je suis capitaine en premier. Par convenance, car je ne saurais manquer au régiment, les hommes n'ayant pas encore appris à me connaître.

Les traits du colonel se détendirent.

— Il y a du vrai dans ce que vous dites, capitaine. Je crois qu'effectivement vous êtes le mieux désigné pour une mission de cet ordre. Si vous voulez me suivre, je vous donnerai mes instructions.

Avant de sortir, je souhaitai le bonsoir à mes nouveaux camarades et je leur répétai que je me tiendrai à leur disposition dès cinq heures du matin. Ils s'inclinèrent en silence, et je lus clairement sur leur visage qu'ils commençaient à se faire une plus juste idée de mon caractère.

Si j'espérais que le colonel allait me renseigner tout de suite, je me trompais. Il marchait devant moi sans proférer une syllabe. Nous traversâmes le camp, franchîmes les tranchées, passâmes par-dessus un tas de ruines informes qui marquaient la place d'un ancien mur de la ville. Au-delà, tout un labyrinthe de passages s'ouvrait entre les décombres des maisons qu'avaient jetées bas les mines de nos sapeurs. Des murs écroulés, des monceaux de briques jonchaient le terrain où s'étendait naguère un populeux faubourg. On y avait pratiqué des

II – Comment le brigadier prit Saragosse

pistes, au croisement desquelles une lanterne et un poteau indicateur guidaient les pas de ceux qui s'y engageaient. Le colonel pressait sa marche. Enfin, au bout d'un très long temps, un grand mur gris nous barra la route. Là, derrière une barricade, se tenaient nos détachements avancés. Le colonel me fit entrer dans une maison sans toit. J'y trouvai deux officiers généraux. Une carte était posée sur un tambour devant eux, et ils l'étudiaient à genoux en s'éclairant d'une lanterne.

L'un d'eux, tout rasé, le cou tordu, était le maréchal Lannes ; l'autre, le général Razout, chef du génie.

Le colonel me présenta :

— Capitaine Gérard. Il s'offre comme volontaire.

Le maréchal Lannes se releva et me serra la main.

— Vous êtes un brave, capitaine.

Et il ajouta, me tendant un petit tube de verre :

— J'ai un cadeau à vous faire. C'est une préparation du docteur Fardet. À la dernière minute, vous n'aurez qu'à porter ce tube à vos lèvres pour tomber aussitôt foudroyé.

Joyeux exorde ! Je vous l'avoue, mes amis, un frisson me courut dans le dos et mes cheveux se hérissèrent.

— Excusez-moi, monsieur le maréchal, dis-je en saluant, je sais que je me suis offert pour une mission très périlleuse, mais on ne m'en a pas encore précisé les détails.

— Colonel Perrin, fit Lannes d'un ton sévère, il n'est pas bien de faire appel au dévouement de ce brave officier sans le prévenir des dangers auxquels il s'expose.

Mais déjà je m'étais repris.

— Monsieur le maréchal, dis-je, permettez-moi de faire observer que plus grand est le danger, plus grand est l'honneur ; je ne me repentirais de m'être offert que si je savais n'avoir pas à courir de risques.

C'étaient de nobles paroles, et ma mine elle-même leur donnait plus de poids ; elle avait, à ce moment, quelque chose d'héroïque. Voyant fixés sur moi les yeux émerveillés de Lannes, je frémis à l'idée du magnifique début que je faisais à l'armée d'Espagne. Si je mourais dans la nuit, mon nom me survivrait. Mes nouveaux et mes anciens camarades, qui n'avaient pas entre eux un point de commun, en auraient un désormais dans l'amour et l'admiration d'Étienne Gérard.

— Général Razout, expliquez la situation, dit Lannes d'une voix brève.

Le général se leva, ses compas en main, me conduisit à la porte, et me montrant le grand mur gris qui dominait les amoncellements de ruines :

— Voici, me dit-il, la ligne de défense actuelle de l'ennemi. C'est le mur du grand couvent de la Madone. Cet obstacle emporté, la ville tombe. Mais les Espagnols ont poussé à l'entour des contre-mines, et le couvent a des murs d'une telle épaisseur que l'artillerie aurait infiniment de peine à y faire brèche. Or, nous savons que dans une des salles du bas est emmagasinée une quantité considérable de poudre : si l'explosion en pouvait être provoquée, la voie nous serait ouverte.

— Comment arriver jusque-là ? demandai-je.

— C'est ce que je vais vous dire. Nous avons dans la ville un agent français nommé Hubert. Cet homme courageux se tenait, jusqu'ici, en communication constante avec nous, et il avait promis de faire sauter le magasin à poudre. L'explosion devait se produire hier matin. Voilà deux jours qu'un millier de nos grenadiers n'attendent, pour donner l'assaut, que l'ouverture de la brèche. Cependant l'explosion ne se produit pas ; depuis ces deux jours, Hubert nous laisse sans nouvelles. La question qui se pose, c'est donc : qu'est devenu notre agent ?

— Et vous désirez que j'aille résoudre cette question ?

— Précisément. Est-il malade, ou blessé, ou mort ? Devons-nous encore différer l'attaque, ou la tenter sur un autre point ? Impossible de rien décider tant que nous ne serons pas fixés sur le compte d'Hubert. Capitaine Gérard, voici une carte de la ville. Vous voyez qu'à travers cette agglomération de couvents et de monastères circulent un certain nombre de petites rues, toutes partant d'une place centrale. Si vous arrivez jusqu'à cette place, vous verrez d'un côté la cathédrale. Au coin de cet édifice commence la rue de Tolède. C'est là qu'Hubert a son domicile, dans une maison située entre une échoppe de savetier et une taverne, à droite. Me suivez-vous ?

— Parfaitement.

— Il faut que vous parveniez jusqu'à cette maison, que vous vous présentiez à Hubert, que vous sachiez par lui si le projet qu'il nous a soumis est réalisable ou s'il faut que nous y renoncions.

Et me montrant un rouleau de gros drap, brun et sale, qui était simplement une robe de capucin :

— Voici, continua le général, un déguisement que vous jugerez utile.

II – Comment le brigadier prit Saragosse

Je reculai d'un pas.

— Mais il ferait de moi un espion ! me récriai-je. Ne puis-je garder mon uniforme ?

— Comment, sous votre uniforme, espéreriez-vous passer à travers les rues de la ville ? Rappelez-vous d'ailleurs que les Espagnols ne font pas de prisonniers, et que, quelque habit que vous portiez, si l'on vous prend, votre sort sera le même.

Vérité trop certaine : j'étais déjà depuis assez longtemps en Espagne pour ne pas douter que le sort qui m'attendait aux mains des Espagnols fût pire que la mort elle-même ; tout le long du chemin, depuis la frontière, j'avais entendu d'affreux récits de tortures et de mutilations. Je m'enveloppai dans ma bure de moine.

— Et maintenant, à vos ordres.

— Vous avez une arme ?

— Mon sabre.

— Le cliquetis pourrait vous trahir. Laissez votre sabre et prenez ce couteau. Vous direz à Hubert qu'avant le point du jour, à quatre heures, le détachement d'assaut sera prêt à s'élancer. Un sergent vous indiquera le moyen de pénétrer dans la ville. Bonne nuit et bonne chance !

Je n'avais pas encore quitté la chambre que les bicornes des deux chefs se rejoignaient au-dessus de la carte.

Dehors, un sous-officier du génie m'attendait. Je nouai à ma taille la corde de mon froc, j'ôtai mon colback et ramenai le capuchon par-dessus ma tête ; enfin, m'étant débarrassé de mes éperons, je suivis silencieusement mon guide.

Nous étions tenus de n'avancer qu'avec prudence, car les murs qui nous dominaient étaient remplis de sentinelles espagnoles, qui ne cessaient pas de tirailler contre nos postes avancés.

Pas à pas, sous l'ombre même du couvent, nous allions entre les tas de ruines.

Comme nous arrivions à la hauteur d'un grand châtaignier, le sergent s'arrêta.

— Cet arbre, me dit-il, se prête bien à l'ascension. Une échelle ne serait pas plus commode. Grimpez-y, et de la dernière branche vous passerez aisément sur le toit de la maison d'en face. Après cela votre ange gardien n'a plus qu'à se charger de vous, car moi je ne vous serais d'aucune aide.

Je fis ce que me disait le sergent : je retroussai ma robe brune et grimpai sur l'arbre.

La lune, dans son premier quartier, brillait d'un vif éclat ; l'arête du toit se découpait, sombre et dure, sur un ciel violet parsemé d'étoiles ; l'arbre tout entier demeurait noir.

Lentement, je m'élevai, de branche en branche, jusque près de la cime, d'où, à la faveur d'une branche maîtresse, je n'avais plus qu'à gagner le mur.

Soudain, mes oreilles perçurent un faible bruit de pas. Je me blottis contre le tronc, essayant de m'effacer dans son ombre. Un homme, sur le toit, venait de mon côté. Il n'était qu'une silhouette pliée en deux, presque rampante, qui tendait la tête et laissait dépasser un canon de fusil.

Avec une prudence inquiète, il s'arrêta une ou deux fois, puis reprit sa marche. Parvenu au bord du toit, à quelques mètres de l'arbre où j'étais juché, il ajusta son fusil et fit feu.

Cette brusque détonation, si proche, me causa un tel saisissement que je faillis tomber de l'arbre ; je me demandais même un instant si je n'étais pas touché. Mais un profond gémissement s'étant élevé du sol, l'Espagnol se pencha et se mit à rire.

Je compris ce qui était arrivé. Dans un sentiment de fidélité, mon pauvre sergent, avant de se retirer, avait voulu me voir disparaître : l'Espagnol, l'apercevant debout sous l'arbre, avait tiré sur lui.

Vous allez me dire qu'en touchant ainsi un homme dans l'obscurité il faisait preuve d'une jolie adresse ; mais ces gens-là se servent de trabucos, ou espingoles, qu'ils bourrent soit de pierres, soit de morceaux de métal, de façon à vous atteindre aussi sûrement que j'atteins un faisan au repos.

L'Espagnol continuait de fouiller l'ombre sous le toit. Une plainte qui s'en échappait de temps en temps l'informait que sa victime vivait encore. Rien ne bougeait. Peut-être songeait-il au plaisir d'achever ce maudit Français ; peut-être n'avait-il envie que de lui inspecter les poches : toujours est-il qu'abandonnant son fusil, il se pencha sur le vide et se laissa pendre à l'arbre. J'en profitai pour lui plonger mon poignard dans le corps. Il tomba, dans un fracas de branches.

Au bruit de sa chute sur le sol succéda le bruit d'une courte lutte, entrecoupée d'un ou deux jurons français : le sergent blessé avait pris sa revanche.

II – Comment le brigadier prit Saragosse

Je restai plusieurs minutes sans oser faire un mouvement, crainte d'une intervention quelconque. Cependant, aucun bruit n'étant venu troubler le silence, hormis les douze coups de minuit sonnés par les horloges de la ville, je me glissai le long de ma branche jusque sur le mur.

Le fusil laissé par l'Espagnol ne m'était d'aucune utilité, l'homme ayant gardé avec lui son cornet à poudre ; d'autre part, si l'ennemi le retrouvait, il ne manquerait pas d'en prendre alarme ; je fis donc ce que je pensais avoir de mieux à faire, je le lançai par-dessus le mur. Puis je réfléchis au moyen de descendre dans la ville.

Il était bien évident que le chemin le plus indiqué pour descendre était celui par lequel était montée la sentinelle. Je ne tardai pas à le découvrir.

— Manuelo ! appela une voix, Manuelo !

Comme l'appel se répétait, je me blottis dans l'ombre et vis une tête barbue sortir d'une trappe.

Ne recevant pas de réponse, l'homme grimpa sur le toit, en compagnie de trois autres gaillards, tous armés jusqu'aux dents.

Admirez ici l'importance des petites précautions : j'aurais laissé le fusil à sa place que l'on eût vite fait des recherches, et certainement l'on m'eût découvert ; au lieu que, ne voyant pas trace de la sentinelle, les quatre hommes supposèrent qu'elle avait dû s'éloigner le long des toits, et ils partirent eux-mêmes dans cette direction.

À peine eurent-ils tourné le dos, je me précipitai vers la trappe, je dégringolai l'escalier qui la desservait. La maison était sans doute vide, car je la traversai librement d'un bout à l'autre et, par une porte ouverte, je ressortis dans la rue.

Cette rue n'était, à vrai dire, qu'une ruelle étroite et déserte, mais elle donnait sur une voie plus large où étaient allumés, de place en place, des feux autour desquels donnaient des soldats et des paysans.

Il régnait dans la ville une odeur si affreuse qu'on s'étonnait que des gens pussent vivre là-dedans, car depuis des mois que durait le siège on n'avait fait l'effort ni de nettoyer les rues, ni d'ensevelir les cadavres.

Un grand nombre d'individus allaient d'un feu à l'autre, et, parmi eux, je remarquai plusieurs moines. Comme personne ne s'occupait d'eux, cela me donna du cœur, et je me hâtai vers la grande place.

Il arriva qu'un homme, couché près de l'un des feux, s'étant levé à ma vue, m'arrêta par le bras pour me montrer une femme qui gisait sur la chaussée. Je compris qu'elle se mourait et qu'il me demandait pour elle les derniers secours de l'Église.

Je cherchai refuge dans le peu de latin qui me restait :

— Ora pro nobis, marmottai-je du fond de mon capuchon. Te Deum laudamus. Ora pro nobis.

Tout en parlant, j'étendais vaguement la main devant moi. L'homme me lâcha le bras et s'écarta sans mot dire. J'esquissai un geste solennel, puis je repris vivement mon chemin.

Ainsi que je l'avais présumé, le boulevard que je suivais menait à la place centrale, qui était pleine de troupes et rougeoyait de feux. Je marchais à grands pas. Un ou deux individus m'ayant adressé la parole, j'eus l'air de n'y point prendre garde. Je passai devant la cathédrale, puis je m'engageai dans la rue qu'on m'avait désignée. Comme elle se trouvait dans le quartier de la ville le moins exposé à nos attaques, on n'y avait pas mis de troupes, et elle était fort noire, sauf que, de loin en loin, une faible lueur apparaissait à une fenêtre.

Je reconnus sans peine la maison où l'on m'adressait, entre l'échoppe du savetier et la taverne. Point de lumière à l'intérieur. Porte close. Je tâtai précautionneusement le loquet, il se souleva. Me demandant à moi-même qui allait me recevoir, je poussai la porte à tous risques. J'entrai.

Ce n'étaient, autour de moi, que ténèbres, et ténèbres qui me semblèrent encore plus profondes quand j'eus refermé la porte.

Tâtonnant, je rencontrai le bord d'une table. Je m'arrêtai. Que faire ? Comment savoir quelque chose de cet Hubert chez qui j'étais ? La moindre maladresse, outre qu'elle me coûterait la vie, entraînerait l'échec de ma mission.

Hubert pouvait ne pas habiter seul. Il pouvait n'être que le pensionnaire d'une famille espagnole et ma visite pouvait le perdre en me perdant. J'ai rarement connu dans ma vie une perplexité pareille.

Soudain, mon sang se figea dans mes veines. Une voix, une voix qui n'était presque qu'un souffle, venait de se faire entendre : « Mon Dieu ! disait-elle sur un ton d'agonie ; mon Dieu ! mon Dieu ! »

Puis un sanglot déchira l'ombre. Et tout redevint tranquille.

Elle m'avait fait frissonner d'horreur, cette terrible voix ; mais elle était celle d'un Français et elle m'avait fait aussi frémir d'espérance.

— Qui est là ? demandai-je.

Seul, un gémissement me répondit.

— Est-ce vous, monsieur Hubert ?

II – Comment le brigadier prit Saragosse

— Oui, oui, soupira la voix, si bas que je l'entendis à peine. De l'eau ! de l'eau, pour l'amour du Ciel ! de l'eau !

Je m'avançai dans la direction du son, mais je ne rencontrai que le mur. De nouveau un gémissement retentit et, cette fois, je ne pus douter qu'il ne vînt de plus haut que ma tête. Je levai les mains, sans rien trouver que l'espace.

— Où êtes-vous ? demandai-je.

— Ici, ici ! murmura l'étrange voix, qui tremblait.

J'étendis la main le long du mur : enfin elle se posa sur un pied nu. Il était à la hauteur de ma figure et néanmoins, autant que je m'en rendais compte, il n'avait aucun support.

Telle fut ma surprise que je reculai.

Je tirai de ma poche ma boîte à amadou : aux premiers feux qu'elle jeta, je crus voir un homme flotter dans l'air, ce qui redoubla ma stupeur, au point que je laissai choir la boîte.

Je la ramassai, je battis de nouveau la pierre ; j'allumai non seulement l'amadou, mais la petite bougie ; j'élevai la flamme, et, si mon ébahissement ne décrût point, mon horreur s'accrut encore.

L'homme avait été cloué au mur, comme une chouette à la porte d'une grange. On lui avait enfoncé des pointes énormes dans les mains et dans les pieds. Il agonisait, sa tête s'affaissait sur son épaule, sa langue pendait de sa bouche ; il succombait à la soif non moins qu'à ses blessures.

Pour ajouter à ses tourments, on avait eu l'inhumanité de placer un gobelet de vin en face de lui, sur une table. Je portai le vin à ses lèvres, il trouva la force d'en absorber une gorgée. Un peu de vie ranima ses yeux troubles.

— Vous êtes Français ? murmura-t-il.

— Oui. Je viens chercher de vos nouvelles.

— Les Espagnols ont découvert qui j'étais. Ils m'ont assassiné. Je voudrais vous dire, avant de mourir, ce que j'ai pu apprendre. Encore à boire, de grâce ! Vite ! vite ! Ma fin approche. Ma force s'en va. Écoutez-moi. La poudre est logée dans la chambre de la Mère Supérieure ; il y a un trou dans le mur, et la traînée pour la mise à feu aboutit à la cellule de sœur Angéla, près de la chapelle. J'avais pris toutes mes dispositions depuis deux jours. Mais on a saisi une de mes lettres et on m'a mis à la torture.

— Justes cieux ! Vous êtes cloué là depuis deux jours ?

— Deux jours qui m'ont fait l'effet de deux ans. Camarade, j'ai servi la France, n'est-ce pas ? Eh bien, reconnaissez-le en me poignardant. Frappez au cœur. Je vous supplie, je vous conjure de mettre fin à mes souffrances !

Le pauvre diable était dans une condition désespérée, et c'eût été faire acte de charité que d'accéder à sa demande. Je ne me dissimulais pas qu'à sa place j'aurais souhaité la même faveur. Mais comment, de sang-froid, lui plonger une lame dans le corps ?

Il me vint une inspiration. J'avais dans ma poche de quoi lui donner sans douleur une mort immédiate. Si c'était pour moi une sauvegarde contre la torture, c'était pour lui la délivrance, et il avait bien mérité de son pays.

Je pris mon tube ; l'ayant vidé dans le gobelet, j'allais le lui présenter, quand j'entendis tout à coup un bruit d'armes près de la porte. Instantanément j'éteignis ma lumière, je me glissai jusqu'à la fenêtre, me cachai derrière les rideaux. La minute d'après, la porte s'ouvrait, deux Espagnols faisaient irruption dans la chambre.

Farouches d'aspect, le teint bronzé, ils étaient en vêtements civils, mais ils portaient le fusil en bandoulière. Je tremblais qu'ils ne fussent sur ma piste ; en les épiant par l'intervalle des rideaux, je compris qu'ils venaient simplement repaître leurs yeux du supplice de mon infortuné compatriote.

L'un d'eux tenait une lanterne. Il en éclaira le moribond, et son camarade et lui éclatèrent de rire.

Puis l'homme à la lanterne aperçut le gobelet de vin sur la table. Il le prit, l'approcha des lèvres d'Hubert avec une grimace diabolique, et, comme le malheureux inclinait malgré lui la tête pour boire, il le retira brutalement et le vida lui-même d'un trait. Mais aussitôt il poussa un grand cri, porta d'un air égaré sa main à sa gorge, et tomba raide mort.

D'abord, son camarade le considéra d'un œil hébété ; puis, comme envahi d'une épouvante superstitieuse, hurlant, affolé, il s'élança au dehors, et j'entendis le pavé résonner de sa fuite sauvage, dont le bruit ne tarda pas à se perdre dans le lointain.

La lanterne abandonnée brûlait sur la table. À sa lumière, je vis, en quittant mon refuge, que la tête d'Hubert retombait sur sa poitrine. Lui aussi avait cessé de vivre. Il était mort dans le mouvement qu'il avait fait pour atteindre le gobelet.

II – Comment le brigadier prit Saragosse

Une pendule sonna très fort dans la maison, après quoi tout redevint tranquille.

Au mur pendait le cadavre convulsé du Français ; sur le plancher gisait celui de l'Espagnol ; la lanterne éclairait vaguement cette scène. Pour la première fois de ma vie, je me sentis en proie, brusquement, à une terreur insensée. J'avais vu couchés sur le sol des dizaines de milliers d'hommes qui avaient subi toutes les mutilations imaginables ; pourtant leur vue ne m'avait jamais impressionné autant que celle des deux figures silencieuses qui me tenaient compagnie dans cette chambre. Je me précipitai dans la rue comme l'avait fait l'Espagnol, j'avais hâte de laisser derrière moi cette demeure sinistre.

C'est seulement près de la cathédrale que je recouvrai un peu mes esprits. Alors je m'arrêtai dans l'ombre, pantelant, et, comprimant de la main les battements de mon cœur, j'essayai de me remettre, d'examiner calmement ce que j'avais à faire.

J'étais là respirant à peine, quand les grosses cloches de bronze grondèrent deux fois au-dessus de ma tête. Il était deux heures. À quatre heures, les troupes d'assaut seraient en place. J'avais encore deux heures pour agir.

L'intérieur de la cathédrale resplendissait de lumière ; un grand nombre de gens entraient ou sortaient. J'entrai moi-même, me disant que je risquais moins d'être arrêté en un pareil lieu et que j'y serais plus tranquille pour tirer des plans.

Singulier spectacle que celui qu'offrait la cathédrale ! On en avait fait, tout ensemble, un hôpital, un refuge et un entrepôt. Un des bas-côtés était encombré de provisions ; dans l'autre, on avait couché en désordre les blessés et les malades. La grande nef servait d'asile à une foule de réfugiés ; ils y avaient allumé des feux et faisaient leur cuisine sur le pavé de mosaïque.

Beaucoup de gens priaient. Je m'agenouillai comme eux dans l'ombre d'un pilier et, du fond du cœur, je formai le souhait de me tirer d'affaire après avoir accompli, au cours de la nuit, un exploit qui rendît mon nom fameux en Espagne comme il l'était déjà en Allemagne.

J'attendis que l'horloge eût sonné trois heures. Alors je quittai la cathédrale et m'acheminai vers le couvent de la Madone, où l'assaut devait être donné.

Vous comprenez, vous qui me connaissez bien, que je n'étais pas homme à regagner humblement les positions françaises pour raconter que, notre agent étant mort, il n'y avait plus qu'à chercher d'autres moyens de pénétrer dans la ville. Ou j'accomplirais ma tâche, ou l'on devrait me donner un successeur aux hussards de Conflans.

Je remontai, sans que personne m'adressât une question, le boulevard dont j'ai tantôt parlé. Il me conduisit au grand couvent de pierre qui formait l'ouvrage extérieur de la défense, massive construction carrée dont un jardin occupait le centre.

Dans ce jardin étaient rassemblés plusieurs centaines d'hommes, tous armés, tous prêts, car, bien entendu, on savait dans la ville que de ce côté viendrait probablement l'attaque française.

Jusque-là, dans nos campagnes à travers l'Europe, la lutte s'était toujours réduite au choc de deux armées. Nous devions apprendre en Espagne combien il est terrible de lutter contre tout un peuple. D'une part, nulle gloire à attendre, car il ne peut y avoir de gloire à battre un ramassis de boutiquiers, de paysans ignorants, de prêtres fanatiques, de femmes décharnées, d'individus de toute sorte, comme ceux qui constituaient la garnison ; d'autre part, le danger n'était pas moindre pour nous que la difficulté, car ces gens, outre qu'ils ne nous laissaient aucun répit, n'observaient aucune des lois de la guerre et ne s'arrêtaient à aucun scrupule dans leur désir exaspéré de nous faire du mal. Je commençai à comprendre l'odieux de notre besogne en observant les groupes bigarrés, mais féroces, qui se pressaient autour des feux dans ce couvent. Nous n'avons pas, nous autres soldats, à nous mêler de politique ; mais cette guerre d'Espagne m'avait paru néfaste dès le début.

D'ailleurs, le moment ne se prêtait pas à la réflexion. Si c'était, comme je l'ai dit, une chose facile que d'arriver jusqu'au jardin du couvent, c'en était une beaucoup moins simple que d'entrer sans être interrogé, dans les bâtiments mêmes.

Je commençai par faire le tour du jardin, ce qui me permit de découvrir une grande fenêtre à vitraux appartenant sans doute à la chapelle. Je savais, par les déclarations d'Hubert, que près de la chapelle se trouvait la chambre de la Mère Supérieure, où était emmagasinée la poudre, et qu'un trou pour le passage de la traînée avait été pratiqué dans le mur d'une cellule voisine.

À tout prix je devais entrer dans le couvent. La porte était gardée. Comment la franchir sans explication ? Une idée me traversa la tête : dans le jardin il y avait un puits et, près de ce puits, de nombreux seaux vides. J'en remplis deux et m'approchai de la porte. Un homme

II – Comment le brigadier prit Saragosse

qui tient un seau de chaque main n'a pas à dire ce qu'il vient faire ; le factionnaire s'empressa de m'ouvrir.

Je me trouvai dans un long corridor éclairé par des lanternes et bordé sur un côté par les cellules des nonnes. J'étais enfin sur la voie du succès. Je m'avançai sans hésitation, sachant, pour l'avoir déterminée dans le jardin, la direction de la chapelle. Une foule de soldats espagnols flânaient et fumaient dans le corridor. Plusieurs m'adressèrent la parole quand je passai. J'imagine qu'ils me demandaient ma bénédiction, car mon Ora pro nobis parut entièrement les satisfaire.

Je fus bientôt près de la chapelle. Il était visible que la cellule voisine contenait de la poudre, car le devant de la porte en était tout noir.

La porte était fermée, deux gaillards de mine sévère y faisaient bonne garde. L'un d'eux avait une clef à la ceinture. Seul, il n'en fût pas resté longtemps possesseur ; mais, son camarade étant là, je ne pouvais songer à la lui prendre de force.

La cellule qui précédait le magasin devait être celle de sœur Angéla. J'en vis la porte entr'ouverte. Je posai mes seaux dans le corridor, je rassemblai tout mon courage et j'entrai sans être arrêté.

Je pensais trouver une demi-douzaine d'Espagnols à visages d'énergumènes : le spectacle qui s'offrit à moi était singulièrement plus embarrassant. On avait apparemment réservé cette cellule à l'usage de quelques religieuses qui, pour une raison ou une autre, n'avaient pas voulu quitter leur asile. Elles étaient trois là dedans, assises à l'autre bout de la pièce : une vieille personne d'aspect sévère en qui l'on n'avait pas de peine à reconnaître la Mère Supérieure, et deux charmantes jeunes femmes. Toutes trois se levèrent à mon entrée, et je ne fus pas peu surpris de voir, à leurs manières, à l'expression de leurs figures, que j'étais le bienvenu. Un instant me suffit pour comprendre. En prévision de l'attaque qui se préparait contre le couvent, elles attendaient qu'on les mît en lieu sûr ; leurs vœux les liaient sans doute à la maison, et on leur avait dit de se tenir dans cette cellule jusqu'à nouvel ordre.

En tous cas, je conformai ma conduite à ce raisonnement, car j'étais bien obligé de me débarrasser d'elles, et j'avais un bon prétexte pour les faire sortir. Je commençai par donner un regard à la porte, et constatai que la clef était à l'intérieur ; puis, d'un geste, je leur commandai de me suivre. La Supérieure m'adressa une question ; j'y répondis en hochant impatiemment la tête et en renouvelant mon geste impératif. Elle hésitait encore : je frappai du pied en montrant la sortie, d'une telle façon que les trois nonnes vinrent tout de suite.

La chapelle était pour elles le refuge le plus indiqué. Je les y menai donc, et j'eus soin de les y placer à l'extrémité la plus éloignée du magasin à poudre. Tandis qu'elles se rangeaient devant l'autel, je sentais mon cœur déborder d'orgueil et de joie à l'idée que je venais d'écarter de mon chemin le dernier obstacle.

Et pourtant, combien de fois ne me suis-je pas aperçu qu'une telle minute est la minute même du danger !

En regardant, avant de sortir, la Mère Supérieure, je vis avec effroi qu'elle fixait sur ma main droite des yeux où le soupçon se mêlait à l'étonnement. Un double détail pouvait avoir éveillé son attention. C'était, d'abord, que j'avais sur la main du sang de la sentinelle que j'avais poignardée dans l'arbre. Il est vrai que cela seul eût compté pour peu, le couteau étant aussi familier que le bréviaire aux moines de Saragosse ; mais je portais à l'index une grosse bague d'or, cadeau d'une baronne allemande que je ne puis autrement désigner, et elle reluisait sous la lampe de l'autel. Une bague au doigt d'un moine, c'est chose impossible à cause du vœu de pauvreté. Je me retournai au plus vite pour gagner la porte. Hélas ! le mal était fait. Un regard lancé à la dérobée me montra que la Supérieure accourait derrière moi.

Je me précipitai dans le corridor, mais elle poussa des cris aigus afin de prévenir les deux gardes. Heureusement, j'eus la présence d'esprit de crier aussi, en montrant le fond du corridor, comme si nous étions, elle et moi, engagés dans la même poursuite. Et passant comme un trait devant les deux hommes, je bondis dans la cellule, j'en refermai violemment la porte. Avec ses deux verrous encadrant son énorme serrure, elle ne se laisserait pas aisément forcer.

Sans doute j'étais perdu si les Espagnols avaient eu l'idée, à ce moment, de placer un tonneau de poudre contre la porte. Il ne leur restait pas d'autre chance de salut, car je touchais au but de ma mission. Après une série de dangers comme peu d'hommes se flatteraient d'en avoir traversés, je me trouvais ici au bout de la traînée de poudre dont dépendait le sort de Saragosse.

Les deux gardes hurlaient comme des loups dans le corridor. La porte gémissait sous les crosses de leurs fusils. Insensible à leurs clameurs, je cherchai des yeux la traînée. Et je la cherchai, naturellement, du côté où la cellule confinait au magasin.

II – Comment le brigadier prit Saragosse

Rampant sur les mains et sur les genoux, j'inspectai la moindre fissure ; mais, de la traînée, point de trace.

Deux balles, perçant la porte, vinrent s'aplatir contre la muraille. Le bruit des coups, le fracas du bois volant en éclats croissaient de minute en minute.

Apercevant dans un coin un petit renflement, j'y courus avec un cri de joie ; hélas ! ce n'était que de la poussière amoncelée. Alors je revins du côté de la porte : là, du moins, je serais à l'abri des balles, qui pleuvaient maintenant dans la cellule. Et j'essayai d'oublier le tumulte, qui vraiment avait quelque chose d'infernal, pour deviner l'emplacement de la traînée. Hubert avait dû s'arranger de manière qu'elle échappât à la vue des religieuses. Je me demandais comment, dans son cas, je m'y serais pris moi-même.

Soudain, je distinguai dans un coin une statue de saint Joseph. Le long du piédestal pendait une guirlande de feuillage, au milieu de laquelle brûlait une lampe. Je m'élançai vers la statue et j'écartai le feuillage. Oui, je ne me trompais point, il y avait là une mince ligne noire qui, par un petit trou, disparaissait dans le mur. Je penchai la lampe et je me jetai contre le sol.

Une seconde à peine s'écoula, puis, autour de moi, les murs tremblèrent et chancelèrent, le plafond sembla se disjoindre ; par-dessus les clameurs terrifiées des Espagnols s'éleva la rumeur terrifiante de l'assaut que donnaient nos grenadiers. Je l'entendis comme dans un rêve, un rêve de béatitude ; puis je n'entendis plus rien.

Quand je repris mes sens, deux soldats français me relevaient. J'avais dans la tête un ronflement de bouilloire.

Flageolant sur mes jambes, je regardai autour de moi. Partout des débris de plâtre et de meubles, des lézardes dans la brique ; mais les murs du couvent étaient si solides que l'explosion n'avait pas suffi à les abattre.

À la vérité, elle avait déterminé une telle panique chez les défenseurs que les assaillants avaient pu forcer les fenêtres et les portes sans qu'on leur offrît une résistance sérieuse. Le corridor regorgeait de troupes. Lannes y pénétrait lui-même, accompagné de son état-major. Il s'arrêta en me voyant, et je lui fis mon rapport, qu'il écouta avec le plus vif intérêt.

— Tout cela est magnifique, capitaine Gérard, s'écria-t-il. L'Empereur en sera informé.

— Votre Excellence voudra bien remarquer, dis-je, que je n'ai fait qu'achever l'œuvre de M. Hubert, mort pour notre cause.

— On n'oubliera point ses services, me répondit le maréchal. Mais il est quatre heures et demie, capitaine Gérard ; vous devez mourir de faim et de fatigue après une semblable nuit. Ces messieurs de l'état-major et moi déjeunons dans la ville. Vous nous ferez l'honneur d'être notre invité.

— Aux ordres de Votre Excellence, dis-je. Cependant j'ai auparavant un petit engagement à tenir.

Le maréchal ouvrit de grands yeux.

— À cette heure-ci ?

— Oui, répondis-je. Mes camarades, que j'ai vus hier pour la première fois, auraient sujet de se plaindre s'ils ne me revoyaient ce matin.

— Alors, à bientôt, dit le maréchal, poursuivant sa route.

Je me hâtai vers la porte, qui était défoncée, et je passai au dehors.

En arrivant à la maison sans toit où s'était tenu la consultation de la veille, je dépouillai ma robe de capucin pour reprendre mon colback et mon sabre ; et redevenu officier de hussards, je m'acheminai à grands pas vers le petit bois où j'avais rendez-vous.

La tête me tournait encore par l'effet de la commotion que j'avais subie, sans compter que les émotions de cette effroyable nuit m'avaient épuisé.

Quand j'y repense, elle me paraît un songe, cette marche dans la lumière grise du petit jour, pendant qu'autour de moi s'éteignaient les feux du camp et montait le brouhaha d'une armée qui s'éveille. De toutes parts, clairons et tambours rassemblaient l'infanterie, car le bruit de l'explosion et les cris avaient suffisamment répandu la nouvelle de l'attaque.

Quand je fus au bouquet de chênes-lièges en avant duquel s'étendaient les lignes de nos chevaux, je vis mes douze camarades qui m'attendaient en groupe, le sabre au côté. Ils me regardèrent avec curiosité tandis que j'approchais. Peut-être, à leurs yeux, mon visage noirci par la poudre et mes mains ensanglantées faisaient-ils de moi un autre personnage que le jeune capitaine dont ils s'étaient gaussés au cours de la soirée précédente.

— Bonjour, messieurs, dis-je. Pardonnez-moi un retard que je regrette, mais on avait disposé de mon temps.

Ils continuaient de m'examiner sans rien dire.

Je crois les revoir tels qu'ils étaient à ce moment, rangés en ligne devant moi, les grands et les petits, les gros et les maigres : Olivier, avec sa moustache belliqueuse ; Pelletan, ardent et mince visage ; le jeune Oudin, tout rouge à l'idée de son premier duel ; Mortier, dont une estafilade barrait le front ridé.

J'ôtai mon colback et tirai mon sabre.

— J'ai une faveur à vous demander, messieurs, repris-je. Le maréchal Lannes m'a invité à déjeuner ; je ne puis le faire attendre.

— C'est-à-dire ?... interrogea Olivier.

— Qu'ayant promis de vous donner à chacun cinq minutes, je vous prie de me relever de ma promesse et de permettre que je vous rencontre tous ensemble.

Et je tombai en garde.

Ils me répondirent de la plus belle façon, et de la plus française : mettant sabre au clair tous ensemble, ils prirent la position du salut, immobiles, les talons joints, la lame à la hauteur du visage.

Je crus chanceler. Je les regardai l'un après l'autre. Un instant, je mis en doute le témoignage de mes yeux. Ils me rendaient hommage, ces hommes qui avaient fait de moi des gorges chaudes !

Mais, enfin, je compris. Je vis l'effet que j'avais produit sur eux et le désir qu'ils avaient de réparer leurs torts. Dans un certain état de faiblesse, un homme peut se raidir contre le danger, non pas contre l'émotion.

— Camarades ! m'écriai-je, camarades !...

Je n'eus pas la force d'en dire plus. Quelque chose m'avait pris à la gorge, j'étouffais.

Cependant Olivier m'entourait de ses bras, Pelletan me saisissait la main droite, Mortier la main gauche, on me tapait sur l'épaule, on me cognait dans le dos, des figures souriantes étaient fixées sur la mienne.

Je venais de conquérir ma place aux hussards de Conflans.

III

COMMENT LE BRIGADIER TUA LE RENARD

Si nombreuses qu'aient été les armées de la France sous l'Empire, il ne s'y rencontra qu'un officier pour inspirer aux Anglais de Wellington une haine profonde, solide, indéfectible. Certes, parmi les Français, il y avait des pillards, des hommes toujours prêts à la violence, des joueurs, des roués, des duellistes ; on leur pardonnait d'autant plus aisément que les gens de même acabit ne manquaient point dans l'armée anglaise. Mais un officier du corps de Masséna commit un crime sans nom, un de ces forfaits inouïs, abominables, auxquels on ne saurait faire allusion qu'avec des mots imprécatoires, et la nuit, à une heure avancée, quand une deuxième bouteille a délié les langues. La nouvelle n'en eut pas plus tôt passé la Manche que les gentilshommes campagnards, peu au courant des détails de la grande guerre, eurent le sang à la tête, et que les petits propriétaires des comtés brandirent à l'envi des poings tachés de rousseur. Ce coupable n'était pourtant que notre ami le général de brigade Étienne Gérard, des hussards de Conflans, le gai cavalier, le beau secoueur de panache, la coqueluche des dames et des six brigades de cavalerie légère.

Et le curieux de l'aventure, c'est que le brave soldat fit cette chose détestable, grâce à quoi il devint le plus impopulaire de la Péninsule, sans même se douter qu'il se rendait coupable d'un forfait pour lequel il existe à peine un qualificatif dans notre langue. Il mourut dans un âge avancé, mais jamais l'imperturbable confiance en lui-même, qui était l'un des traits, heureux ou fâcheux, de son caractère, ne lui permit de soupçonner que des milliers d'Anglais l'eussent volontiers pendu de leurs mains. Au contraire, il voyait là un de ces exploits dont il a légué le souvenir au monde. Que de fois il lui advint de s'en faire gloire, non sans malice, auprès des auditeurs avides rangés à ses côtés, dans l'humble café où, le soir, entre son dîner et sa partie de dominos, il évoquait, moitié riant, moitié pleurant, ces inconcevables années napoléoniennes qui avaient vu, au-dessus d'un continent prosterné, la France s'élever, splendide et terrible, comme l'Ange de la Colère !

III – Comment le brigadier tua le renard

Écoutons-le nous raconter l'histoire à sa manière et de son point de vue.

Vous devez savoir, mes amis, disait-il, que, vers la fin de 1810, Masséna et les autres avaient poussé Wellington assez loin pour que nous eussions le droit d'espérer que nous allions le jeter, avec toute son armée, dans le Tage. Mais à vingt-cinq milles de Lisbonne nous nous aperçûmes que nous étions trahis ; car, à un endroit nommé Torres-Vedras, l'Anglais avait disposé une immense ligne d'ouvrages et de forts à travers laquelle nous n'étions pas en mesure de nous ouvrir un passage. Elle barrait dans toute sa largeur la Péninsule, et notre armée était à si grande distance de chez elle que nous n'osions risquer un échec.

Ce n'était pas un jeu d'enfants, nous l'avions appris à Busaco, que de forcer un pareil adversaire. Donc, nous n'avions rien à faire que de nous arrêter devant ces lignes et de les bloquer de notre mieux. Nous restâmes là six mois entiers, dans des angoisses telles que Masséna déclara plus tard en avoir blanchi de tout son poil.

J'avoue que, personnellement, je ne me tracassais guère. Je m'occupais de nos chevaux, qui avaient surtout besoin de repos et de fourrage vert ; quant au reste, je buvais le vin du pays et passais le temps aussi joyeusement que possible. Il y avait à Santarem une dame... Mais motus sur ce chapitre : un galant homme, en certains cas, peut tout au plus laisser entendre qu'il aurait beaucoup à dire. Mandé un jour par Masséna, je le trouvai dans sa tente qui examinait un plan sur sa table. Il me regarda silencieusement, de ses yeux aigus. Son visage m'annonçait quelque chose de grave. Je le sentais nerveux, inquiet. Ma vue sembla le rassurer. L'aspect d'un homme courageux a, par lui seul, une vertu bienfaisante.

— Colonel Gérard, me dit-il, j'ai toujours entendu parler de vous comme d'un officier entreprenant et résolu.

Je n'avais pas à confirmer cette opinion, mais c'eût été folie que d'y contredire. Je fis sonner mes éperons et je saluai.

— Vous êtes, par-dessus le marché, un cavalier émérite.

J'en convins.

— Et la plus fine lame de la cavalerie légère.

Masséna était réputé pour l'exactitude de ses informations.

— Eh bien, reprit-il, jetez les yeux sur ce plan, vous comprendrez tout de suite ce que j'attends de vous. Voici les lignes de

Torres-Vedras. Comme vous le voyez, elles couvrent une étendue considérable ; les Anglais ne peuvent donc les tenir que de loin en loin. Passé les lignes, vous avez devant vous quarante kilomètres de terrain libre jusqu'à Lisbonne. Il importe beaucoup de savoir comment Wellington a réparti ses troupes sur cet espace, et je désire que vous alliez vous en rendre compte.

Ces mots me firent froid dans le dos.

— Monsieur le maréchal, dis-je, un colonel de cavalerie légère ne saurait condescendre à un acte d'espionnage.

Le maréchal se mit à rire, et me tapant sur l'épaule :

— Vous ne seriez pas un hussard, répliqua-t-il, si vous n'aviez la tête chaude. Veuillez m'écouter, vous verrez que ce n'est point d'espionnage qu'il s'agit. Que pensez-vous de ce cheval ?

Il m'avait conduit à l'entrée de sa tente et me montrait un chasseur en train de promener à la main la plus admirable bête du monde : un cheval gris pommelé, pas très haut, peut-être un mètre cinquante-deux ou trois, mais la tête courte et une magnifique rondeur d'encolure, signes distinctifs de l'arabe. Ses épaules, ses hanches étaient si musclées et ses jambes néanmoins si fines que, rien que de les contempler, je frémissais de joie. Même aujourd'hui que soixante hivers m'ont glacé le sang, la beauté d'un cheval ne me laisse pas plus insensible que les charmes d'une jolie femme. Pensez ce qu'il en était en 1810 !

— Il s'appelle Voltigeur, me dit Masséna, et c'est le cheval le plus vite de l'armée. Ce que je désire, c'est que vous le preniez, que vous partiez à la nuit, que vous tourniez l'un des flancs de l'ennemi, franchissiez ses lignes, exploriez ses arrières, et qu'enfin vous reveniez par l'autre côté, m'apportant des nouvelles de ses dispositions. Vous serez en uniforme, ce qui vous sauvera de la mort des espions si l'on vient à vous prendre. Sans doute franchirez-vous les lignes sans qu'on vous arrête, les postes étant très disséminés. Après cela, pour pouvez, en plein jour, si vous rencontrez quelqu'un, le gagner de vitesse ; et vous avez, en évitant les routes, bien des chances de passer inaperçu. Dans le cas où je ne vous aurais pas revu demain soir, j'en conclurais qu'on vous a fait prisonnier, et j'offrirais le colonel Pétrie en échange.

Combien le cœur me battait d'orgueil et de joie lorsque, ayant bondi en selle, je mis le cheval au galop et, pour donner au maréchal une idée de ma maîtrise, passai et repassai devant lui à bride abattue !

III – Comment le brigadier tua le renard

Spectacle magnifique, je le dis de moi comme du cheval, car Masséna claqua des mains en s'exclamant de plaisir :

— À une noble monture il faut un cavalier digne d'elle.

Ce sont ses propres paroles que je vous répète. Comme, pour la troisième fois, plumet au vent, pelisse éployée, je repassais sous les yeux du maréchal dans un bruit de tonnerre, je lus clairement sur son visage de vieux dur-à-cuire qu'il ne doutait plus d'avoir choisi l'homme convenable à son dessein.

Je tirai mon sabre, j'en élevai la garde à la hauteur des lèvres, je saluai et, piquant des deux, je regagnai mon quartier.

Déjà la nouvelle commençait à se répandre d'une mission dont j'étais chargé, et mes petits bougres, sortis en foule de leurs tentes, m'accueillirent avec enthousiasme. Ah ! tenez, quand je pense à la fierté qu'ils avaient de leur colonel, mes paupières se mouillent ; ils méritaient un chef aussi brillant.

La nuit semblait couver une tempête, ce qui n'était pas pour me déplaire. Je désirais que mon départ restât le plus secret possible, étant bien évident que, si les Anglais en avaient connaissance, ils flaireraient quelque chose de sérieux. On détacha Voltigeur pour le mener à l'abreuvoir. Je le suivis et le montai.

Muni d'une carte et d'une boussole, ayant enfermé les instructions écrites du maréchal dans les profondeurs de ma poche, le sabre au côté, je pris le chemin de l'aventure.

Une pluie fine tombait, il n'y avait pas de lune, ce début d'expédition n'avait rien de drôle ; mais songeant à l'honneur qu'on me faisait, à la gloire qui m'attendait, j'avais le cœur à l'aise. L'exploit que j'allais accomplir, couronnant une éclatante série, pouvait me valoir un jour le bâton. Rêves fous des jeunes cervelles, ivresse du succès ! Aurais-je prévu, quand je chevauchais, cette nuit-là, moi, l'élu d'entre soixante mille hommes, qu'un jour je planterais des choux et vivrais de cent francs par mois ! Ah ! les espoirs de mes belles années, camarades ! La roue tourne et jamais ne s'arrête. Pardonnez à la faiblesse d'un vieillard.

La route que je suivais, gravissant les pentes de Torres-Vedras, tantôt franchissait un petit ruisseau, tantôt bordait une ferme incendiée et ne laissait plus sur le sol qu'une trace à peine visible, puis s'enfonçait sous un bois taillis de chênes-lièges, avant de parvenir au monastère de San-Antonio, qui marquait la gauche de la position anglaise.

Là, j'obliquai au sud et poursuivis tranquillement le long des dunes, car j'étais à l'endroit où Masséna pensait que je traverserais la position avec le moins de risques. J'allais très lentement. Il faisait si sombre que je ne voyais pas ma main devant moi. En pareil cas, je m'abandonne à ma monture, je lui mets la bride sur le cou. Voltigeur marchait d'un pas assuré, cependant que, tout heureux d'être sur son dos, j'épiais la nuit afin d'éviter la moindre lumière.

Après trois heures de cette avance prudente, estimant que je devais avoir laissé loin tout danger, je pressai mon cheval, car je voulais être dès le point du jour sur les derrières de l'armée. Le pays abonde en vignobles, qui sont, l'hiver, des plaines découvertes où un cavalier se dirige sans peine.

Masséna, par malheur, n'avait pas suffisamment compté avec la malice anglaise. Loin de s'en tenir à une simple ligne de défense, l'ennemi en avait établi trois. Et la troisième, que je traversais à ce moment, était la plus formidable. Comme j'allais m'applaudissant de mon succès, la brusque clarté d'un falot projetée devant moi, fit luire des canons de fusils et apparaître un habit rouge.

— Qui va là ? demanda une voix.

Cette voix ! Je donnai un coup de rêne à droite et lançai mon cheval ventre à terre. Mais une douzaine de coups de feu partirent de l'ombre, les balles me sifflèrent aux oreilles. Sans doute j'étais habitué à leur musique ; je n'en parlerai pourtant pas comme un conscrit et vous avouerai que je ne l'ai jamais aimée. Du moins, elle ne m'a jamais empêché de penser clairement. Je savais n'avoir rien à faire que de galoper dur et de tenter ailleurs la chance. Je tournai le détachement anglais. Quand je n'entendis plus aucun bruit, je présumai avec raison que j'avais franchi enfin les dernières défenses. Alors je courus au sud, l'espace d'environ huit kilomètres, battant le briquet de temps à autre pour consulter ma boussole de poche.

Et soudain – j'en frissonne encore chaque fois que je revis cette minute – mon cheval, sans avoir fait un faux pas, sans avoir poussé une plainte, s'abattit sous moi, raide mort.

Une des balles de ces satanés Anglais l'avait, à mon insu, percé d'outre en outre. La vaillante bête n'avait pas sourcillé ni faibli, elle avait marché tant qu'il y avait eu de la vie en elle. L'instant d'avant, je montais le cheval le plus rapide, le plus beau de l'armée de Masséna ; voilà qu'il gisait à mes pieds, ne valant plus que le prix de sa peau ; et je demeurais là, réduit à cet état d'infirmité et de disgrâce qu'est celui du hussard

III – Comment le brigadier tua le renard

démonté ! Que devenir avec mes bottes, mes éperons, mon grand sabre ? J'étais dans les lignes ennemies, comment espérer en sortir ?

Je ne rougis pas de dire que moi, Étienne Gérard, je me laissai tomber désespérément sur le corps de la bête et cachai mon visage dans mes mains. Déjà le ciel se rayait de blanc à l'est. Il ferait grand jour dans une demi-heure. Qu'après avoir triomphé de tous les obstacles je fusse à la merci de mes ennemis, que ma mission eût échoué, qu'il ne me restât qu'à me rendre, n'était-ce pas de quoi briser mon cœur de soldat ?

Baste, mes amis ! les plus braves d'entre nous ont de ces défaillances. Mais mon âme est de la trempe des tiges d'acier : plus on les plie, plus elles se redressent. Le désespoir s'en va vite, la tête et le cœur se retrouvent, l'un de glace, l'autre de feu. Tout n'était pas perdu. J'avais victorieusement affronté trop de hasards pour que celui-ci eût raison de moi. Je me levai et considérai le parti à prendre.

Et d'abord, inutile de m'en retourner vers les lignes : avant que je pusse les franchir, le jour serait levé. Je devais donc me blottir quelque part jusqu'à l'heure où les ténèbres revenues favoriseraient ma fuite.

J'enlevai à mon pauvre Voltigeur la selle, la bride et les fontes, que je cachai parmi des broussailles ; ainsi, en le découvrant, on ne saurait pas que le cheval était français. Puis, l'abandonnant sur place, je me mis à errer, en quête d'un sûr asile pour la journée.

Dans toutes les directions, des feux de camp brillaient au penchant des collines, déjà des silhouettes se mouvaient à l'entour. C'en était fait de moi si je ne trouvais au plus tôt une retraite. Où la découvrir ? J'étais au milieu d'une vigne, mais réduite à ses échalas. Piètre couvert. De plus, comment passer la journée entière sans nourriture et sans eau ? Je partis précipitamment, tout droit, dans l'ombre pâlissante.

Je me fiais à la chance et n'avais point tort : la chance est femme, mes amis ; elle veille sur le hussard intrépide.

J'allais donc, butant et trébuchant, à travers la vigne, quand je vis se dresser obscurément quelque chose, et bientôt j'arrivai à une grande maison carrée, que flanquait un autre bâtiment long et bas.

Elle se trouvait à l'intersection de trois routes ; il était aisé de reconnaître que c'était une auberge ou posada.

Aucune lumière aux fenêtres ; l'ombre et le silence partout. Mais, bien entendu, je ne doutai pas qu'un lieu si confortable ne fût occupé et que l'occupant ne fût un personnage.

Je savais, au reste, que la place la plus dangereuse est souvent aussi la plus sûre, en sorte que je ne me sentis nullement enclin à m'éloigner.

Le bâtiment bas servait probablement d'écurie. La porte n'en était fermée qu'au loquet. Je me glissai à l'intérieur.

Sans doute par crainte des maraudeurs, on y avait rassemblé en nombre des bœufs et des moutons. Une échelle conduisait au grenier. J'y grimpai, et me tapis étroitement entre des bottes de foin.

Le grenier avait une petite fenêtre ouverte, par où j'apercevais le devant de l'auberge ainsi que la route. Pelotonné sur moi-même, j'attendis les événements.

Il devint bientôt évident que je ne me trompais pas en supposant que la maison logeait un personnage. Le jour avait à peine paru qu'un dragon léger de l'armée anglaise arrivait, porteur d'une dépêche. Aussitôt, grand remue-ménage dans la place. Des officiers à cheval vont et viennent. Un nom est sur toutes les lèvres : « Sir Stapleton… Sir Stapleton… »

Vous imaginez le pénible de ma situation, et je me sentais la gorge sèche au spectacle des grands flacons apportés par l'aubergiste. Mais il m'amusait de regarder ces officiers anglais, aux figures claires, bien rasées, insoucieuses, et de me demander ce qu'ils penseraient s'ils venaient à savoir qu'à quelques pas d'eux se cachait un homme célèbre.

J'observais donc sans bouger, quand je vis une chose qui m'emplit de surprise.

L'insolence anglaise est vraiment incroyable. Que supposez-vous qu'avait fait Mylord Wellington en s'apercevant qu'il était bloqué par Masséna et dans l'impossibilité de manœuvrer ? Je vous le donne en mille. Peut-être direz-vous qu'il avait eu un accès de rage ou de désespoir, qu'il avait rassemblé ses troupes pour les haranguer, leur parler de gloire et de patrie avant de les conduire à la dernière bataille ? Vous n'y êtes guère.

Mylord avait envoyé en Angleterre un bateau de la flotte lui chercher des chiens courants ; et là-dessus il s'était mis à chasser le renard avec ses officiers. Croyez-m'en, c'est vérité pure. Derrière les lignes de Torres-Vedras, ces fous d'Anglais chassaient le renard trois fois la semaine. Je l'avais entendu dire au camp ; je le constatais maintenant de mes yeux.

En effet, sur la route que je vous ai décrite, il y avait trente ou quarante chiens, blancs et bruns, tous portant la queue droite, bien

III – Comment le brigadier tua le renard

alignée, comme les grognards de la Grande Armée leur baïonnette. Ma parole, cela valait le coup d'œil.

Entre les rangs de la meute et derrière cavalcadaient trois individus en habit rouge et casquette à visière : je compris que c'étaient les chasseurs.

Puis venaient des cavaliers en uniformes de toute sorte, qui s'en allaient par deux ou trois le long de la route, causant et riant. Leur allure était celle du trot, d'où je conclus que le renard qu'ils poursuivaient jouait plutôt de ruse que de vitesse.

Les uns après les autres, ils ne tardèrent pas à sortir du champ de ma fenêtre. Quand je les eus perdus de vue, je continuai d'attendre, à l'affût du premier hasard favorable.

Au bout d'un instant apparut sur la route un officier dont l'uniforme bleu avait quelque rapport avec celui de notre artillerie volante. Il venait au petit galop. C'était un homme d'un certain âge, assez fort, avec des favoris poivre et sel. Il s'arrêta pour parler à un officier d'ordonnance, un dragon, planté à la porte de l'auberge, et je me félicitai de l'avantage que me donnait la connaissance de l'anglais, car je pus suivre leur conversation sans en rien perdre.

— Où est le rendez-vous ? dit le nouvel arrivant.

— Près d'Altara, répondit l'autre. Vous êtes en retard, Sir George.

— En effet. J'ai eu tantôt une séance de cour martiale. Sir Stapleton Cotton est-il parti ?

À ce moment une fenêtre s'ouvrit ; j'y vis se pencher un beau jeune homme, vêtu d'un somptueux uniforme.

— Ah ! c'est vous, Murray ! Cette maudite paperasse ne me laisse aucun répit. Mais j'aurai vite fait de vous rejoindre.

— Parfait, Cotton. Je suis déjà en retard. Je prends les devants.

Sur ce, tandis que Murray s'éloignait, le jeune général interpella de la fenêtre l'officier d'ordonnance :

— Prévenez mon groom qu'il peut amener mon cheval, dit-il.

L'officier prit le chemin de l'écurie ; et quelques instants plus tard un groom du meilleur style, cocarde au chapeau, se présentait devant l'auberge, conduisant à la main un cheval… Ah ! mes amis, vous ne saurez jamais à quelle perfection un cheval peut atteindre si vous n'avez vu un cheval de chasse anglais, un vrai, comme celui-là ! Il était superbe : haut, large, robuste, et cependant agile et gracieux comme un daim. Sa robe était du plus beau noir ; ses épaules, ses membres, ses fanons… Mais comment vous le décrire ? Il avait, au soleil, des reflets d'ivoire poli ; sa façon de lever le pied tenait de la danse, tant elle était charmante et légère ; et il secouait sa crinière en hennissant. Je n'ai rencontré de ma vie un tel mélange de vigueur, de beauté et d'élégance. Si je m'étais parfois demandé comment les hussards anglais avaient pu, dans l'affaire d'Astorga, reconduire les chasseurs de la Garde, je me tins pour fixé quand je connus les chevaux anglais.

Il y avait un anneau à la porte de l'auberge : le groom y attacha son cheval avant d'entrer.

C'était l'heureux hasard que j'attendais, j'y reconnus tout de suite ma chance. Sur ce cheval-là, je serais encore mieux que sur le mien. Voltigeur lui-même ne pouvait se comparer à cette magnifique bête.

Penser, chez moi, c'est agir. Un instant me suffit pour descendre l'échelle, sortir de l'écurie, saisir les rênes, sauter en selle. Quelqu'un se mit à crier derrière moi : le maître ou le valet ? je l'ignore. D'ailleurs, que m'importaient des cris ? Je piquai, et le cheval détala, en faisant un tel bond qu'il fallait être un écuyer de ma trempe pour ne pas vider les arçons. Je le laissai filer à son caprice tant que nous fûmes à proximité de l'auberge. Il passait dans un bruit de tonnerre au milieu des vignes. En un rien de temps il avait mis entre mes poursuivants et moi l'intervalle de plusieurs kilomètres ; dès lors, dans cette contrée sauvage, ils eussent été bien empêchés de retrouver ma direction.

Tout à fait tranquille, je gagnai le sommet d'une petite hauteur. Là, tirant de ma poche mon crayon et mon carnet, je relevai la position des camps que j'apercevais et le profil du pays.

Si délicieuse que fût ma monture, dessiner sur son dos n'était pas des plus faciles, car à tout propos elle dressait les oreilles, s'agitait pour repartir, frémissait d'impatience. D'abord je ne m'expliquai pas ce manège ; mais bientôt j'observai que des bois de chênes placés derrière nous venait un bruit bizarre, quelque chose comme un : « Yoy, yoy, yoy ! » continu. Et soudain ce bruit bizarre devint une clameur terrible, suivie d'une sonnerie de cors de chasse. Le cheval fut aussitôt comme fou. Ses yeux lançaient des éclairs, son poil se hérissait. Il bondissait, se tordait, tournait frénétiquement sur lui-même. Mon crayon tomba d'un côté, mon carnet de l'autre. Regardant alors au fond de la vallée, je fus témoin d'une scène extraordinaire. J'assistai au déroulement de la chasse.

III – Comment le brigadier tua le renard

Je ne distinguais point le renard ; mais je voyais la meute, nez bas et queues hautes, si serrée qu'elle avait l'air d'un grand tapis mouvant, blanc et jaune. Derrière couraient les cavaliers... et quel tableau c'était, ma parole ! Imaginez toutes les variétés de types que peut offrir une grande armée. Quelques-uns portaient le costume de chasse, mais la plupart étaient en uniforme : dragons bleus, dragons rouges, hussards à culottes rouges, carabiniers verts, artilleurs, lanciers chamarrés d'or. Ce qui dominait, c'était le rouge, car les officiers d'infanterie n'étaient pas moins nombreux que les autres.

Il y avait dans cette foule des gens bien montés et des gens mal montés ; mais leur ardeur à tous était égale, le subalterne ne le cédait pas au général. Tous pressaient, poussaient, forçaient, éperonnaient leur bête, n'ayant dans l'esprit d'autre idée que le meurtre de cet absurde renard : les Anglais sont bien le plus singulier des peuples.

Mais je n'eus pas le loisir de contempler longtemps la chasse et d'admirer mes insulaires. Dans cette folle cavalcade, il n'y avait pas un cheval aussi fou que le mien. Rappelez-vous qu'il était, lui aussi, un cheval de chasse. Les abois de la meute lui produisaient le même effet qu'à moi une fanfare de cavalerie. Il en vibrait tout entier. Il se cabrait. Il ne se possédait plus. Enfin, après mille bonds, il saisit le mors entre ses dents et, dévalant d'un train d'enfer, il partit derrière la meute.

Je jurai, je tirai sur les rênes, mais en vain. Son maître, le général, devait ne le mener qu'au filet, car il avait une bouche de fer. Inutile de chercher à le tenir, autant vouloir empêcher un grenadier de courir vers une bouteille. J'y renonçai de guerre lasse et m'affermis en selle, prêt d'avance à tout ce qui pouvait arriver.

Quel cheval ! je n'en ai jamais senti de pareil entre mes genoux. Ses grandes hanches se ramassaient à chaque foulée, et il précipitait de plus en plus sa course, allongé comme un lévrier, tandis que le vent me fouettait au visage et me sifflait aux oreilles.

Je portais une veste de petite tenue, simple et sombre, mais qui n'en avait pas moins la tournure caractéristique de tout uniforme, et j'avais eu le soin d'ôter mon plumet ; si bien que, dans la confusion des costumes, il n'y avait pas de raison pour que le mien attirât l'attention, ni que personne prît garde à moi parmi tous ces gens uniquement occupés de leur poursuite. L'idée qu'un officier français pût s'être mêlé à eux était trop extravagante pour leur entrer dans la cervelle. J'en riais tout en galopant, car la situation, si dangereuse qu'elle fût, avait quelque chose de comique.

J'ai dit que les chasseurs étaient fort inégalement montés, de sorte qu'après quelques kilomètres, au lieu de faire masse comme un régiment qui charge, ils s'éparpillaient sur une longue distance, les mieux montés suivant de près les chiens, les autres venant très loin derrière.

Comme cavalier, je valais le meilleur d'entre eux ; mon cheval valait le meilleur de leurs chevaux ; vous concevez qu'il ne me fallut pas grand temps pour prendre la tête.

Et quand je vis la meute dévorant le terrain, et les chasseurs en costumes rouges quelle entraînait à sa suite, et les sept ou huit cavaliers seulement qui me séparaient d'elle, alors… eh bien ! alors, il se produisit la chose la plus étrange : moi aussi, moi, Étienne Gérard, je devins fou.

Je me sentis gagné par l'esprit de la chasse, par l'envie de me signaler, par la haine du renard. Espérait-il se jouer de nous, le maudit animal, le vil maraudeur ? Non, son heure était venue. Ah ! c'est un sentiment puissant, mes amis, que celui qui envahit le chasseur, que ce désir qu'il éprouve de faire piétiner le renard par son cheval. J'ai pratiqué avec les Anglais cet exercice. Je me suis de même (peut-être un jour vous le raconterai-je) mesuré au combat de la boxe avec le Bustler, de Bristol. Et je puis vous dire que c'est un admirable jeu, aussi captivant qu'insensé.

Plus nous allions, plus mon cheval précipitait son allure. Je fus bientôt seul, avec trois cavaliers, à proche distance de la meute.

Adieu toute crainte ! Mon cerveau bouillonnait, j'avais du feu dans le corps ; l'unique chose au monde qui me parût valoir la peine de vivre, c'était de rattraper cet infernal renard.

Je dépassai l'un des cavaliers, qui était un hussard comme moi. Deux me précédaient encore : l'un portait une veste noire ; quant à l'autre, je reconnus en lui l'artilleur bleu que j'avais vu à l'auberge. Ses favoris flottaient au vent, mais il menait un train magnifique.

Comme nous abordions une pente raide, la légèreté du poids me donna l'avantage ; et dans le moment où nous atteignîmes la crête, je me trouvai au niveau du petit Anglais, lequel n'avait pas l'air commode.

Il n'y avait plus devant nous que la meute et, à quelque cent pas au delà, une espèce de bouchon de foin démesurément étiré : le renard lui-même. Sa vue attisa le feu qui me brûlait. « Ah ! ah ! nous vous tenons, assassin ! » lui criai-je. Et j'encourageai de la voix le petit Anglais, je lui fis entendre, d'un signe, qu'il pouvait s'en remettre à moi.

III – Comment le brigadier tua le renard

Seuls, maintenant, les chiens me séparaient de ma proie. Ayant fait leur devoir de chiens, qui est de dépister le gibier, ils ne m'aidaient plus et me devenaient une gêne. Comment, en effet, passer devant eux ? L'Anglais sentait comme moi la difficulté, car ils l'empêchaient, lui aussi, d'approcher le renard. Il menait vite, mais il manquait d'initiative.

Pour moi, je jugeai qu'en face de l'obstacle qui se présentait l'honneur des hussards de Conflans était en cause. Étienne Gérard allait-il se laisser arrêter par une meute ? Je poussai un hurlement et donnai de l'éperon.

— Retenez, monsieur, me cria l'Anglais, retenez ferme !

Il m'agaçait, le bonhomme. Je le rassurai du geste et du sourire. La meute, enfin, m'ouvrit un passage. J'avais blessé deux chiens, mais que voulez-vous ? pas d'omelette sans œufs.

Ah ! l'ivresse, la beauté de cette minute ! Savoir que j'avais battu les Anglais à leur propre jeu ! Ils étaient trois cents qui voulaient la vie de cet animal, et j'allais la prendre ! Je pensai à mes camarades de la brigade légère, à ma mère, à l'Empereur, à la France ; je leur faisais honneur à tous.

Chaque seconde me rapprochait du renard. Le moment de l'action arrivait. Je tirai mon sabre et le brandis : les Anglais me répondirent par une acclamation unanime.

Alors seulement je compris combien c'est une chose difficile que la chasse au renard. On peut s'escrimer longtemps contre l'animal sans parvenir à le toucher. Outre qu'il est de petite taille, il vire sur lui-même avec une agilité déconcertante. Chaque fois que j'abattais mon sabre, les Anglais, de loin, m'acclamaient, et, naturellement, je redoublais d'énergie.

Enfin, je connus l'instant du triomphe. Au beau milieu d'une de ses pirouettes, je frappai le renard du même coup dont j'avais tué l'aide de camp de l'Empereur de Russie. Il vola littéralement en deux morceaux, la tête d'un côté, la queue de l'autre. Je me retournai, levant dans l'air mon sabre ensanglanté. Je me sentais transporté au-dessus de moi ! J'étais superbe !

Ah ! qu'il m'aurait plu de pouvoir attendre les félicitations de mes généreux ennemis ! J'en voyais venir cinquante, tous agitant la main et criant à tue-tête. Vraiment, ces gens-là ne sont pas une race flegmatique ; qu'il s'agisse de guerre ou de chasse, un exploit leur échauffe toujours le cœur.

Le vieil Anglais qui me suivait de près était manifestement confondu de surprise. La bouche bée, dressant vers le ciel deux mains grandes ouvertes, il avait l'air d'un homme paralysé.

Je fus sur le point de courir à lui, de le serrer dans mes bras. Mais déjà résonnait à mes oreilles l'appel du devoir et, nonobstant la fraternité qui règne entre chasseurs, les Anglais n'eussent pas manqué de me faire prisonnier.

Je n'avais plus aucun espoir de remplir ma mission, j'avais fait, d'ailleurs, tout ce qui m'était possible. J'apercevais, à une assez faible distance, les lignes du camp de Masséna, dont la chasse avait heureusement pris la direction. Et je repartis au galop, après avoir salué du sabre.

Les vaillants chasseurs n'entendaient pourtant pas me quitter ainsi. C'était moi qui maintenant jouais le rôle du renard. Et la chasse se répandit dans la plaine. Ma volte-face ayant révélé ma qualité de Français, j'avais sur mes talons une multitude. Mes poursuivants ne s'arrêtèrent qu'à une portée de fusil de nos avant-postes. Encore ne se retirèrent-ils pas tout de suite. Formés en groupe, ils demeurèrent quelque temps sur place, criant et me faisant des signes.

Non, je ne saurais croire que ce fût là de l'hostilité. J'imagine plutôt que, dans leur admiration, ils eussent sauté au cou de l'étranger qui s'était conduit de si belle et si galante manière.

IV

COMMENT LE BRIGADIER SAUVA UNE ARMÉE

Je vous ai dit, mes amis, qu'à partir d'octobre 1810, nous tînmes les Anglais enfermés pendant six mois dans leurs lignes de Torres-Vedras. C'est au cours de cette période que je chassai le renard en leur compagnie et leur fis voir que, de tous les sportsmen, comme ils disent, pas un n'était de force à gagner de vitesse un hussard de Conflans.

Quand je repassai au galop les lignes françaises avec mon sabre encore humide du sang de la bête, nos avant-postes, témoins de ma prouesse, m'accueillirent par des vivats frénétiques, auxquels les Anglais joignirent leurs cris, en sorte que j'eus l'applaudissement des deux armées. Ces Anglais sont des ennemis généreux, je le répète. Dans la soirée nous arriva, sous la protection du drapeau blanc, un paquet adressé à « l'officier de hussards qui avait taillé en pièces le renard ». J'y trouvai le renard lui-même, en deux morceaux, tel que je l'avais laissé. Il était accompagné d'un billet respirant la cordialité anglaise, où l'on me disait qu'ayant tué le renard, je n'avais plus qu'à le manger. Évidemment, c'était ignorer que nous n'avons pas coutume, en France, de manger du renard ; mais j'avais eu les honneurs de la chasse, on m'attribuait le gibier. Un Français ne s'en laisse pas remontrer en matière de politesse ; je renvoyai le renard à ces braves Anglais, en les priant de l'accepter comme un simple hors-d'œuvre pour leur premier déjeuner de chasse. C'est ainsi qu'on se fait la guerre entre gens chevaleresques.

Je rapportais de ma chevauchée un relevé très précis des lignes anglaises ; je le soumis le soir même à Masséna. J'espérais qu'à la suite de ma communication il ordonnerait une attaque. Mais les maréchaux ne cessaient pas de se quereller entre eux, on ne les entendait que grogner et proférer des injures. Ney détestait Masséna ; Masséna détestait Junot ; Soult les englobait tous dans une même haine. Aussi ne fit-on rien. Cependant les vivres s'épuisaient, notre magnifique cavalerie dépérissait, faute de fourrage. À la fin de l'hiver, nous avions

IV – Comment le brigadier sauva une armée

vidé le pays de ses dernières ressources. Il ne nous restait rien à manger, en dépit des partis de fourrageurs que nous détachions très loin de tous les côtés. Les plus braves d'entre nous ne pouvaient plus fermer les yeux à l'obligation d'une retraite. Je dus moi-même en convenir.

Mais une retraite n'irait pas sans encombre. Nos troupes étaient affaiblies, exténuées par le manque de nourriture et, de plus, notre longue inaction avait beaucoup remonté le moral de l'adversaire.

Wellington ne nous inspirait pas trop de crainte : vaillant et prudent, il nous semblait dénué de l'esprit d'entreprise. En outre, dans ces campagnes stériles, sa poursuite ne pouvait être rapide. Mais il avait rassemblé sur nos flancs et sur nos arrières un grand nombre de miliciens portugais, de paysans armés et de guérilleros. Tous ces gens-là, durant l'hiver, s'étaient tenus à distance respectueuse ; aujourd'hui que nos chevaux étaient fourbus, ils pullulaient comme des mouches autour de nos avant-postes, et la vie d'un homme ne valait pas un liard quand il tombait entre leurs mains. Je citerais une douzaine d'officiers de ma connaissance qu'ils nous enlevèrent à cette époque. Le plus heureux était celui qu'une balle tirée de derrière un rocher frappait à la tête ou au cœur. Il y eut quelques exemples de morts si terribles que jamais on n'en laissa parvenir la nouvelle exacte aux familles.

Ces drames, en se multipliant, finirent par avoir le plus fâcheux effet sur l'imagination des hommes ; on ne les décidait plus qu'à grand'peine à s'écarter du camp. Un bandit entre autres, un chef de guérilla, Manuelo, « l'homme au sourire », se signalait par des exploits qui les remplissaient d'horreur. C'était un individu grand et gros, d'aspect jovial, sans cesse appliqué à nous guetter, avec sa bande de féroces chenapans, au milieu des montagnes sur lesquelles s'appuyait notre aile gauche. On écrirait un volume rien qu'à énumérer ses actes de cruauté bestiale. Il ne manquait certainement pas de capacités, car il avait organisé ses brigands d'une manière qui nous rendait le pays à peu près impraticable. Il obtenait ce résultat par une discipline rigoureuse, que sanctionnaient d'impitoyables pénalités.

Un tel système, qui le rendait redoutable, avait aussi, à la vérité, des effets inattendus. C'est ce que mon récit va vous montrer. Si Manuelo n'eût pas fait fouetter son lieutenant… Mais n'allons pas trop vite.

Quelques difficultés que présentât la retraite, il n'y avait, de toute évidence, pas d'autre parti auquel se résoudre. Masséna commença donc par transférer ses bagages et ses malades de Torres-

Vedras, siège du quartier général, à Coïmbre, premier poste fortifié sur ses lignes de communication. Mais ce mouvement ne pouvait passer inaperçu, et tout de suite nous eûmes sur les flancs des guérillas de plus en plus nombreuses et audacieuses.

L'une de nos divisions, celle de Clauzel, avec une brigade de la cavalerie de Montbrun, se trouvait dans une position fort avancée au sud du Tage : il devint nécessaire de lui faire savoir que nous nous préparions à la retraite, faute de quoi elle demeurerait sans soutien au cœur d'un pays ennemi.

Je me rappelle m'être demandé comment s'y prendrait Masséna pour la prévenir, car un courrier isolé ne pourrait passer et de petits détachements se feraient détruire. Cependant il fallait que, d'une façon quelconque, elle reçût l'ordre de se replier, ou bien notre armée s'affaiblirait de douze mille hommes. Je ne soupçonnais pas que l'honneur m'était réservé, à moi, Étienne Gérard, d'accomplir une action qui eût couronné de gloire la carrière d'un autre, et qui occupe une place de choix dans la liste des prouesses qui ont illustré la mienne.

Je faisais, à ce moment, partie de l'état-major de Masséna. Le maréchal avait, en plus de moi, deux aides de camp, Cortex et Duplessis, qui étaient, eux aussi, des officiers intelligents et braves, mes aînés par l'âge, mes cadets sous tous les autres rapports.

Cortex était un petit homme brun, ardent et vif, bon soldat, mais gâté par trop de suffisance : à son estime, il n'avait pas son pareil dans l'armée.

Quant à Duplessis, c'était, comme moi, un Gascon, et un beau type d'homme, ainsi que tous ceux de la race.

Nous prenions le service à tour de rôle. Un matin que c'était le tour de Cortex, je le vis à déjeuner ; il disparut ensuite, et l'on n'aperçut plus ni lui ni son cheval. Masséna fut toute la journée dans ses humeurs noires ; il passa une grande partie de son temps à observer, à l'aide d'une longue-vue, les lignes anglaises et les mouvements des navires sur le Tage. Il ne souffla mot de la mission confiée à notre camarade, et ce n'était pas à moi de lui faire des questions.

Vers minuit, comme je me tenais aux abords du quartier général, je vis Masséna venir à la porte. Il y demeura immobile une demi-heure, les bras croisés sur la poitrine, fouillant les ténèbres du côté de l'est. Absorbé dans ses pensées, il gardait une attitude si rigide qu'avec son grand manteau et son bicorne on l'eût pris pour sa propre

IV – Comment le brigadier sauva une armée

statue. Que cherchait-il des yeux ? Mystère ! Enfin il poussa un juron, tourna les talons et rentra, faisant claquer la porte.

Son second aide de camp, Duplessis, eut avec lui, le lendemain matin, un entretien à la suite duquel on ne revit plus ni cet officier ni son cheval. La nuit suivante, comme j'étais dans l'antichambre, Masséna passa devant moi et, par la fenêtre, je le vis s'arrêter pour regarder vers l'est, comme la veille. Cette fois encore, il resta là une bonne demi-heure, ombre noire sur le fond noir du ciel. Puis il rentra à grandes enjambées, la porte battit avec force derrière lui, le couloir résonna du tintement de ses éperons et de son sabre. C'était, dans ses meilleurs moments, une espèce de vieux sauvage ; à ses heures de contrariété, j'aurais aussi volontiers affronté l'Empereur lui-même. Toute la nuit, je l'entendis jurer et frapper du pied au-dessus de ma tête. Mais il ne m'appela point, et je le connaissais trop pour m'aventurer près de lui sans en être prié.

J'étais le seul aide de camp qui lui restât. Il m'avait toujours marqué sa préférence, car il aimait qu'un soldat eût du prestige. Quand il m'envoya chercher le lendemain matin, je crois bien qu'il y avait des larmes dans ses yeux noirs.

— Gérard, me dit-il, venez par ici.

Et me prenant amicalement par le bras, il me conduisit à une fenêtre qui regardait l'est. Au-dessus de nous se déployait le camp de l'infanterie ; plus loin, les lignes de la cavalerie, avec leurs longues rangées de chevaux à l'attache ; et, par delà nos postes, la campagne, coupée de vignes, bordée de hauteurs, que dominait un sommet aux vives arêtes. Ces hauteurs avaient une épaisse ceinture de forêts à leur base. On n'y accédait que par une route, blanche et nette, qui tantôt descendait et tantôt montait avant de s'y frayer un passage.

— Ce pic que vous voyez, me dit Masséna en le désignant du doigt, c'est la Sierra de Mérodal. Distinguez-vous quelque chose à la cime ?

Je lui répondis que je ne distinguais rien.

— Et maintenant ? fit-il en me tendant sa longue-vue.

À l'aide des verres, j'aperçus, tout en haut du pic, une sorte de petit tertre ou de monticule.

— C'est, me dit le maréchal, un bûcher que nous avons dressé là au moment où nous tenions le pays, et qui devait nous permettre d'allumer, en cas de besoin, un feu d'alarme. Nous ne tenons plus le pays, mais on n'a pas défait le bûcher. Gérard, il faut qu'il brûle la nuit prochaine. C'est la France, c'est l'Empereur, c'est l'armée qui l'exigent. Deux de vos camarades, partis pour l'allumer, ont échoué dans leur mission. À votre tour. Puissiez-vous avoir meilleure chance !

Un soldat ne demande pas les raisons de l'ordre qu'il reçoit. J'allai me retirer. Le maréchal me mit la main sur l'épaule.

— Je ne veux pas, dit-il, que vous ignoriez la cause pour laquelle vous allez exposer votre vie. À quatre-vingts kilomètres de nous, dans le sud, de l'autre côté du Tage, est l'armée de Clauzel. Le général a son camp proche d'un pic nommé la Sierra d'Ossa. Au sommet de ce pic est dressé un bûcher que garde un petit poste. Nous avons convenu entre nous que lorsque, à minuit, il verra notre feu d'alarme, il allumera le sien en réponse et se rabattra immédiatement sur le gros de l'armée. S'il n'effectue pas tout de suite son mouvement, je dois me replier sans lui. J'ai, pendant deux jours, tenté de lui adresser mon signal. Il faut qu'il le reçoive, ou son armée, séparée de nous, sera détruite.

Ah ! mes amis quels furent les battements de mon cœur quand je sus la tâche que m'assignait la fortune ! Si je n'y laissais la vie, ma couronne de lauriers allait s'enrichir d'une nouvelle feuille, et de la plus brillante ; si, au contraire, je succombais, ma mort serait digne d'une carrière comme la mienne. Je n'eus pas besoin d'en rien dire, sans doute ces nobles pensées se lisaient clairement sur mon visage, car Masséna me prit la main, qu'il serra.

— Voilà donc le Mérodal et son bûcher, reprit-il. Entre eux et vous il y a une guérilla. Je ne puis consacrer à cette entreprise des forces importantes ; un petit détachement serait découvert et anéanti : c'est pourquoi je m'en remets à vous seul. Arrangez-vous comme vous voudrez, mais qu'à minuit, la nuit prochaine, je voie votre feu sur cette cime.

— Si vous ne le voyez pas, répliquai-je, je vous prie, monsieur le maréchal, de veiller à ce que mes effets soient vendus et l'argent envoyé à ma mère.

Là-dessus je portai la main à mon colback et pivotai sur mes talons, radieux de l'exploit qui se proposait à moi.

Je réfléchis quelque temps dans ma chambre. Comment réussir là où avaient échoué Cortex et Duplessis ? Le fait que deux officiers si alertes, si pleins de zèle n'eussent pu, ni l'un ni l'autre, atteindre le sommet du Mérodal, montrait que le pays était surveillé de près par les guérillas. Je calculai la distance sur une carte. Il y avait, jusqu'au départ des hauteurs, six kilomètres de rase campagne. La ceinture boisée qui

IV – Comment le brigadier sauva une armée

entourait les pentes basses de la montagne pouvait avoir une largeur de cinq à six kilomètres. Le pic lui-même n'était pas très élevé, mais il n'offrait aucun couvert favorable. Ainsi se présentaient les trois aspects de mon trajet.

Il me sembla qu'aussitôt gagnée l'entrée des bois, tout me deviendrait facile, car j'y pourrais demeurer caché en attendant que la nuit me prêtât, pour grimper, le concours de son ombre. De huit heures à minuit, j'aurais quatre heures de pleines ténèbres. La première partie de l'expédition était donc seule à considérer sérieusement.

Sur cette campagne plate s'allongeait la blancheur tentatrice de la route, et je me souvins que mes camarades avaient tous les deux pris leurs chevaux. C'était manifestement ce qui avait causé leur perte, car rien n'était plus simple pour les brigands que de tenir la route en observation et d'y dresser une embuscade. Je serais d'autant plus volontiers parti à cheval que j'étais alors bien monté, ayant non seulement Violette et Rataplan, mais aussi le magnifique cheval de chasse anglais à robe noire que j'avais pris à sir Cotton. Pourtant, après mûr examen, je décidai de m'en aller à pied, car je serais ainsi en meilleure condition pour profiter de toutes les circonstances propices.

Quant à ma tenue, je recouvris d'un grand manteau mon uniforme et je me coiffai d'un bonnet gris de fourrageur.

Vous me demanderez peut-être pourquoi je ne m'habillai point comme un paysan ; mais je vous répondrai qu'un homme d'honneur ne tient pas à mourir de la mort des espions. C'est une chose que d'être assassiné, une autre que d'être justement exécuté selon les lois de la guerre. Je ne voulais pas encourir une telle fin.

Vers la fin de l'après-midi, je me glissai hors du camp et franchis la ligne de nos petits postes. Je portais sous mon manteau une longue-vue de campagne et un pistolet, en plus de mon sabre. Dans ma poche, j'avais de l'amadou, une pierre à feu et un briquet.

Je fis cinq ou six kilomètres en me dissimulant derrière les vignes. Ce premier succès m'enhardit. Je songeai que, pour réussir, il suffirait d'un peu de tête. Naturellement, on n'avait pas eu de peine à voir Cortex et Duplessis galoper sur la grand'route ; avec l'intelligent Gérard aux aguets dans les vignes, on avait affaire à un autre homme. Je n'exagère pas en disant que j'en étais à mon huitième kilomètre avant qu'un obstacle se fût présenté.

Il y avait à cet endroit une petite auberge, autour de laquelle j'aperçus quelques charrettes et bon nombre de gens, les premiers que j'eusse vus. À une semblable distance de nos lignes, tout individu m'était suspect : je me baissai davantage pour me glisser jusqu'à un point d'où j'examinerais mieux ce qui se passait. Je constatai alors que les gens réunis là étaient des paysans et qu'ils chargeaient sur deux grands chariots des barriques vides. Ne sachant pas s'ils pouvaient m'aider ou me nuire, je continuai mon chemin.

Mais bientôt je compris que ma tâche n'était pas aussi aisée qu'elle m'avait paru. À mesure que le sol s'élevait, les vignes se faisaient plus rares ; je finis par me trouver en face d'une campagne découverte, parsemée de petites collines. Blotti dans un fossé, je les inspectai avec ma longue-vue et ne tardai pas à découvrir sur chacune d'elles un guetteur. Qui plus est, on y avait établi une ligne de piquets et d'avant-postes tout pareils aux nôtres. J'avais ouï parler de la discipline imposée à ses bandes par le gredin qu'on appelait l'« Homme au Sourire », et je ne doutai pas que j'en avais un exemple sous les yeux. Entre les hauteurs était disposé un cordon de sentinelles. C'est en vain que sur une certaine étendue je manœuvrai obliquement, sans cesse je me heurtai à l'ennemi.

Que faire ? En l'absence de tout couvert, on aurait vu bouger jusqu'à un rat. Naturellement, je passerais sans trop de mal à la faveur de la nuit ; c'est ainsi qu'à Torres-Vedras j'avais franchi les lignes anglaises. Mais j'étais encore loin de la montagne et du bûcher ; je risquais, en m'attardant, de ne pas arriver à temps pour le signal de minuit. Couché au fond de mon fossé, je dressais dans ma tête mille plans, tous plus dangereux les uns que les autres, quand il me vint une de ces inspirations subites comme finit toujours par en avoir l'homme qui se refuse à désespérer.

Je vous ai parlé de deux chariots qu'on chargeait de barriques vides devant l'auberge. Les bœufs des attelages étaient orientés vers l'est ; la direction qu'ils devaient prendre était donc la mienne. Si je pouvais me cacher sur l'un des chariots, quel meilleur moyen trouverais-je de passer entre les guérillas ?

L'idée me sembla si heureuse que j'en poussai un cri de joie, et sur-le-champ je me hâtai du côté de l'auberge. Quand je fus tout près, je me dissimulai entre des buissons. Je voyais parfaitement de là ce qui se passait sur la route.

Trois paysans portant le bonnet rouge des montagnards procédaient au chargement ; déjà ils avaient garni un chariot et disposé sur l'autre la rangée inférieure. Il restait encore devant la maison des

IV – Comment le brigadier sauva une armée

quantités de barriques vides qui n'attendaient que d'être mises en place. La Fortune vint à mon aide : j'ai dit qu'elle est femme, et sans résistance contre un jeune et beau hussard. À un moment donné, tandis que j'observais, les trois paysans rentrèrent dans l'auberge ; la journée était chaude, le travail les avait altérés. Prompt comme l'éclair, je m'élançais de ma cachette, bondis sur le deuxième chariot et me glissai dans l'une des barriques vides.

Elle était ouverte à l'une des extrémités et posée sur le côté, l'extrémité ouverte regardant l'intérieur du chariot. Je m'y accroupis à la façon d'un chien dans sa niche, les genoux repliés jusqu'au menton, car la barrique n'était pas large et j'étais de belle taille.

Sur ces entrefaites, les trois paysans revinrent ; bientôt j'entendis qu'on plaçait une autre barrique au-dessus de la mienne. On continua de les empiler sur le chariot, si bien que je me demandai comment j'en pourrais sortir. Mais il n'est pas temps de songer à passer la Vistule avant d'avoir franchi le Rhin. Je ne doutais pas que la chance et mon industrie, qui m'avaient porté jusque-là, ne me portassent plus loin encore.

Sitôt que le deuxième chariot fut plein, on se mit en route. À chaque tour de roue, je riais sous cape, dans ma barrique, en pensant qu'elle me portait où je voulais aller. Nous cheminions lentement. Les paysans marchaient près des attelages. Ils causaient à voix distinctes. Ce devaient être des gaillards peu mélancoliques, car je les entendais continuellement s'esclaffer. Je ne comprenais d'ailleurs pas ce qui provoquait leur gaieté ; quoique sachant fort bien leur langue, je ne saisissais rien de comique dans ce qui m'arrivait de leurs propos.

Je calculai qu'au pas des bœufs nous devions faire un peu plus de trois kilomètres par heure ; ainsi, après deux heures et demie de crampes et de suffocations, presque empoisonné par les odeurs de lie, j'eus du moins la certitude que nous avions laissé derrière nous la dangereuse zone découverte et que nous abordions la lisière des bois au pied de la montagne.

Je n'avais plus à m'inquiéter que des moyens de quitter ma barrique. J'en entrevoyais déjà plusieurs, entre lesquels je balançais, quand la question se résolut d'elle-même, d'une façon fort inattendue. Le chariot s'arrêta, dans une brusque secousse ; des voix rudes et animées s'entrecroisèrent.

— Où ça ? où ça ? criait l'une.

— Sur notre chariot, dit une autre.

— Qui est-ce ? demanda une troisième.

— Un officier français ; j'ai vu son bonnet et ses bottes.

Ces mots déterminèrent une explosion de rires.

— Par la fenêtre de la posada, je l'ai vu sauter dans la barrique avec la légèreté d'un torero qui a un taureau de Séville à ses trousses.

— Dans quelle barrique ?

— Dans celle-ci.

En même temps, un poing frappait le bois au-dessus de ma tête.

Quelle situation, mes amis, pour un homme de mon rang ! J'en rougis encore, vingt ans après, quand j'y pense. Être là troussé comme une volaille, entendre, sans pouvoir rien faire, les éclats de rire de ces rustres et, par-dessus le marché, voir ma mission s'achever ainsi dans l'ignominie et le ridicule !

J'aurai béni l'homme qui, en me gratifiant d'une balle à travers le tonneau, eut mis fin à ma misère.

On déchargea les barriques, puis deux visages barbus se penchèrent, deux canons de fusil s'allongèrent vers moi. On m'empoigna par les bras pour me tirer au jour.

Je devais faire une drôle de figure, clignotant, la bouche bée, sous l'aveuglante lumière du soleil. Mes jointures étaient si raidies que je me cassais en deux comme un infirme ; une moitié de mon manteau, colorée par la lie de vin dans laquelle j'avais séjourné, était devenue rouge comme un uniforme de l'armée anglaise.

Et ils riaient, les drôles qui m'entouraient, ils n'en finissaient plus de rire ; l'attitude même, les gestes par lesquels j'essayais de leur témoigner mon mépris n'avaient d'autre effet que d'accroître leur hilarité.

Mais jusqu'en ces pénibles circonstances ma conduite ne démentit point l'homme que je suis, et je me rendis compte, en promenant autour de moi le regard, que pas un des rieurs n'était prêt à en soutenir l'éclat.

Ce coup d'œil circulaire suffit à me renseigner sur ma situation. On m'avait traîtreusement livré à un avant-poste de guérilla. Il y avait là huit Espagnols de mine sauvage, tout hérissés de poil, un mouchoir de coton noué sous le sombrero ; leurs vestes étaient couvertes de boutons ; ils portaient autour de la taille des écharpes de couleur. En plus de son fusil, chacun avait un ou deux pistolets à la ceinture.

Tandis qu'ils retournaient mes poches, qu'ils me dépouillaient de mon manteau, de mon pistolet, de ma longue-vue, de mon sabre, et,

IV – Comment le brigadier sauva une armée

pis encore, de ma mèche, de ma pierre à feu et de mon briquet, leur chef un grand coquin à longue barbe, m'appuyait le canon de son fusil contre l'oreille.

Quoi qu'il advînt, tout était fini pour moi, car je n'avais plus aucun moyen d'allumer le bûcher lors même que je l'atteindrais encore.

Huit, mes amis, ils étaient huit, sans compter les trois paysans ; et je n'avais pas une arme ! Cependant, me laissai-je aller au désespoir ? Perdis-je l'esprit ? Vous me connaissez trop bien pour le croire ; tandis qu'ils ne me connaissaient pas, eux, les brigands. Je n'ai jamais fait d'effort si extraordinaire, si suprême, qu'à l'instant où tout semblait inutile. Mais vous vous livreriez longtemps au jeu des conjectures avant d'imaginer l'expédient dont je m'avisai pour leur échapper. Écoutez plutôt.

On m'avait, pour me fouiller, tiré hors de la charrette ; j'étais donc au milieu de ces hommes, tout moulu et tout courbaturé. Pourtant, mes muscles commençaient à se détendre, et je ruminais un plan de fuite. Les brigands avaient choisi, pour leur avant-poste, une sorte de col très étroit, entre une hauteur à pic et un terrain en pente douce qui allait rejoindre une vallée broussailleuse à plusieurs centaines de pieds au-dessous. Mes gaillards étaient, vous le pensez bien, de hardis montagnards plus exercés que moi à l'escalade et à la descente. Leurs souliers de peau, qu'ils nomment des abarcas, et qui se lacent comme des sandales, leur donnent partout une grande sûreté de pied. Quelqu'un de moins résolu que moi eût jeté le manche après la cognée. Mais il ne me fallut qu'une seconde pour reconnaître et utiliser l'occasion que m'offrait la Fortune. Au bord de la pente, il y avait la barrique que j'avais occupée. Je m'en approchai lentement, je m'y jetai d'un bond de tigre, et je lui imprimai avec le corps un mouvement tel qu'aussitôt elle dégringola la pente.

Oublierai-je jamais cette épouvantable épreuve, et les sauts, les craquements, les sifflements qui accompagnèrent la chute ? J'avais rentré les coudes et les genoux de manière à ne former qu'une masse compacte, plus résistante ; mais ma tête se projetait au dehors, et ce fut miracle si je ne me brisai pas le crâne. Il y avait de longues déclivités régulières et lisses, puis des endroits escarpés où la barrique cessait de rouler, faisant des bonds de chèvre, pour retomber avec une violence et un bruit dont je retentissais jusqu'au fond des vertèbres. Le vent me bourdonnait aux oreilles, la tête me tourbillonnait ; je fus bientôt dans un état de vertige qui me rendit presque insensible. Enfin, dans un dernier cabot, suivi d'un raclement et de tout un fracas de branches rompues, j'atteignis les broussailles que j'avais aperçues d'en haut. Ma barrique s'y fraya un passage, descendit encore une pente, s'enfonça sous un taillis, où, rencontrant un jeune arbre, elle s'ouvrit tout entière. Je me dégageai en rampant d'un amas de cercles et de douves.

Il n'y avait pas une place de mon corps qui ne fût endolorie ; mais la joie me chantait au cœur, je revivais à l'idée du haut fait que je venais d'accomplir ; déjà je croyais voir le bûcher flamber sur la cime !

Cependant une horrible nausée m'avait saisi, conséquence des secousses que je venais d'endurer ; j'étais comme le jour où, pour la première fois, j'avais éprouvé ces mouvements de la mer dont les Anglais tirent un si perfide avantage. Je dus m'asseoir, la tête dans les mains, près des débris de ma barrique. Mais je n'eus pas longtemps le loisir de me reposer. De grands cris que j'entendais au-dessus de moi m'avertirent que mes poursuivants descendaient la colline. Je m'élançai au plus épais du taillis et courus tant qu'il me resta du souffle. Enfin je m'arrêtai, haletant et prêtant l'oreille. Tout bruit avait cessé. J'étais débarrassé de l'ennemi.

Sitôt que j'eus repris haleine, je me mis en marche ; et de crainte qu'on ne me fit donner la chasse par des chiens, je barbotai plusieurs fois jusqu'aux genoux dans le lit des ruisseaux. Arrivé à une clairière, je regardai autour de moi, ce qui me permit de constater avec une satisfaction très vive que mes aventures ne m'avaient pas beaucoup détourné de mon chemin. Au-dessus de moi, le pic de Mérodal dégageait sa cime nue et hardie des bouquets de chênes nains accrochés à ses rampes. Ces bouquets prolongeaient les bois qui m'abritaient, et il me semblait n'avoir plus rien à redouter tant que je n'en aurais pas atteint la limite. Mais je n'oubliais pas, d'autre part, que je n'avais à compter sur aucune aide, que j'étais sans armes et que bien des gens rôdaient autour de moi. Je ne voyais personne, mais des coups de sifflets se firent entendre à plusieurs reprises, et il s'y joignit même un coup de feu lointain.

Je ne me guidais pas sans peine à travers les broussailles ; aussi fus-je heureux lorsque enfin j'arrivai aux arbres et découvris sous bois un sentier tracé. Il va de soi que j'évitai sagement de m'y engager, mais je le côtoyai sans jamais le perdre de vue. J'avais parcouru déjà une certaine distance et n'allais plus tarder sans doute à sortir de la région boisée, quand je perçus comme un gémissement étrange. Je le pris d'abord pour un cri d'animal ; mais alors m'arrivèrent des mots entre

IV – Comment le brigadier sauva une armée

lesquels je distinguais l'exclamation française : « Mon Dieu ! » J'avançai avec une prudence extrême dans la direction d'où elle partait. Et voici ce que je vis.

Sur une litière de feuilles mortes était couché un homme, portant le même uniforme gris que moi. Il devait être horriblement blessé, si j'en jugeais par la couverture ensanglantée qu'il tenait contre sa poitrine et par la flaque de sang où baignaient les bords de sa litière. Le malheureux gisait sous des essaims de mouches ; je n'aurais pas entendu sa plainte que leurs bourdonnements eussent attiré mon attention. Je restai un moment sans bouger, craignant quelque piège. Puis la pitié, la loyauté l'emportèrent ; je courus à lui et m'agenouillai à son côté. Il leva vers moi une face hagarde : c'était Duplessis, le deuxième de mes camarades qui m'avaient devancé sur le chemin de Mérodal. Je n'eus qu'à voir ses joues creuses, ses yeux vitreux, pour comprendre qu'il se mourait.

— Gérard ! me dit-il, Gérard !

Je lui exprimai ma sympathie ; mais en brave qu'il était, bien qu'il sentit la vie le quitter rapidement, il ne songea qu'à son devoir.

— Le bûcher, Gérard… Vous l'allumerez, n'est-ce pas ?

— Avez-vous une pierre à feu et un briquet ?

— Les voilà.

— Le bûcher flambera cette nuit même.

— Alors, je meurs content. On m'a tué, Gérard. Veuillez assurer le maréchal que j'ai fait de mon mieux.

— Et Cortex ?

— Il a eu moins de chance que moi. Il est tombé entre les mains de ces bandits, qui lui ont infligé une horrible mort. S'il vous arrivait de ne pouvoir leur échapper, logez-vous une balle dans le cœur. Ne subissez pas une mort comme la sienne.

Sa respiration faiblissait : je me penchai pour ne pas perdre une de ses paroles.

— N'avez-vous rien à me dire qui puisse m'aider dans l'accomplissement de ma tâche ?

— Oui, oui… De Pombal… c'est un homme qui vous sera utile… Fiez-vous à lui… De Pombal…

La tête de Duplessis retomba sur son épaule. Il était mort.

— Fiez-vous à de Pombal, le conseil est bon, fit, à mon côté, une voix étrangère.

Qu'on juge de ma surprise : un homme était près de moi, que je n'avais pas vu venir, tant j'étais absorbé par les dernières recommandations de mon camarade.

Je me redressai d'un bond et je lui fis face.

Il était grand, le teint brun, les yeux noirs, les cheveux noirs, la barbe noire, un long visage triste. Il tenait à la main une bouteille de vin et portait suspendue à l'épaule une de ces escopettes qui sont l'arme familière des guérillas. Comme il ne faisait pas mine d'y toucher, je compris qu'il était l'homme dont m'avait parlé Duplessis.

— Mort, hélas ! dit-il en se penchant sur mon camarade. Il s'était enfui dans les bois après avoir essuyé plusieurs coups de feu ; j'eus la chance de retrouver la place où il était tombé et d'adoucir un peu ses dernières heures. C'est moi qui lui ai fait cette litière ; et j'avais apporté ce vin pour étancher sa soif.

— Monsieur, répondis-je, au nom de la France, je vous remercie. Je ne suis qu'un colonel de cavalerie légère ; cependant le nom d'Étienne Gérard compte pour quelque chose dans l'armée française. Puis-je vous demander…

— Qui je suis, monsieur ? Je suis Aloysius de Pombal, frère puîné du fameux gentilhomme de ce nom et lieutenant du chef de bande Manuelo, l'Homme au Sourire.

Parole d'honneur, je portai la main à mon pistolet ; mais l'étranger sourit de mon geste.

— Si je suis, reprit-il, le premier lieutenant de Manuelo, je suis aussi son ennemi mortel.

Enlevant sa veste et remontant sa chemise, il ajouta :

— Regardez !

Ce disant, il se retournait, et je vis qu'il avait le dos lacéré, sillonné de marques bleuâtres et rouges.

— Voilà ce que m'a fait l'Homme au Sourire, à moi dont le plus noble sang de Portugal arrose les veines. Mais j'aurai ma revanche et vous en serez le témoin.

Une telle fureur brûlait dans ses yeux, un ricanement si farouche découvrait ses dents blanches, que je ne mis pas en doute une sincérité d'ailleurs confirmée par l'aspect de ce dos meurtri.

— Dix de mes hommes m'ont juré fidélité. J'espère rejoindre votre armée dans quelques jours, une fois que j'aurai ici terminé mon œuvre. En attendant…

IV – Comment le brigadier sauva une armée

Mais tout à coup je le vis changer de visage, épauler son escopette :

— Haut les mains, chien de Français ! hurla-t-il. Haut les mains ! ou je vous fais sauter la tête !

Vous frémissez, mes amis ? Vous ouvrez de grands yeux ? Pensez alors si je sursautai devant ce brusque revirement, et si j'écarquillai les prunelles. Cette arme braquée, ce regard furieux et sombre… Que pouvais-je faire ? Je levai les mains. À ce moment, des voix retentissaient de tous côtés dans le bois. C'étaient des cris, des appels, auxquels se mêlait un bruit de pas nombreux et pressés. De hideuses figures déchirèrent la broussaille. Une douzaine de mains me saisirent. Lamentable infortune ! j'étais derechef prisonnier. Grâce à Dieu, je n'avais pas de pistolet à la ceinture ; si j'en avais eu un, je ne serais pas aujourd'hui dans ce café, en train de vous raconter ces histoires d'un autre monde.

Des mains velues et sales m'entraînèrent par le petit chemin du bois. De Pombal, le traître, commandait à la bande. On emporta le cadavre de Duplessis. Le soir tombait au moment où nous laissâmes le bois derrière nous et commençâmes à gravir la montagne.

Enfin nous arrivâmes à l'endroit où siégeait l'état-major de la guérilla. C'était dans une brèche non loin du sommet. Juste au-dessus de nous s'élevait le bûcher, le malheureux tas de fagots qui m'avait coûté tant de peines ; au-dessous, il y avait deux ou trois huttes, qui étaient apparemment des bergeries, et qui maintenant servaient d'abri à ces canailles. On me jeta dans l'une d'elles, après m'avoir ligoté et réduit à l'impuissance ; et l'on étendit près de moi le corps de mon pauvre camarade.

Cependant une seule pensée m'occupait : comment gagner quelques heures et parvenir jusqu'au bûcher, à présent que j'en étais si proche ? Soudain, la porte de ma prison s'ouvrit. Un homme entra. J'aurais eu les mains libres que je lui aurais sauté à la gorge, car cet homme n'était autre que de Pombal. Deux de ses brigands l'accompagnaient. Il les congédia et referma la porte.

— Misérable ! dis-je.

— Chut ! fit-il. Parlez bas. On peut nous écouter, et il y va de ma vie. Colonel Gérard, j'ai deux mots à vous dire. Je suis aussi bien disposé envers vous que je l'étais envers votre camarade mort. Tandis que je vous parlais auprès de son cadavre, je m'aperçus qu'on nous entourait. Votre capture était inévitable. À la moindre hésitation que j'aurais montrée, on m'eût fait partager votre sort. Je vous arrêtai donc pour garder la confiance de la bande. Le bon sens vous dira que je n'avais pas autre chose à faire. Réussirai-je encore à vous sauver ? Je l'ignore. Je l'essaierai, du moins.

Ces paroles éclairaient d'un jour nouveau ma situation. Je répondis à de Pombal que je ne pouvais savoir jusqu'à quel point il était sincère et que j'en jugerais par ses actes.

— C'est, dit-il, tout ce que je vous demande. Laissez-moi d'abord vous donner un conseil. Le chef se propose de vous voir. Soyez franc avec lui si vous ne voulez pas qu'il vous fasse scier entre deux planches. Fournissez-lui toutes les informations qu'il désirera. C'est votre unique chance de salut. Gagnez du temps, il peut se produire on ne sait quoi d'imprévu qui soit en votre faveur. Mais je m'attarde, il faut que vous me suiviez sur-le-champ ou l'on concevrait des soupçons.

Sur ce, m'ayant aidé à me relever, il ouvrit la porte, m'entraîna au dehors, avec une affectation de brutalité qui s'accrut lorsque ses compagnons se joignirent à lui pour me pousser vers le lieu où siégeait le chef de guérilla, entouré d'un cercle d'individus qui ne payaient point de mine.

Un homme curieux, que ce Manuelo. Il était de forte corpulence ; toute sa personne respirait la prospérité, le bien-être ; avec sa bonne figure rasée et son crâne chauve, on l'eût pris pour le modèle des pères de famille.

Je doutai, à voir son honnête sourire, que ce fût là l'infâme scélérat dont le nom était en horreur dans l'armée anglaise comme dans la nôtre, et que Trent, officier anglais, fit pendre plus tard pour ses actes de barbarie. Assis sur un quartier de roche, il me regardait d'un air radieux, comme s'il eût retrouvé une vieille connaissance. J'observai toutefois qu'un de ses hommes s'appuyait sur une grande scie, et ce fut assez pour me guérir de toute illusion.

— Bonsoir, colonel Gérard, me dit-il. L'état-major du maréchal Masséna nous fait grand honneur : avant-hier le major Cortex, hier le colonel Duplessis, aujourd'hui le colonel Gérard. Peut-être le maréchal daignera-t-il lui-même nous rendre visite. Vous avez vu Duplessis, à ce qu'on me rapporte ? Vous trouverez Cortex là-bas, cloué à un arbre. Il ne reste plus qu'à décider la façon dont nous disposerons de vous.

Ce discours n'avait rien de folâtre ; néanmoins, la grosse figure de Manuelo était, pendant qu'il parlait, toute plissée de sourires, et il

IV – Comment le brigadier sauva une armée

affectait un zézaiement plein de grâce. Mais, soudain, il avança le corps, son regard prit une singulière intensité.

— Colonel Gérard, dit-il, je ne puis vous promettre la vie, ce n'est point dans nos habitudes. Mais je puis vous donner une mort ou facile ou terrible. Choisissez.

— Que demandez-vous en échange ?

— En échange d'une mort facile, je demande que vous répondiez à mes questions.

Il se fit en moi une illumination subite.

— Vous voulez que je meure, dis-je ; peu vous importe la manière. Si je réponds à vos questions, me laisserez-vous choisir la manière dont je mourrai ?

— Oui, dit-il, pourvu que ce soit avant minuit.

— Jurez-le ! m'écriai-je.

Il protesta.

— Un gentilhomme portugais n'a que sa parole.

— Je ne soufflerai mot tant que vous n'aurez pas juré.

Il rougit de colère, tourna les yeux du côté de la scie. Mais il comprit au son de ma voix que ma résolution était prise et qu'on ne m'intimidait point par la menace. Fouillant sous sa zamara, qui était un sayon noir fait d'une peau de mouton, il en tira une croix et dit :

— Je le jure !

Ah ! la joie que me causa ce serment ! Quelle fin il promettait au premier sabreur de France ! J'en exultais. Je ne sais ce qui me tint de rire.

— Maintenant, dis-je, questionnez-moi.

— Vous jurez, à votre tour, de me répondre avec franchise ?

— Sur mon honneur de soldat et de galant homme. Vous le voyez, je ne m'engageais pas à demi. Qu'était-ce en comparaison de ce que j'allais obtenir par ma complaisance ?

— Marché loyal et très intéressant, fit-il en tirant un carnet de sa poche. Voudriez-vous avoir l'obligeance de vous tourner, de regarder le camp français ?

Je suivis la direction de son geste et regardai le camp. Bien qu'il fût éloigné de vingt-sept kilomètres, la pureté de l'atmosphère permettait d'en discerner les moindres détails. Il y avait les longs carrés de nos tentes et de nos baraquements, avec les lignes de la cavalerie et les taches que faisaient les dix batteries d'artillerie. Quelle tristesse de penser que mon magnifique régiment était là, m'attendant, et qu'il ne reverrait plus son colonel, alors qu'il eût suffi d'un escadron pour purger la terre de ces monstres ! Mes yeux s'emplirent de larmes tandis que je considérais le coin où je savais qu'étaient huit cents hommes dont le dernier ne demandait qu'à mourir pour moi ! Cependant ma tristesse se dissipa quand j'aperçus, derrière les tentes, les panaches de fumée qui marquaient l'emplacement du quartier général à Torres-Vedras. Là était Masséna, et, grâce à Dieu, ma mission me coûterait la vie, mais elle s'accomplirait. Un grand souffle d'enthousiasme et d'orgueil me gonfla la poitrine. J'aurais aimé que ma voix eût la puissance du tonnerre afin de pouvoir crier aux nôtres : « Regardez tous ! C'est moi, Étienne Gérard, qui vais mourir pour sauver l'armée de Clauzel ! » Car il était pénible de se dire qu'une telle prouesse n'aurait point de chroniqueur.

— Vous voyez le camp, poursuivit le chef des brigands. Vous voyez aussi la route de Coïmbre. Elle est tout encombrée de vos fourgons et de vos ambulances. Cela signifierait-il que Masséna se prépare à la retraite ?

Nos voitures formaient une longue file mouvante d'où jaillissait, par intervalles, l'éclair d'un acier. Outre que ma promesse me liait, je ne commettais pas d'indiscrétion en reconnaissant ce qui n'était que trop manifeste.

— En effet, il se prépare à la retraite.
— Par Coïmbre ?
— Je le crois.
— Mais l'armée de Clauzel ?

Je haussai les épaules.

— Les moindres chemins sont bloqués vers le sud, continua Manuelo. Aucun message ne peut l'atteindre. Si Masséna se retire, Clauzel est condamné.

— C'est à lui de se débrouiller, répondis-je.
— Combien a-t-il d'hommes ?
— Une quinzaine de mille, peut-être.
— Combien de cavaliers ?
— Une brigade de la division de Montbrun.
— Quels régiments ?
— 4e chasseurs, 9e hussards et un régiment de cuirassiers.
— Fort bien, dit Manuelo en consultant son carnet. Je vous conseille de dire la vérité, ou Dieu vous assiste !

IV – Comment le brigadier sauva une armée

Et, division par division, il passa toute l'armée en revue, m'interrogeant sur la composition de chaque brigade. Doutez-vous qu'on m'eût arraché la langue plutôt que de tels renseignements si je n'avais eu en vue un si grand dessein ? Il n'est rien que je n'eusse divulgué pour sauver l'armée de Clauzel.

Enfin, Manuelo remit son carnet dans sa poche.

— Je vous sais gré de vos informations, dit-il ; lord Wellington en recevra communication demain matin. Vous avez tenu votre parole, à moi de tenir la mienne. Comment désirez-vous mourir ? À titre de soldat, vous devez sans doute préférer qu'on vous fusille. Cependant quelques-uns estiment qu'un saut dans les ravins du Mérodal est une mort plus agréable. Beaucoup l'ont choisie ; le malheur est qu'ensuite nous n'avons jamais pu avoir leur opinion. Il y a également la scie, qui ne paraît point jouir d'une grande faveur. Nous pourrions vous pendre : à la vérité, cela aurait l'inconvénient de nous forcer à descendre dans le bois. Une promesse n'en est pas moins une promesse, vous avez l'air d'un bon garçon, et il n'est pas de peine que nous ne prenions pour vous satisfaire.

— Vous m'avez dit, répliquai-je, que je dois mourir avant minuit. Je demande donc que ma mort ait lieu, très exactement, à minuit moins une minute.

— Parfait, dit Manuelo. Se cramponner ainsi à la vie est tant soit peu enfantin ; n'importe, il sera fait selon vos vœux.

— Quant à la manière, je tiens à une mort dont l'univers entier ait le spectacle. Placez-moi donc sur la pile de fagots que voilà et brûlez-moi vivant, comme on a brûlé avant moi les saints et les martyrs. Ce n'est pas une fin vulgaire. Un empereur pourrait me l'envier.

Mon idée parut amuser beaucoup Manuelo.

— Pourquoi pas ? fit-il. Si Masséna vous a envoyé pour nous espionner, il devinera sans doute ce que veut dire ce feu allumé sur la montagne.

— Précisément. Vous avez touché du doigt la raison de mon choix. Le maréchal comprendra et l'armée saura tout entière que je suis mort en soldat.

— Je n'y vois pas d'inconvénient, dit le brigand avec son abominable sourire. On va vous ramener dans votre hutte. Je vous enverrai un peu de viande de chèvre, avec du vin. Le soleil baisse, il va être huit heures. Dans quatre heures, soyez prêt à mourir.

Mourir, quand le monde était si beau ! Je regardai le soleil descendre dans un brouillard d'or, frôlant d'un rayon tardif les eaux bleues et sinueuses du Tage ou les voiles blanches des transports anglais. Comment s'arracher sans mélancolie à de telles splendeurs ?

Mais il y a des choses plus splendides encore. Mourir pour les autres, quand l'honneur, le devoir, la loyauté ou l'amour sont en cause, c'est d'une beauté plus éclatante que tout ce que peut percevoir l'œil humain.

J'admirais en mon cœur la noblesse de ma conduite. Je me demandais si personne au monde saurait jamais comment j'étais monté, de moi-même, sur le bûcher, pour sauver l'armée de Clauzel. Je l'espérais et le souhaitais : ma mère y trouverait une consolation, mes camarades un exemple, mes hussards un sujet de gloire.

Lorsque enfin de Pombal entra dans ma hutte avec des vivres et du vin, la première chose que je lui demandai, ce fut qu'il écrivît un récit de ma mort et l'envoyât au camp français. Il évita de me répondre, ce qui n'empêcha pas que je soupai d'un meilleur appétit en pensant que mon pays et le monde n'ignoreraient peut-être pas tout à fait mon sacrifice.

Environ deux heures avaient passé quand la porte se rouvrit, encadrant Manuelo. Il regardait à l'intérieur. J'étais dans le noir. Une torche qu'un homme portait à son côté faisait reluire ses dents et ses prunelles tandis qu'il fouillait l'ombre.

— Prêt ? me demanda-t-il.

— Ce n'est pas encore l'heure.

— Vous en tenez pour la dernière minute ?

— J'en tiens pour le respect des promesses.

— Bon. Il en sera comme il vous plaira. J'ai, en attendant, à régler une petite affaire de justice, un de nos gens s'étant mis en faute. Chez nous, la règle est stricte, elle ne regarde pas aux personnes. De Pombal vous en dirait quelque chose. Vous allez me ficeler le colonel, de Pombal ; ensuite, vous le mettrez sur les fagots. Je reviendrai au bon moment, pour le spectacle.

Tandis que le chef s'éloignait, de Pombal entra, suivi de l'homme à la torche. Et refermant la porte :

— Colonel Gérard, me dit-il, cet homme est de mes partisans, vous pouvez avoir confiance en lui. Nous avons encore les moyens de vous sauver. Mais je cours un grand risque, il me faut de votre part un engagement formel. Nous garantissez-vous que, si nous vous ramenons

IV – Comment le brigadier sauva une armée

sain et sauf chez les vôtres, ils nous feront bon accueil et passeront l'éponge sur le passé ?

— Je vous le garantis.

— Je m'en remets à votre honneur. À présent, vite ! Nous n'avons pas un instant à perdre. Si ce monstre revient, nous mourrons d'une affreuse mort tous les trois.

Alors, sous mes yeux ébahis, prenant une longue corde, il l'enroula autour du cadavre de mon camarade ; puis il noua sur la bouche un morceau de drap, de façon que la figure en fût presque recouverte.

— Vous, couchez-vous ! me cria-t-il.

Et il m'étendit à la place du mort.

— J'ai quatre hommes qui m'attendent : ils placeront le cadavre sur le bûcher.

Ce disant, il ouvrit la porte et donna un ordre. Quatre hommes entrèrent. On emporta Duplessis. Je demeurai seul, par terre, bouleversé d'espoir et d'étonnement. Cinq minutes après, de Pombal était de retour avec ses partisans.

— Vous voilà sur le bûcher, dit-il. Je défie qui que ce soit de prétendre le contraire. Bâillonné et ficelé comme vous l'êtes, il ne viendrait à l'idée de personne que vous émettiez un son ou fassiez un mouvement. Il ne nous reste plus qu'à emporter le corps de Duplessis et qu'à le précipiter en bas du Mérodal.

Deux hommes me saisirent par la tête, deux autres par les pieds, et m'emportèrent, raide et inerte, hors de la hutte. La lune déjà haute découpait contre le ciel clair la silhouette de l'homme étendu sur le bûcher. Une partie des brigands entouraient la funèbre pile ; le reste n'avait pas quitté le camp. Personne n'arrêta ni ne questionna notre petite troupe. De Pombal la dirigeait vers le précipice. Quand nous fûmes au bord, comme on ne pouvait plus nous voir, il me fit rendre l'usage de mes jambes ; puis, m'indiquant un sentier tortueux :

— Voici votre chemin, me dit-il.

Et tout d'un coup :

— Dios mio ! qu'est-ce que cela ?

Un cri terrible était sorti des bois qui nous dominaient. De Pombal tremblait de tous ses membres, comme un cheval au souvenir de l'étrivière.

— Le démon ! fit-il d'une voix sourde. Encore un de nos hommes qu'il traite comme il m'a traité. Fuyons vite ! Et que la bonté divine nous protège si jamais il remet les mains sur nous !

Nous descendîmes, moitié rampant, à la file indienne, l'étroit sentier de chèvre. Parvenus au bas des roches, nous nous retrouvâmes dans les bois.

Et tout à coup, une clarté jaune monta dans le ciel, projetant devant nous les ombres des arbres. On venait d'allumer le bûcher. De la place où nous étions, nous apercevions distinctement le corps immobile au milieu des flammes et les silhouettes des bandits dansant à l'entour comme des cannibales. Quel poing je brandis vers eux en me promettant qu'un jour mes hussards et moi leur ferions payer cher cette dette !

De Pombal connaissait la position exacte des avant-postes et les sentiers par où l'on y arrivait à travers les bois. Mais nous dûmes, pour prévenir toute malencontre, nous faufiler entre les hauteurs sans souci de la fatigue ni des kilomètres : ce que je voyais me payait amplement du surcroît d'effort que j'avais à fournir. Vers les deux heures du matin, nous fîmes halte au penchant d'une colline sur laquelle serpentait notre sentier. Le Mérodal, couronné de son brasier, semblait un volcan en éruption. Et voilà qu'en regardant je vis autre chose, autre chose qui m'emplit d'un tel délire que je poussai des cris et me roulai de joie sur le sol. Loin, très loin à l'horizon, dans le sud, palpitait et sursautait une deuxième flamme : non point la lumière d'une maison ni le scintillement d'une étoile, mais le feu du mont d'Ossa répondant à celui du Mérodal. L'armée de Clauzel savait ce qu'Étienne Gérard avait été chargé de lui dire !

V

COMMENT LE BRIGADIER TRIOMPHA EN ANGLETERRE

Je vous ai dit, mes amis, comment je triomphai des Anglais à la chasse au renard, quand je poursuivis l'animal avec une telle ardeur que je distançai jusqu'à la meute, et que, resté seul avec lui, je le pourfendis de mon sabre. Peut-être ai-je donné à cette affaire un peu trop d'importance ; le triomphe dans ce que nos voisins appellent le « sport » offre des émotions que ne procure pas la guerre elle-même ; car, dans la guerre, on triomphe avec son régiment, avec son armée, au lieu que dans le sport on gagne ses lauriers sans aide et sans partage.

Les Anglais ont sur nous cet avantage que, chez eux, toutes les classes de la société s'intéressent à toutes les formes du sport. Peut-être cela vient-il de ce qu'ils sont plus riches que nous, peut-être de ce qu'ils sont plus désœuvrés ; le fait est que durant ma captivité en Angleterre j'observai avec surprise combien y était développé le goût des jeux violents et quelle place il tenait dans les préoccupations et la vie du peuple. C'est tantôt une course de chevaux ou un combat de coqs, tantôt une bataille de chien contre rats, tantôt un assaut de boxe. Plutôt que d'en manquer le spectacle, on se détournerait de l'Empereur dans toute sa gloire.

Je pourrais vous dire bien des histoires de sport, car j'ai vu bien des choses au temps où je devins l'hôte de lord Rufton, quand on eut reçu en Angleterre mon ordre d'échange. Plusieurs mois en effet s'écoulèrent avant qu'on me renvoyât en France, et je les passai chez ce digne lord, dans sa belle maison de High-Combe, à l'extrémité nord de Dartmoor. Il s'était joint à la police lors de ma tentative d'évasion ; mais une fois ma capture assurée, il avait éprouvé à mon égard les sentiments que j'aurais éprouvés moi-même, dans mon pays, à l'égard d'un soldat brillant et valeureux, privé de toute assistance amicale. En un mot, il m'avait emmené dans sa maison, vêtu, nourri, et il me traitait comme son frère. Les Anglais, je dois le reconnaître, furent toujours de généreux ennemis, avec lesquels il faisait bon se battre. Dans la

V – Comment le brigadier triompha en Angleterre

Péninsule, les avant-postes espagnols présentaient leurs armes aux nôtres, mais les Anglais, eux, nous présentaient leur flacon d'eau-de-vie. Et de tous ces hommes qu'animaient les plus nobles sentiments, aucun n'approchait l'admirable grand seigneur qui tendit une main si secourable à un ennemi en détresse.

Quels souvenirs de sport ressuscite en moi le seul nom de High-Combe ! Je revois la longue maison basse, cossue, fleurie, avec sa façade de brique et la colonnade blanche de son péristyle. Comme tous ses familiers, lord Rufton était un sportsman endurci ; mais il vous plaira de savoir qu'il n'y avait pas d'exercice où je ne fusse en état de tenir ma partie, outre que j'excellais à un certain nombre. Derrière la maison se trouvait un parc à faisans. Lord Rufton tirait volontiers ces oiseaux. Il envoyait des gens les rabattre ; ensuite, ses amis et lui, postés hors du bois, les fusillaient au passage. J'y mis, quant à moi, plus de malice. J'étudiai les habitudes de ces oiseaux, et, me glissant dans le bois à la tombée du jour, j'en tuai des quantités au moment où ils se branchaient sur les arbres. Tout coup portait, ou il ne s'en faut guère. Le bruit des détonations finit par attirer le garde, qui me conjura, avec sa rudesse britannique, d'épargner ceux qui restaient. Je fis, le soir, à lord Rufton, la surprise de déposer mes victimes sur sa table. Son contentement fut si vif qu'il en rit aux larmes.

— Bon Dieu ! Gérard, vous me ferez mourir ! s'écria-t-il.

Que de fois il me répéta cette phrase ! Car je l'étonnais sans cesse par ma façon d'entrer dans les divertissements des Anglais.

Il en est un, notamment, qu'on réserve pour l'été ; c'est le jeu de cricket. Je l'appris comme les autres. Rudd, le chef-jardinier, y était de première force, ainsi, d'ailleurs, que lord Rufton lui-même. Devant la maison s'étendait une pelouse ; Rudd m'y montra le jeu. C'est un passe-temps énergique, un exercice pour soldats. Chacun des joueurs essaie de frapper l'autre avec la balle, et l'on n'a pour se préserver qu'un petit bâton. Trois autres bâtons fichés en arrière marquent l'endroit au delà duquel on ne peut rompre. Non, ce n'est pas un jeu d'enfants, je vous en réponds ; et je vous avouerai même que je pâlis quand la première balle passa près de moi.

Elle allait si vite que je n'eus pas le temps d'élever mon bâton pour l'écarter ; heureusement, elle me manqua, et s'en fut frapper, si fort qu'elle les fit tomber, les trois piquets marquant la ligne frontière. Alors, ce fut à moi d'attaquer, à Rudd de se défendre. Dans le temps de ma première jeunesse, en Gascogne, j'avais appris à lancer loin et droit un projectile ; il ne tenait donc qu'à moi de toucher ce brave Anglais. Je m'élançai en poussant un cri et j'envoyai la balle. Rapide comme le plomb du chasseur, elle partit dans la direction de ses côtes. Mais il abaissa son bâton, et elle vola dans l'air, à une hauteur prodigieuse.

Lord Rufton applaudit en s'exclamant. Puis la balle revint, puis je la renvoyai ; cette fois, elle frôla mon adversaire à la hauteur de la tête, et je crus le voir pâlir à son tour.

Mais il avait du cœur, ce jardinier, et de nouveau il me fit face. Il portait un gilet rouge : c'est là-dessus que je dirigeai la balle. Aurais-je été un artilleur et non pas un hussard, jamais je n'aurais pointé plus juste. Avec un cri de désespoir, le cri de l'homme que son courage n'a pas sauvé de la défaite, Rudd tomba sur les piquets de bois placés derrière lui, et le tout ensemble roula sur l'herbe. Lord Rufton fit preuve d'inhumanité en cette circonstance : il partit d'un tel rire qu'il ne put aller au secours de son serviteur. Ce fut moi, le vainqueur, qui me précipitai pour embrasser ce joueur intrépide. Je le relevai, je le complimentai, je lui prodiguai des mots d'encouragement et d'espoir. Il souffrait jusqu'à ne pouvoir se tenir debout, ce qui ne l'empêcha pas de convenir, avec la plus honnête franchise, que ma victoire ne devait rien au hasard.

— Il l'a fait exprès ! Il l'a fait exprès ! répétait-il sur tous les tons.

Oui, c'est un beau jeu que le cricket, et je n'aurais pas demandé mieux que d'en courir encore l'aventure mais lord Rufton s'avisa que la saison était trop avancée pour qu'on y jouât davantage.

C'est folie à moi que de m'appesantir sur de tels succès quand je ne suis plus qu'un pauvre homme cassé par l'âge ; et cependant, je l'avoue, quelle douceur, quel réconfort pour ma vieillesse que le souvenir des femmes qui m'ont aimé, des rivaux que j'ai évincés ! Je ne puis songer sans plaisir que, cinq ans plus tard, lorsque lord Rufton vint à Paris après la conclusion de la paix, il m'assura que mes exploits n'étaient pas oubliés ni mon nom moins fameux dans le nord du Devonshire. En particulier, mon combat de boxe avec l'honorable Baldock continuait de vivre dans toutes les mémoires.

Voici comment l'affaire s'était produite.

Bon nombre de sportsmen s'étaient réunis un soir chez lord Rufton pour boire, engager des paris extravagants, parler renards et chevaux. Je me les rappelle bien, tous ces drôles de personnages : sir Barrington, Jack Lupton de Barnstaple, le colonel Addison, Johnny

V – Comment le brigadier triompha en Angleterre

Miller, lord Sadler, et mon ennemi, l'honorable Baldock. Taillés sur un même patron, c'étaient, les uns comme les autres, des buveurs, des têtes fêlées, des batailleurs, des joueurs, capables des fantaisies les plus imprévues, des lubies les plus extraordinaires. Bons garçons, d'ailleurs, sous leur rugueuse écorce, sauf toutefois ce Baldock, un gros individu qui se faisait gloire de son adresse à la boxe.

Comme il riait des Français qui, d'après lui, n'entendaient rien aux exercices du corps, je le défiai au jeu où il se disait passé maître.

Défi téméraire, allez-vous penser, mes amis ; mais la bouteille avait circulé plusieurs fois et j'avais dans les veines le bouillonnement de la jeunesse ; je prétendais lui tenir tête, à ce bravache, lui montrer qu'à défaut d'adresse je ne manquais pas de résolution.

Lord Rufton voulut intervenir. J'insistai. Les autres m'encouragèrent, poussant des cris enthousiastes et me tapant dans le dos : « Non, que diable ! Baldock, le colonel est notre hôte ! » disait lord Rufton. « Cela ne regarde que lui » répondaient les autres. « Voyons, Rufton, ils ne peuvent pas se blesser s'ils ont des mawleys », fit observer lord Sadler. Et lord Rufton finit par se rendre.

J'ignorais ce qu'étaient des mawleys. Bientôt l'on apporta quatre gros tampons de cuir, assez semblables à des gants d'escrime, mais plus larges. Nous y emprisonnâmes nos mains, Baldock et moi, après nous être débarrassés de nos habits et de nos gilets ; puis l'on repoussa la table dans un coin, avec les bouteilles et les verres, et l'on nous mit face à face. Lord Sadler s'assit dans une bergère. Il avait tiré sa montre.

— Time ! dit-il.

Je ne vous en ferai pas mystère, mes amis : j'éprouvai à cette minute un frémissement que ne m'avait donné aucun de mes nombreux duels. À l'épée ou au pistolet, je suis chez moi ; ici, je savais seulement que j'avais à me battre contre ce gros Anglais et à faire, en dépit des malencontreux tampons, tout ce que je pourrais pour le vaincre. Mes deux poings étaient ma seule arme, et l'on m'en privait d'avance. « Attention, Gérard, pas de coups de pied ! » me dit lord Rufton à l'oreille. Je portais des escarpins de bal, mais mon adversaire offrait une si belle cible que quelques coups bien appliqués m'auraient assuré la victoire. Je sus me contenir, la boxe ayant, comme l'escrime, son étiquette.

Comment donc attaquer l'Anglais ? Je le regardai. Il avait l'oreille énorme et saillante. Si j'arrivais à le saisir par là, je saurais bien lui faire mordre la poussière. Je me jetai sur lui. J'avais compté sans mon gant : cette chose flasque qui me paralysait les doigts, et deux fois je lâchai prise. L'Anglais me frappa : que m'importaient ses coups ? Je le saisis de nouveau par l'oreille. Il tomba. Je roulai sur lui et lui cognai la tête contre le plancher. Et les Anglais de s'esclaffer, de pousser des hourrahs, de me taper dans le dos.

— À égalité, le Français ! cria lord Sadler.

— Ça n'est pas de jeu ! hurla mon adversaire en frottant ses oreilles cramoisies. Il m'a renversé comme un sauvage.

— Vous voilà prévenu, arrangez-vous, dit froidement lord Rufton.

— Time ! prononça lord Sadler.

Et nous tombâmes en garde pour la reprise.

Baldock était tout rouge, ses petits yeux avaient l'éclat méchant de ceux des bouledogues, la haine transpirait sur son visage. Moi, j'étais gai, léger. Un Français se bat, mais sans haine. Je me campai devant lui et le saluai, comme en duel. Il peut y avoir, dans le salut qu'on adresse à un adversaire, de la courtoisie et de la grâce autant que du défi. Je mis de tout cela dans le mien, en même temps que je l'accompagnais d'un haussement d'épaules tant soit peu ironique.

Ce fut le moment que Baldock choisit pour me frapper. La salle tournoya autour de moi. Je tombai à la renverse. Mais je me remis incontinent sur mes pieds et me ruai à l'attaque. Un corps-à-corps s'engagea. Oreilles, nez, cheveux, j'attrapais ce que je rencontrais. Une fois de plus, l'ivresse de la bataille me possédait. Le vieux cri de triomphe me monta aux lèvres. « Vive l'Empereur ! » vociférai-je, en logeant ma tête dans l'abdomen de mon adversaire. Il me passa un bras autour du cou, me retenant d'une main pendant qu'il me frappait de l'autre. Je lui enfonçai les dents au beau milieu du bras, ce qui le fit hurler de douleur.

— Faites-le cesser, Rufton ! faites-le cesser ! beuglait-il. C'est qu'il m'embête !

On dut m'arracher à lui de vive force.

Oublierai-je jamais cette scène ? Et les rires des témoins, leurs acclamations, leurs félicitations ? Baldock lui-même ne me tenait pas rancune : il me serra la main et, de mon côté, je l'embrassai sur les deux joues. Cinq ans plus tard, ainsi que je vous l'ai dit, j'appris de lord Rufton que mes amis anglais se rappelaient toujours ma conduite en cette circonstance.

V – Comment le brigadier triompha en Angleterre

Je pourrais multiplier les récits de semblables exploits ; mais ce que je voudrais plutôt vous conter aujourd'hui, c'est l'étrange aventure dont je fus redevable à lady Jane Dacre. Lady Jane Dacre, sœur de lord Rufton, gouvernait sa maison. Je crois bien qu'avant mon arrivée elle menait une existence très solitaire : belle, raffinée d'esprit, elle n'avait rien de commun avec les gens de son milieu. C'était, d'ailleurs, le cas de bon nombre de dames anglaises à cette époque ; alors que les hommes se distinguaient par leur grossièreté, leur vulgarité, leur sans-gêne, leur peu de mérite, elles étaient, au contraire, les plus aimables, les plus tendres que j'ai connues.

Nous devînmes de grands amis, lady Jane et moi ; car ne me sentant pas de force à vider trois bouteilles de porto après le dîner comme ces messieurs du Devonshire, je me réfugiais au salon où, tous les soirs, elle jouait de la harpe. Je lui chantais, à sa prière, des chansons de France. Le charme paisible de ces heures faisait diversion à la tristesse dont je ne pouvais me défendre en pensant que mon régiment se battait toujours sans le chef qu'il avait appris à aimer et à suivre. Je me serais arraché les cheveux quand je lisais dans les journaux anglais quelque relation des belles luttes qui se livraient en Portugal, sur les frontières de l'Espagne, et dont m'écartait la malchance qui m'avait jeté entre les mains de mylord Wellington.

Le peu que je vous ai dit de lady Jane vous aura suffi pour augurer ce qui advint, mes amis. Voilà Étienne Gérard brusquement introduit dans la société d'une jeune et jolie femme : que voulez-vous qu'il en résulte pour lui ? Que voulez-vous qu'il en résulte pour elle ? Je ne pouvais, moi, l'invité, le captif, faire la cour à la sœur de mon hôte. Je fus réservé. Je fus discret. J'essayai de dompter mes sentiments et de décourager les siens. Hélas ! je dus me trahir, car la bouche n'a qu'à se taire pour que les yeux aient plus d'éloquence. Le seul frémissement de mes doigts livrait mon secret chaque fois que je tournais pour lady Jane les pages de musique.

Quant à elle... elle fut admirable. Si je n'avais lu dans son cœur, j'aurais souvent pu croire qu'elle oubliait jusqu'à ma présence dans la maison. Elle demeurait des heures entières plongée dans une douce mélancolie, tandis que je contemplais, sous la lumière de la lampe, son pâle visage encadré de boucles ; et je tressaillais à l'idée de l'avoir si profondément émue. Alors je voulais parler, mais elle sursautait sur sa chaise, feignant la plus innocente surprise, comme si elle eût ignoré que je fusse là. Je brûlais de me jeter à ses pieds, de baiser sa main blanche, de l'assurer que j'avais pénétré son secret et que je n'abuserais point de sa confiance. Mais je sentais trop l'inégalité de nos conditions. Si j'étais chez elle, j'y étais en rebut de l'humanité, j'y restais l'ennemi. Et je me taisais, j'essayais d'imiter son prodigieux détachement. Dans le fond, comme vous le pensez bien, je guettais la moindre occasion de la servir.

Un matin, lady Jane s'étant rendue à Okehampton dans son phaéton qu'elle conduisait elle-même, je sortis pour me porter au-devant d'elle à son retour. Nous entrions dans l'hiver, la route décrivait ses lacets entre des pentes couvertes de fougères desséchées. C'est un pays exposé à toutes les intempéries que ce Dartmoor, un lieu rocheux et sauvage où règnent les vents et les brumes. Je m'expliquais, tout en marchant, le spleen dont souffrent les Anglais. Le cœur me pesait. J'étais agité de noirs pressentiments. Dans cet état de trouble, je m'assis sur un rocher, non loin du chemin, et me mis à considérer le mélancolique paysage. Soudain, comme j'observais la route, je fus témoin d'un spectacle qui changea le cours de mes pensées ; et je me relevai d'un bond, en poussant un cri d'étonnement et de colère.

Un phaéton prenait la courbe de la route. Il arrivait au galop de son poney, lady Jane était sur le siège. Elle fouettait sa bête comme si elle eût voulu échapper à un danger pressant. Ne sachant à quoi m'attendre, car le tournant m'empêchait de voir ce qui causait son alarme, je m'élançai. Et mon étonnement redoubla quand, l'instant d'après, je découvris qu'elle était poursuivie par un cavalier portant l'habit rouge des chasses au renard.

Il montait une bête splendide, un grand cheval qu'il menait comme en terrain de course. En quelques foulées il eut rejoint le phaéton. Alors il s'inclina, saisit les rênes du poney comme pour l'arrêter et se mit à lier conversation avec lady Jane. Penché vers elle, il lui parlait d'un air animé, cependant qu'elle s'écartait de lui comme s'il lui eût inspiré autant d'aversion que de crainte.

Ce n'était point là, vous le concevez, un tableau que je pusse envisager avec calme. L'occasion s'offrait donc à moi de servir ma dame ! Tout frémissant, je me mis à courir. Seigneur ! à courir !… J'étais hors d'haleine, sans parole, en arrivant au phaéton.

L'homme leva sur moi ses yeux bleus d'Anglais, sans paraître, tant il était absorbé, me prêter aucune importance. Quant à lady Jane, elle ne proféra pas un son. Toujours penchée en arrière, belle et pâle, elle regardait l'inconnu. C'était un garçon de haute mine, grand, vigoureux, brun ; je me sentis, à son aspect, piqué de tous les aiguillons

V – Comment le brigadier triompha en Angleterre

de la jalousie. Il parlait bas et vite, comme font à l'ordinaire ses compatriotes dans les moments graves.

— Je vous l'affirme, Jinny, disait-il, c'est vous, vous seule que j'aime. Ne soyez pas cruelle. Bannissez enfin le passé de votre mémoire. Dites-moi qu'il n'existe plus pour vous.

— Non, jamais, George, jamais ! s'écria-t-elle.

Cette réponse exaspéra le jeune homme. Un flot de sang noir lui monta au visage.

— Pourquoi refuser de me pardonner, Jinny ?

— Parce que je ne puis oublier.

— Il le faut, by Jove ! Mais d'ailleurs, je n'ai que trop prié, il est temps que j'ordonne. Je ferai valoir mes droits, entendez-vous ?

Et il saisit le poignet de lady Jane.

J'avais, pendant ce temps, recouvré le souffle.

— Madame, dis-je en ôtant mon chapeau, puis-je, de quelque façon que ce soit, vous rendre service ?

Mais ni lady Jane ni son persécuteur ne parurent s'aviser de mon intervention plus que du bourdonnement d'une mouche. Leurs yeux les rivaient l'un à l'autre.

— Je ferai valoir mes droits, je vous le répète. Je n'ai que trop attendu.

— Inutile de menacer, George.

— Vous cédez ?

— Jamais.

— C'est votre dernier mot ?

— Mon dernier mot.

Le jeune homme lança une imprécation, et retirant sa main :

— Très bien, madame, je verrai ce qu'il me reste à faire.

— Excusez-moi, fis-je avec dignité.

— Allez au diable ! me cria-t-il d'un ton furieux.

Piquant des deux, il repartit au galop dans la direction d'où il était venu. Lady Jane le suivit du regard tant qu'il fut visible, et je m'étonnai qu'au lieu d'un visage sombre elle montrât une figure souriante. Enfin elle se tourna vers moi :

— Colonel Gérard, dit-elle en me tendant la main, vous êtes bien aimable. Je ne doute pas que vos intentions fussent les meilleures.

— Madame, répondis-je, si vous voulez m'obliger en me donnant l'adresse et le nom de ce monsieur, je m'arrangerai de manière qu'il ne vous donne plus aucun trouble.

— Non ! s'écria-t-elle, je vous en prie, pas de scandale.

— Je me garderais d'oublier mon devoir, madame. Ne craignez pas qu'en tout ceci votre nom soit prononcé. En m'envoyant au diable, ce monsieur m'a dispensé de me mettre l'esprit à mal pour trouver un motif de querelle.

— Colonel Gérard, fit-elle d'un air grave, il faut que vous me promettiez, sur votre foi de soldat et de galant homme, que l'incident n'aura pas de suites et qu'en outre vous ne soufflerez mot à mon frère de ce que vous avez vu. Allons, promettez-le-moi !

— S'il le faut...

— J'ai votre parole. Maintenant, montez près de moi, je vous ramène à High-Combe. Je vous expliquerai tout, chemin faisant.

Les premières explications de lady Jane entrèrent en moi comme la pointe d'un sabre.

— Ce monsieur, dit-elle, est mon mari.

— Votre mari ?

— Vous deviez savoir que j'étais mariée.

Mon agitation parut la surprendre.

— Non, je ne le savais pas.

— Alors, apprenez que ce monsieur est lord George Dacre. Nous sommes mariés depuis deux ans. Inutile de vous dire qu'il a eu des torts envers moi. Je l'ai quitté pour me réfugier chez mon frère. Jusqu'à ce jour, il m'a laissée tranquille. Ce qu'il s'agit d'éviter par-dessus tout, c'est un duel entre mon frère et lui : la seule idée m'en fait horreur. Il m'importe donc que lord Rufton ne soit pas instruit du hasard qui nous a remis aujourd'hui en présence.

— Si mon pistolet pouvait vous délivrer de vos ennuis...

— Non, pas plus cela que le reste. Rappelez-vous votre promesse, colonel Gérard. Et pas un mot à High-Combe sur ce qui s'est passé devant vous.

Le mari de lady Jane ! Je me la représentais comme une jeune veuve. Et l'homme brun, le malotru qui m'envoyait au diable, était l'époux de cette tendre femme, de cette colombe ! Ah ! que ne me laissait-elle briser des chaînes si odieuses ! Il ne tenait qu'à moi de lui assurer le plus expéditif et le plus infaillible des divorces. Mais elle avait ma promesse, je l'observais à la lettre. Un bateau de Plymouth devait me débarquer à Saint-Malo la semaine suivante, je croyais donc ne jamais connaître la suite de l'histoire. Cependant l'histoire devait avoir une suite, où j'allais jouer un rôle aussi satisfaisant qu'honorable.

V – Comment le brigadier triompha en Angleterre

Trois jours plus tard, j'étais dans ma chambre, quand lord Rufton y tomba à l'improviste. Je fus frappé de sa pâleur et de son émotion.

— Gérard, me cria-t-il, avez-vous vu lady Jane Dacre ?

Je l'avais vue après le déjeuner du matin, et il était midi.

— Par le Ciel, je flaire là-dessous quelque infamie ! continua mon pauvre lord, courant comme un fou d'un côté à l'autre. Le bailli est venu me dire tout à l'heure qu'une chaise de poste où se trouvaient un homme et une femme avait été vue descendant à tout rompre la route de Tavistock. Jane a disparu. Je crois, pardieu ! que cette canaille de Dacre l'aura enlevée.

Et tirant furieusement le cordon de sonnette :

— Deux chevaux à l'instant ! ordonna-t-il. Colonel Gérard, vos pistolets ! Ou Jane reviendra ce soir avec moi de Gravel Hanger, ou le château de High-Combe aura un nouveau maître !

Et nous voilà, pendant des heures, tels deux chevaliers errants du temps jadis, volant au secours de la dame en détresse. Lord Dacre habitait dans les environs de Tavistock. Tout le long de la route, à chaque maison, à chaque barrière de péage, on nous donnait des nouvelles de la chaise de poste ; nous ne pouvions donc pas douter de la direction qu'elle avait prise. Tandis que nous galopions de conserve, lord Rufton me renseignait sur l'homme que nous poursuivions. Son nom, paraît-il, était, en Angleterre, le synonyme de tous les désordres. Le vin, les femmes, les cartes, les dés, les courses, il n'était aucun genre d'excès où ce descendant d'une antique et noble famille ne se fût acquis la plus effroyable notoriété. On avait espéré le voir s'amender lors de son mariage avec la belle lady Jane Rufton, mais, après quelques mois d'une conduite régulière, il l'avait blessée au plus vif de ses sentiments par une liaison indigne. Elle avait fui de chez elle pour se retirer chez son frère, aux soins de qui on l'arrachait de nouveau aujourd'hui contre sa volonté. Je vous en fais juges : deux hommes pouvaient-ils se proposer une mission plus légitime que celle que nous accomplissions, lord Rufton et moi ?

— Voici Gravel Hanger, me dit enfin mon compagnon.

Et du bout de sa cravache il me désignait, au flanc verdoyant d'une colline, une vieille demeure de brique et de pan de bois, aussi belle que peut l'être une maison de campagne anglaise.

— Il y a une auberge près de la grille du parc, ajouta-t-il, nous y laisserons nos chevaux.

J'aurais cru, considérant la justice de notre cause, qu'il eût mieux valu pousser hardiment jusqu'à la porte et sommer le ravisseur de rendre la dame. Mais j'aurais eu tort. La seule chose que l'Anglais redoute, c'est la loi. Il la fait lui-même et, quand une fois il l'a faite, elle devient un tyran inflexible qui en impose au plus brave. À l'idée de se rompre le cou, il sourit ; à l'idée d'enfreindre la loi, il devient blême.

Or, pendant que nous remontions le parc, lord Rufton m'exposa qu'en cette affaire nous n'avions pas la loi pour nous. Lord Dacre était dans son droit en enlevant sa femme : il avait sur elle l'autorité du propriétaire, et nous agissions, nous, en malfaiteurs qui attentent au bien d'autrui. Ce n'était pas à des malfaiteurs de se présenter ouvertement à la porte. Nous devions enlever la dame par force ou par ruse ; nous ne pouvions nous réclamer d'aucun titre, la loi étant contre nous.

Cependant que mon ami me donnait ces explications, nous avions gagné à la dérobée un massif d'arbustes, proche des fenêtres de la maison. De là, nous examinions cette forteresse, cherchant les moyens de l'occuper et, par-dessus tout, d'établir des communications avec la belle captive.

Donc, nous étions là, lord Rufton et moi, bien cachés, ayant chacun notre pistolet dans une poche de notre redingote et résolus à ne pas nous en revenir sans lady Jane. Nous interrogions avidement, l'une après l'autre, les fenêtres de l'immense façade. Rien ne décelait à l'intérieur aucune présence ; mais sur le sable de l'avenue, devant l'entrée, se voyaient les traces profondes des roues de la chaise de poste. Preuve que les fugitifs étaient arrivés.

Blottis entre des lauriers, nous tenions conseil à voix basse, quand nous fûmes interrompus de façon singulière. Sur le seuil de l'entrée était apparu un homme à cheveux filasse et de très haute taille, un de ces individus qu'on choisirait comme flanqueurs dans une compagnie de grenadiers. À son visage brun, à ses yeux pâles, je reconnus lord Dacre.

Il descendit l'avenue à grands pas dans notre direction.

— Sortez de là, Ned, cria-t-il tout d'un coup, ou je vous fais envoyer une volée de plomb par mon garde-chasse ! Inutile de vous cacher. Sortez de là, vous dis-je !

Notre position était, véritablement, des moins héroïques. Mon pauvre ami se releva, les joues en feu. J'en fis autant, et m'inclinai avec toute la dignité possible.

V – Comment le brigadier triompha en Angleterre

— Eh ! mais, c'est le Français, je crois ! fit lord Dacre en me rendant ma politesse. J'ai déjà eu maille à partir avec lui. Quant à vous, Ned, je savais que vous ne seriez pas long à courir après moi, je vous guettais. Je vous ai vu traverser le parc et vous cacher sous les lauriers. Entrez, s'il vous plaît, et jouons cartes sur table.

Il semblait le maître de la situation, ce beau géant qui, sans bouger, nous regardait tout à son aise sortir de notre cachette. Lord Rufton n'avait pas articulé un mot, mais son front, ses yeux s'étaient assombris, je voyais s'amasser en lui un orage.

Sur l'invitation de lord Dacre, nous entrâmes dans la maison. Lui-même nous conduisit jusqu'à un salon dont les murs étaient lambrissés de chêne. Alors, ayant refermé la porte, il me toisa d'un œil insolent.

— Voyons, dit-il, voyons, il y eut un temps où une famille anglaise pouvait régler ses affaires à sa guise. Qu'est-ce que cet étranger peut avoir de commun avec votre sœur et mon épouse ?

— Monsieur, dis-je, permettez-moi de vous représenter qu'il ne s'agit pas seulement ici de sœur ou d'épouse. Je suis l'ami de la dame en question, et revendique le privilège, qu'on ne saurait contester à un honnête homme, de protéger une femme contre un brutal. Il n'est qu'un geste pour vous dire ce que je pense de vous.

J'avais à la main mon gant de cheval, je le lui jetai au travers de la figure.

Il recula. Un sourire plein d'amertume entrouvrit ses lèvres. Ses yeux avaient la dureté des cailloux.

— Ainsi, Ned, fit-il, vous avez amené votre estafier ! Au moins, vous pourriez vous battre vous-même s'il faut que nous en venions à nous battre.

— C'est bien ainsi que je l'entends, s'écria lord Rufton. Sur place et sur l'heure.

— Quand j'aurai tué ce fanfaron de Français, repartit lord Dacre.

Et s'étant approché d'une petite table placée contre le mur, il ouvrit une boîte à garnitures de cuivre.

— Pardieu ! dit-il, ou cet homme ou moi sortirons d'ici les pieds en avant. Je ne nourrissais que des bons sentiments à votre égard ; mais, by George ! je tuerai ce matamore, aussi vrai que je m'appelle George Dacre. Choisissez le pistolet qui vous convient, monsieur ; tous sont chargés. Tirez par-dessus cette table. Visez bien. Et tâchez de me tuer ; car, si vous me manquez, moi je ne vous manquerai pas.

Vainement lord Rufton s'efforça de ramener à lui la querelle. Deux choses étaient claires pour moi : d'abord, que lady Jane redoutait plus que tout une rencontre entre son mari et son frère ; ensuite, que, si je tuais ce grand mylord, tout s'arrangerait pour le mieux. Lord Rufton n'avait aucun besoin de lui, lady Jane pas davantage. En les débarrassant d'un fâcheux, moi, Étienne Gérard, leur ami, je leur payais ma dette de gratitude. D'ailleurs, je n'avais pas le choix, lord Dacre était aussi désireux de me loger une balle dans le corps que moi de lui rendre le même office. Lord Rufton eut beau plaider, tempêter, nous n'avions plus qu'à vider le différend.

— Eh bien, s'écria finalement lord Rufton, si c'est avec mon hôte et non pas avec moi que vous devez vous battre, consentez, du moins, que la rencontre ait lieu demain matin, en présence de deux témoins. Par-dessus cette table, ce serait du meurtre.

— Telle est pourtant ma fantaisie, Ned.

— Et la mienne, ajoutai-je.

— Soit ! mais je n'aurai rien à y voir. Je vous préviens, George, que, si vous tuez cet homme dans des conditions pareilles, vous irez vous asseoir sur le banc des accusés. Car je refuse, et vous le déclare tout net, d'assister à la rencontre.

— Monsieur, dis-je, je suis tout prêt à me passer de témoins.

— Impossible, la loi s'y oppose, protesta lord Dacre. Allons, Ned, soyez raisonnable. Vous voyez bien que nous tenons à nous battre. Vous commanderez le feu, voilà tout.

— Non, je ne m'en mêle pas.

— Je trouverai donc quelqu'un qui s'en mêle.

Il recouvrit d'une étoffe les pistolets restés sur la table et sonna. Un laquais parut.

— Priez le colonel Berkeley de venir jusqu'ici. Vous le trouverez dans la salle de billard.

Je ne tardai pas à voir entrer un grand Anglais maigre, orné d'une forte moustache, chose rare dans un pays où les hommes vont en général sans un poil de barbe. On m'a dit depuis que la moustache ne se portait que dans la garde et chez les hussards : le colonel appartenait à la garde. C'était un personnage bizarre, l'air fatigué, la démarche langoureuse, la voix traînante ; un long cigare se projetait hors de son immense moustache, comme une perche hors d'un

V – Comment le brigadier triompha en Angleterre

buisson. Il nous regarda successivement, avec un flegme tout britannique, et, quand nous l'eûmes informé de nos intentions, il n'en montra aucune surprise.

— Très bien, dit-il, très bien.

— Moi, je me récuse, colonel Berkeley, déclara énergiquement lord Rufton. Ce duel ne peut avoir lieu sans vous, songez-y. Je vous tiens pour responsable de ses suites.

Le colonel devait être bon juge en la matière. Il retira son cigare de sa bouche et, de cette voix étrange qui traînait sur les syllabes, il rendit son arrêt.

— Lord Rufton, dit-il, les conditions de la rencontre sont exceptionnelles, elles ne sont pas irrégulières. Monsieur que voici a porté un coup ; monsieur que voilà l'a reçu. Les conditions et l'heure dépendent de la personne qui demande satisfaction. Lord Dacre veut que tout se règle séance tenante, ici même, par-dessus cette table : il agit dans la plénitude de son droit, et je prends mes responsabilités.

Il n'y avait plus rien à dire. Lord Rufton s'en fut chercher un coin où il s'assit, morne, les sourcils bas, les mains enfoncées dans les poches de sa culotte. Cependant le colonel, ayant examiné les deux pistolets, les déposait au centre de la table. Lord Dacre se tenait à un bout du meuble ; je me tenais à l'autre ; nous avions entre nous deux mètres cinquante d'acajou poli. Campé de toute sa taille sur le tapis du foyer, le dos au feu, et roulant de la main droite son cigare, le colonel avait pris de la gauche son mouchoir.

— Quand je le laisserai tomber, nous dit-il, vous saisirez vos pistolets sur la table et ferez feu à votre convenance. Êtes-vous prêts ?

— Oui, répondîmes-nous.

Le mouchoir tomba. Je me penchai vivement et saisis l'un des pistolets ; mais la table était, comme je l'ai dit, longue d'environ deux mètres cinquante, et lord Dacre, avec ses bras qui n'en finissaient plus, était plus que moi à portée du centre. Je n'avais pas eu le temps de me redresser qu'il déchargeait son arme. C'est à quoi je dois la vie, car la balle m'eût certainement fait sauter la cervelle : elle me siffla au ras des mèches. Dans le même instant, et juste comme j'élevais mon pistolet pour tirer, deux bras m'enlacèrent ; rougissante, effarée, la belle lady Jane plongeait ses yeux dans les miens.

— Arrêtez, colonel Gérard ! Par pitié pour moi, arrêtez ! s'écria-t-elle. Il n'y a dans tout ceci qu'un malentendu, une méprise, je vous l'affirme. Lord Dacre est le meilleur, le plus tendre des époux. Ma vie est désormais inséparable de la sienne.

Et les mains de lady Jane, glissant le long de mon bras, se fermèrent sur mon pistolet.

— Jane, Jane ! dit lord Rufton, venez avec moi. Éloignez-vous. Cette place n'est pas la vôtre.

— Voilà qui sort diantrement de la règle ! maugréa le colonel Berkeley.

Mais lady Jane restait sourde aux remontrances.

— Vous n'allez pas tirer, n'est-ce pas, colonel Gérard ? C'est moi que vous frapperiez au cœur si vous touchiez mon mari.

— Eh, morbleu ! laissez donc ce garçon tranquille, dit à son tour lord Dacre. Il a vaillamment essuyé mon feu, je ne supporterai pas qu'on le gêne ! Quoi qu'il m'arrive, je n'aurai que ce que j'ai mérité.

Mais déjà mon regard avait croisé celui de lady Jane et s'en était fait comprendre. Elle me lâcha.

— Colonel Gérard, je vous remets la vie de mon mari et mon propre bonheur, dit-elle.

Comme elle me connaissait, l'admirable femme ! Je restai un moment irrésolu, la main sur la détente. Mon adversaire me faisait face sans sourciller, son visage hâlé n'avait pas un pli, ses yeux bleus étaient hardis et fermes.

— Allons, monsieur, allons, tirez ! me cria le colonel, de sa place.

— Qu'on nous laisse donc en finir ! dit lord Dacre.

Le moins que je me devais, par respect pour moi-même, c'était de montrer que je tenais cet homme à merci.

Je cherchai autour de moi une cible.

Tourné du côté de mon adversaire et s'attendant à le voir tomber, le colonel me présentait son profil, d'où débordait son cigare terminé par un pouce de cendre. Prompt comme l'éclair, j'ajustai et fis feu.

— Permettez-moi de secouer votre cendre, monsieur, dis-je, en m'inclinant avec une grâce dont on n'a pas l'idée chez ces insulaires.

Ce fut, j'en suis sûr, la faute de mon arme et non pas celle de mon tir ; mais le fait est que je doutai de mes yeux en constatant que j'avais coupé le cigare à un demi-pouce seulement des lèvres.

Le colonel me considérait avec stupeur. Je vois encore ses yeux égarés par la colère, sa longue et mince figure ahurie, sa moustache roussie que dépassait à peine un chicot de cigare. Enfin il se mit à parler. J'ai toujours soutenu que ces Anglais, pour peu qu'on les fasse sortir de leurs gonds, ne sont ni taciturnes ni flegmatiques. Impossible de s'exprimer avec plus de chaleur que ne fit le colonel Berkeley. Lady Jane dut se boucher les oreilles.

— Voyons, colonel Berkeley, dit lord Dacre, vous vous oubliez ; il y a ici une dame.

Le colonel s'inclina, d'un geste raide.

— Si lady Dacre veut prendre la peine de sortir, dit-il, ce satané petit Français saura le cas que je fais de ses méchantes plaisanteries et de lui-même.

Je fus magnifique en cette occurrence : j'oubliai les paroles que je venais d'entendre pour ne me rappeler que ce qui les avait provoquées.

— Monsieur, dis-je, je tiens, sans en être prié, à m'excuser de ce fâcheux incident. Il me semblait que, si je ne déchargeais pas ce pistolet, je blessais lord Dacre dans son amour-propre ; cependant, après les déclarations de cette dame, il m'était impossible de tirer sur son époux. Je cherchai donc un but à viser, et j'eus l'extrême disgrâce de faire sauter votre cigare, quand je n'avais l'intention que d'en détacher la cendre. Mon pistolet m'a trahi. Telle est mon explication, monsieur. Et si, quand je vous aurai réitéré mes excuses, vous estimez qu'une satisfaction vous est due, je ne saurais, naturellement, me dérober à votre requête. C'était, sans contredit, une attitude charmante. Elle me concilia tous les cœurs.

— By George ! s'écria lord Dacre, en s'avançant pour me serrer la main, je n'ai jamais éprouvé pour un Français les sentiments que j'éprouve pour vous. Vous êtes un homme et un gentilhomme, je n'en pourrais dire plus.

Lord Rufton garda le silence, mais sa poignée de main me traduisit éloquemment sa pensée. Le colonel lui-même me complimenta, ajoutant qu'il faisait son deuil du malheureux cigare. Et quant à lady Jane... Ah ! si vous aviez pu voir le regard qu'elle m'octroya, la couleur de ses joues, l'éclat humide de ses yeux, le tremblement de ses lèvres ! Quand je songe à cette belle lady Jane, c'est à ce moment que je me la rappelle.

On voulait me retenir à dîner ; mais vous comprendrez, mes amis, que ce n'était, ni pour lord Rufton ni pour moi, l'heure de nous attarder à Gravel Hanger. Le couple raccommodé avait besoin de solitude. Tête à tête avec lady Jane dans la chaise de poste, lord Dacre avait su la convaincre de son repentir. Les deux époux redevenaient deux amoureux. Je n'avais plus qu'à m'en aller. Pourquoi gêner la paix du foyer si elle devait être durable ? Ma seule présence, ma seule vue pouvaient avoir leur effet sur lady Jane ; je devais me faire violence en m'arrachant à elle ; ce fut en vain qu'elle me pressa de différer mon départ.

Il m'est revenu, après bien des années, que les Dacre comptèrent désormais parmi les plus heureux ménages du pays et que jamais plus un nuage n'obscurcit leur existence. J'ose dire pourtant que si le mari avait pu lire dans le cœur de sa femme… Mais je me tais. Le secret d'une dame est son bien personnel. Je crains que celui de lady Jane ne soit depuis longtemps enseveli avec elle dans quelque petit cimetière du Devonshire. Sans doute ne reste-t-il rien du cercle joyeux qui formait son entourage, et son souvenir ne vit plus aujourd'hui que dans la mémoire d'un général de brigade français en demi-solde. Lui, du moins, il n'oublie pas.

VI

COMMENT LE BRIGADIER SE RENDIT À MINSK

Ce soir, je voudrais un vin plus fort, mes amis : du bourgogne plutôt que du bordeaux. Mon cœur, mon vieux cœur de soldat est opprimé de tristesse. Que l'âge a donc une manière perfide de s'insinuer en nous ! On ne se doute de rien, on ne comprend pas ; l'esprit reste le même, on ne sait comment le pauvre corps, lui, tombe en ruines. Mais le moment vient où l'on s'en aperçoit tout d'un coup. C'est rapide et clair comme un moulinet de sabre. Et l'on compare ce que l'on est à ce que l'on fut. Voilà précisément ce qui m'arrive. Allons, du bourgogne, du bourgogne blanc… du Montrachet… Votre serviteur, messieurs !

J'étais ce matin au Champ de Mars. Pardonnez aux jérémiades d'un vieillard, mes amis. Vous avez assisté à la revue. Elle était splendide, n'est-ce pas ? Je me trouvais dans l'enceinte réservée aux officiers décorés de l'ancienne armée. Ce ruban à ma boutonnière me servait de coupe-file. Quant à la croix, je la garde chez moi, dans un étui de peau. On nous avait fait l'honneur de nous placer à l'endroit du salut des troupes, à la gauche de Sa Majesté Napoléon III et de la cour.

Voilà des années que je n'allais plus aux revues, car il y a trop de choses que je réprouve. Ainsi, je réprouve les pantalons rouges de l'infanterie. Jadis l'infanterie ne se battait qu'en culottes blanches, le rouge appartenait à la cavalerie ; pour un peu l'on nous prendrait nos colbacks et nos éperons ! J'aurais fréquenté les revues qu'on aurait pu me croire, moi, Étienne Gérard, capable d'admettre des innovations pareilles. Je restais donc chez moi. Aujourd'hui, avec cette guerre de Crimée, c'est autre chose. Nos hommes vont se battre. Pouvais-je manquer au rendez-vous des braves ?

Ils marchent bien, savez-vous, nos petits lignards ! S'ils ne sont pas gros, ils ont de la solidité et de l'allure. Je leur tirai mon chapeau quand ils passèrent. Puis vinrent les canons : de bons canons, avec de bons chevaux et de bons artilleurs. Eux aussi, je leur tirai mon chapeau. Puis vinrent les pontonniers. Je saluai encore : il n'y a pas d'hommes

VI – Comment le brigadier se rendit à Minsk

plus courageux que les pontonniers. La cavalerie suivait, lanciers, chasseurs et spahis. Je leur fis mon salut à tous, sauf aux spahis : l'Empereur n'avait pas de spahis. Et quand ils eurent tous défilé, que croyez-vous qui apparut enfin ? Une brigade de hussards, et qui chargeait. Ah ! mes amis, la fierté, la beauté, la gloire de cette charge, ses éclairs et ses étincelles, le tonnerre des sabots, le cliquetis des gourmettes, les crinières flottantes, les nobles bêtes, le nuage mouvant de l'acier !

Mon cœur en battit la chamade.

Au spectacle des dolmans gris passementés d'argent et des chabraques en peau de tigre, il me sembla que le passé s'envolait devant moi. Je crus revoir mes magnifiques cavaliers, tels que, il y a quarante ans, aux jours orgueilleux de notre jeunesse et de notre force, ils se précipitaient, balayant tout, à ma suite.

Alors, je n'y tins plus, je brandis ma canne : « En avant ! m'écriai-je, chargez ! Vive l'Empereur ! »

Mais quoi ! cette pauvre voix flûtée, était-ce bien la même qui jadis roulait comme la foudre sur les deux ailes d'une brigade ? Ce bras qui pouvait à peine agiter un bâton, était-ce le même dont les muscles de fer et de feu n'avaient pas eu leurs pareils dans toute l'armée de Napoléon ? On sourit, on m'acclama. L'Empereur, en s'inclinant, se mit à rire. Que voulez-vous ! le présent, pour moi, n'était qu'un rêve, il n'y avait de réel que l'ancien Étienne Gérard et ses huit cents hussards. N'y pensons plus. Un homme de cœur doit savoir faire tête à l'âge et à la destinée, comme jadis aux uhlans et aux cosaques. N'empêche qu'il y a des jours où un verre de Montrachet vaut tous les bordeaux.

C'est en Russie que vont se battre nos hommes ; je vous raconterai donc une histoire de Russie.

Quel cauchemar quand j'y repense ! Du sang et de la glace. De la glace et du sang. Des têtes farouches avec de la neige sur les favoris. Des mains bleuies se tordant pour implorer une aide. Sur l'immense plaine blanche, l'interminable ligne de fantômes en marche, cheminant, se traînant, kilomètre après kilomètre. Et toujours la même plaine, la même blancheur, tantôt limitée par des bois de sapins, tantôt ne finissant qu'au bord d'un ciel glacé et limpide ; et toujours cette ligne noire, marchante et trébuchante. Épuisé, affamé, déguenillé, gelé au fond de l'âme, on ne regardait ni à droite ni à gauche. Le cou enfoncé dans les épaules, courbant le dos, on s'en allait, tirant la jambe, devant soi, toujours devant soi, vers la France, comme des animaux blessés s'en vont vers leur tanière. Nul bruit, qu'un piétinement presque étouffé par la neige. Une seule fois j'entendis des rires. Nous approchions de Vilna, lorsqu'un aide-de-camp venu à la rencontre de l'épouvantable colonne demanda si c'était la Grande Armée. À cette question, les premiers rangs se retournèrent ; voyant ces débris d'hommes, ces lambeaux de régiments, ces squelettes en bonnets à poil qui naguère encore étaient la Garde, ils éclatèrent de rire ; et leur rire gagna de proche en proche tout le long de la colonne, en crépitant comme un feu de joie. J'ai entendu dans ma vie bien des cris, bien des gémissements, bien des plaintes, mais jamais rien d'aussi terrible que ce rire de la Grande Armée.

D'où vient que, réduits à l'impuissance, ces hommes n'étaient pourtant pas détruits par les Russes ? D'où vient qu'ils n'étaient pas tués à coups de lance par les cosaques, ni enlevés comme du bétail et emmenés prisonniers au fond de la Russie ? Quand, de tous les côtés, vous regardiez la longue file noire se tordre sous la neige, vous aperceviez aussi, sur chaque flanc et par derrière, des ombres qui allaient et venaient. Vous auriez dit des nuages poussés à la dérive. C'étaient les cosaques, bande de loups acharnés à rôder autour du troupeau. S'ils n'attaquaient pas, c'est que toutes les glaces de la Russie n'avaient pas refroidi le cœur des nôtres : hommes ou chefs étaient toujours prêts, chez nous, à se jeter entre ces sauvages et leur proie. Un d'entre eux notamment ne fit que grandir avec le danger et rendre plus glorieux dans le désastre un nom illustré par la victoire. Je bois à Ney, le lion rouge ! Il n'avait qu'à regarder par-dessus son épaule pour que l'ennemi tremblât de l'approcher. Son grand visage blême se convulsait de fureur, ses yeux clairs jetaient des flammes, sa voix grondait et retentissait dans le roulement de la mousqueterie. Son bicorne ciré, sans plumes, fut, en ces jours affreux, l'enseigne où se rallia la France.

On sait que ni les hussards de Conflans ni moi n'étions à Moscou. On nous avait laissés à Borodino, sur les lignes de communication. Comment l'Empereur avait pu s'avancer sans nous, c'est une chose incompréhensible ; et le fait est que pour la première fois je sentis que son jugement faiblissait, qu'il n'était plus le même homme.

Mais un soldat ne connaît que sa consigne : je restai donc dans ce village, emprisonné par les cadavres de huit mille hommes tués dans la grande bataille qui lui devait son nom. J'y passai la fin de l'automne à refaire mes chevaux et à rééquiper mes hommes ; de sorte qu'au

VI – Comment le brigadier se rendit à Minsk

moment où l'armée se replia sur Borodino, les hussards de Conflans étant ce qui restait de mieux comme cavalerie, Ney les prit sous ses ordres, à l'arrière-garde. Comment n'eût-il pas recouru à nous en ces tristes heures ? « Ah ! Gérard… », me dit-il un soir. Mais je n'ai pas à vous répéter ses paroles ; qu'il vous suffise de savoir qu'elles traduisaient le sentiment de l'armée entière. L'arrière-garde couvrait l'armée, les hussards de Conflans couvraient l'arrière-garde : voilà toute la vérité en deux phrases. Continuellement les cosaques nous harcelaient ; continuellement nous les tenions à distance. Il ne se passait pas de jour que nous n'eussions à essuyer nos sabres. C'était de l'art militaire, je vous en réponds.

Mais un moment arriva, entre Vilna et Smolensk, où la situation devint impossible. Nous pouvions braver les cosaques et le froid ; mais la faim ? Il nous fallait, de toute nécessité, trouver de la nourriture.

Cette nuit-là, Ney me fit appeler.

Il couchait dans un fourgon. Sa grande tête perdue entre ses deux mains, il semblait mortellement fatigué d'esprit et de corps.

— Colonel Gérard, me dit-il, nos affaires vont très mal. Les hommes meurent de faim. Coûte que coûte, il nous faut des vivres.

— Sacrifiez les chevaux, dis-je.

— À part votre poignée de cavaliers, rien ne reste.

— Démontez la musique.

Il eut, malgré son désespoir, la force de rire.

— Pourquoi la musique ?

— Les combattants sont plus précieux.

— À la bonne heure ! Vous joueriez la partie jusqu'à la dernière carte ? C'est aussi mon avis. À la bonne heure, Gérard, à la bonne heure !

Et m'empoignant les mains :

— Nous n'avons plus qu'une chance, Gérard.

Il décrocha la lanterne pendue au toit du fourgon et la posa sur une carte déployée devant lui.

— Au sud de l'endroit où nous sommes, il y a une ville du nom de Minsk. Je tiens d'un déserteur russe qu'une grande quantité de blé y a été emmagasinée à la mairie. Vous allez prendre le nombre de cavaliers que vous jugerez utile, vous partirez pour Minsk, vous saisirez le blé, vous le chargerez sur tout ce que vous trouverez de charrettes dans la ville et vous l'amènerez du côté de Smolensk. Si vous échouez, nous n'y perdons qu'un détachement ; si vous réussissez, l'armée vous doit une vie nouvelle.

C'était mal s'exprimer : en cas d'échec, il y allait de tout autre chose que d'un détachement perdu, car la qualité ne vaut pas moins que le nombre. Mais quelle mission honorable et quel risque glorieux ! Je dis au maréchal que, si le succès ne dépendait que du pouvoir des hommes, il pouvait compter sur le blé de Minsk. J'ajoutai quelques mots si brûlants sur les devoirs du brave que, tout ému, il se leva et, me prenant affectueusement par les épaules, me poussa hors du fourgon.

Pour réussir dans une entreprise de ce genre, je devais, de toute évidence, ne prendre qu'un petit détachement et me fier à la surprise. Un grand détachement ne pourrait se dissimuler, il aurait de la peine à se nourrir, les Russes qui rôdaient autour de nous se concerteraient pour le détruire. Puis un faible parti de cavalerie qui passerait, en se dérobant, à travers les cosaques, ne verrait sans doute plus devant lui rien qui gênât son avance, car nous savions que la principale armée russe se trouvait à plusieurs jours de marche derrière nous, et le blé de Minsk lui était probablement destiné. Un escadron de hussards, renforcé de trente lanciers polonais, me parut suffisant pour l'aventure. Nous quittâmes le camp le soir même, nous dirigeant au sud, vers Minsk.

Heureusement, la lune était encore dans son premier quartier, l'ennemi nous laissa passer bien tranquilles. À deux reprises nous vîmes briller des feux ; la neige, à l'entour, se hérissait de longues perches : c'étaient les lances des cosaques, fichées en terre toutes droites pendant qu'ils dormaient. Avec quelle joie nous aurions chargé ! Nous avions à venger bien des injures, et les yeux de mes camarades allaient, avec une ardeur impatiente, de mes propres yeux à ces clartés rouges qui palpitaient dans les ténèbres. J'eus, ma foi, quelque démangeaison de montrer à l'ennemi qu'il lui valait mieux se tenir à distance respectueuse de l'armée française. Mais un bon chef a pour principe de ne rien faire qu'en temps opportun. Nous poursuivîmes donc notre chevauchée silencieuse sur la neige, laissant à notre droite et à notre gauche les bivouacs des cosaques. Une ligne de feux pointillait derrière nous le ciel noir : nos malheureux soldats s'efforçaient de prolonger une vie qui ne leur promettait qu'un lendemain de privations et de misère.

Nous allâmes toute la nuit, tournant le dos à l'étoile polaire. Il y avait sur la neige de nombreuses pistes, que nous avions soin de suivre pour qu'on ne relevât point les traces de notre passage ; ce sont là de

VI – Comment le brigadier se rendit à Minsk

ces menues préoccupations où se reconnaît l'officier expérimenté. D'ailleurs, en suivant les pistes, nous avions plus de chances de rencontrer des villages, et les villages seuls pouvaient nous procurer de la nourriture. L'aube nous surprit dans un bois de sapins. Les arbres y étaient si drus, les branches si chargées de neige que la lumière y filtrait à peine. Quand nous en sortîmes, il faisait jour ; le soleil commençait d'élever son disque au bord de l'étendue blanche, qu'il empourprait de l'un à l'autre bout.

Je fis faire halte à mes hommes sous la protection d'un bois et j'étudiai le pays.

Nous étions proches d'une petite ferme : au delà se montrait un village distant de plusieurs kilomètres ; enfin, sur la ligne de l'horizon, une grande ville érigeait les tours de ses églises. Nulle part on ne voyait aucun signe d'une troupe. Évidemment, nous étions passés à travers les cosaques, il n'y avait plus rien pour nous séparer du but. Mes hommes, en l'apprenant, poussèrent une clameur de joie. Nous nous dirigeâmes rapidement vers le village.

J'ai dit que dans notre voisinage immédiat se trouvait une petite ferme. Comme nous en approchions, je vis qu'un beau cheval gris, portant une selle militaire, était attaché près de la porte. Je piquai des deux ; mais au même instant un homme se précipitait hors de la maison, sautait sur le cheval et partait d'un train d'enfer, soulevant dans sa fuite un tourbillon de neige. À ses épaulettes d'or, que le soleil faisait reluire, je connus que c'était un officier russe. Il allait ameuter le pays si nous ne le rattrapions. J'enfonçai mes éperons aux flancs de Violette. Mes hommes me suivirent. Mais ils n'avaient pas un seul cheval qui pût se comparer à ma jument, et je n'avais que faire de leur concours si je ne rejoignais le Russe. Il faut être un cavalier habile et tenir une fameuse bête entre ses genoux pour prétendre échapper à Violette quand elle porte Étienne Gérard. Si bien qu'il montât, ce jeune Russe, peu à peu je gagnai sur lui. Il regardait constamment par-dessus son épaule, et j'apercevais son visage, un beau visage brun avec des yeux d'aigle.

Près de le rattraper, je le vis qui mesurait entre nous la distance ; une détonation se fit entendre ; une balle de pistolet me siffla dans l'oreille. Je fus sur lui avant qu'il eût le temps de dégainer ; mais il poussa de nouveau son cheval, et nous continuâmes de galoper dans la plaine, botte contre botte, ma main gauche sur son épaule droite.

Le voyant porter quelque chose à sa bouche, je le tirai à moi, je le couchai sur le pommeau de ma selle et le pris à la gorge, de façon qu'il ne pût avaler. Son cheval se détacha de lui, mais je ne lâchai pas prise. Violette s'arrêta d'elle-même. Le maréchal des logis Oudin, des hussards, fut le premier près de nous. C'était un vieux soldat, il n'eut besoin que d'un coup d'œil pour tout comprendre.

— Tenez-le bien, mon colonel, me dit-il, je me charge du reste.

Il sortit de sa poche un couteau, dont il inséra la lame entre les dents serrées du Russe, le forçant ainsi à ouvrir la bouche, et découvrant, entre la langue et le palais, la boulette de papier que l'autre aurait tant voulu faire disparaître. Quand il s'en fut emparé, je relâchai mon étreinte. Je ne doutais pas que le papier ne fût un message d'importance, car mon prisonnier, bien qu'à demi-étranglé, le considérait d'une manière significative. Il tordait ses mains dans le désespoir où il était de ne pouvoir me le reprendre. Cependant il haussa les épaules et sourit d'un air de bonne humeur quand je m'excusai de ma rudesse.

— Et maintenant, aux affaires ! dis-je, après qu'il eût toussé et craché tout son soûl. Votre nom ?

— Alexis Barakoff.

— Votre régiment ? Votre grade ?

— Capitaine aux dragons de Grodno.

— Qu'est-ce que ce billet ?

— Un mot pour ma bonne amie.

— Qui s'appelle, à ce qu'il paraît, Hetman Platoff, dis-je en examinant l'adresse. Voyons, monsieur, voyons ! Ceci est un important document militaire ; le message d'un général à un autre. Veuillez tout de suite m'en faire connaître la teneur.

— Lisez, vous la connaîtrez par vous-même.

Il s'exprimait en excellent français, comme font tous les Russes de bonne condition. Mais il savait qu'il n'y avait pas dans l'armée française un officier sur mille en état de déchiffrer un texte russe.

Le billet ne contenait qu'une ligne, qui était la suivante :

« Pustj Fanzuzy pridutt v Minsk. My gotovy. »

Je regardai cela longuement, les yeux écarquillés, et je hochai la tête. Puis je le montrai à mes hussards ; ils n'y virent que de l'hébreu. Quant aux Polonais, c'étaient tous de pauvres êtres mal dégrossis, ne sachant ni lire ni écrire, à l'exception de leur maréchal des logis, qui venait de Memel, en Prusse Orientale, et n'entendait pas un mot de russe. Il y avait là de quoi me mettre hors de moi, car je me sentais en possession d'un grave secret, que je pouvais ne pas arriver à élucider,

VI – Comment le brigadier se rendit à Minsk

quand le salut de notre armée en dépendait peut-être. J'essayai de fléchir l'obstination de notre prisonnier, j'offris de lui rendre la liberté s'il me traduisait le message. Il se contenta de sourire. Et je ne me défendis pas de quelque admiration : à sa place, j'aurais souri de même.

— Au moins, lui dis-je, apprenez-moi quel est ce village ?

— Dobrova.

— Et cette ville, là-bas, c'est Minsk, je suppose ?

— C'est Minsk.

— Allons donc jusqu'au village, nous y trouverons bien quelqu'un pour me traduire votre dépêche.

Nous reprîmes notre route. Deux hommes, la carabine au poing, escortaient le prisonnier. Le village était tout petit. J'en fis barrer l'unique rue à ses deux extrémités afin que personne ne s'échappât. Ensuite, je commandai le repos. Hommes et chevaux avaient besoin de se restaurer ; ils marchaient depuis la veille au soir et avaient encore un long trajet en perspective.

Au centre du village s'élevait une grande maison de pierre. Je m'y rendis tout droit. Un prêtre y habitait. Ce vieillard bourru, tout barbouillé de tabac, ne fit à nos questions que des réponses inciviles. S'il avait la plus laide figure de ma connaissance, je n'en dirai pas autant de sa fille, qui tenait sa maison. C'était, chose peu commune en Russie, une brune au teint de lait, avec des cheveux d'un noir de corbeau et la plus belle paire d'yeux sombres qui jamais s'embrasèrent à la vue d'un hussard. Je compris au premier coup d'œil qu'elle m'appartenait. Certes, pour l'instant, j'avais à faire non pas l'amour, mais mon devoir ; n'empêche que, tout en prenant le modeste repas qui m'était offert, je bavardai légèrement avec elle. En moins d'une heure, nous fûmes les meilleurs amis du monde. Elle se nommait Sophie. Je lui appris à m'appeler Étienne. Comme elle semblait triste et qu'il y avait même des larmes dans ses magnifiques yeux, j'essayai de la remonter, je la pressai de me confier l'objet de ses peines.

— Comment, fit-elle, parlant le français avec le zézaiement le plus adorable, comment ne serais-je pas triste lorsqu'un de mes compatriotes est captif entre vos mains ? Je l'ai vu gardé par vos hussards au moment où vous entriez dans le village.

— C'est la fortune de la guerre, dis-je. Aujourd'hui son tour ; demain, peut-être, le mien.

— Songez, monsieur...

— Étienne.

— Oh ! monsieur…

— Étienne.

— Eh bien, donc, Étienne, s'écria-t-elle, belle de confusion et de désespoir, songez que chez les vôtres ce jeune homme mourra de faim et de froid. Quel pourrait être le sort d'un prisonnier quand vos soldats souffrent eux-mêmes un tel dénuement ?

Je haussai les épaules.

— Vous avez l'air bon, Étienne ; vous ne voudrez pas condamner cet homme à une mort certaine. Je vous supplie de le laisser aller.

Sa main délicate s'appuyait sur ma manche, ses yeux m'imploraient.

Il me vint une idée : j'accéderais à sa requête, mais je lui demanderais en retour une faveur.

J'ordonnai qu'on m'amenât le prisonnier.

— Capitaine Barakoff, lui dis-je, cette dame me prie de vous rendre la liberté. J'y suis tout prêt si vous me donnez votre parole de ne pas quitter cette maison avant vingt-quatre heures et de ne rien faire pour informer qui que ce soit de nos mouvements.

— Je vous la donne, me répondit-il.

— C'est donc à votre honneur que je me fie. Un homme de plus ou de moins, cela ne peut vraiment faire une différence dans la lutte de deux grandes armées, et vous emmener avec nous serait vous condamner à la mort. Monsieur, vous êtes libre. Ne m'en témoignez point de gratitude ; sachez seulement le reconnaître la première fois qu'un officier français tombera en votre pouvoir.

Quand il fut sorti, je tirai mon papier de ma poche.

— À présent, Sophie, dis-je, j'ai fait ce que vous m'avez demandé ; ce que je vous demande à mon tour, c'est de me donner une leçon de russe.

— Bien volontiers, répondit-elle.

— Commençons par ceci, continuai-je en étalant le papier devant moi. Procédons mot à mot. Voyons ce que signifie cette phrase.

Elle regarda le billet avec une certaine surprise.

— Cette phrase, expliqua-t-elle, signifie que tout est perdu pour nous si les Français arrivent à Minsk.

Soudain un air de consternation se répandit sur son visage.

— Juste Ciel ! qu'ai-je fait ? s'écria-t-elle. J'ai trahi mon pays. Vos yeux, Étienne, étaient les derniers à qui fût destiné ce message.

VI – Comment le brigadier se rendit à Minsk

Comment avez-vous pu abuser de la candeur, de la confiance d'une pauvre fille pour lui faire trahir son pays ?

Je consolai du mieux que je pus ma pauvre Sophie : elle n'avait rien à se reprocher ; un vieux routier, un malin comme moi avait eu trop beau jeu avec elle. Mais ce n'était pas l'heure des conversations. Il ressortait du message intercepté qu'il y avait du blé à Minsk et pas de troupes pour le défendre. Je courus à la fenêtre, je commandai qu'on sonnât le boute-selle ; dix minutes plus tard, nous avions quitté le village et chevauchions gaillardement dans la direction de la ville. Enfin, comme le soleil penchait vers l'ouest, nous nous engageâmes au galop dans la grand'rue, accueillis par les cris des moujiks et les lamentations des femmes. Arrivé devant l'Hôtel de Ville, je rangeai mes cavaliers sur la place ; puis, avec mes deux maréchaux-des-logis, Oudin et Papillette, je fis irruption dans le bâtiment.

Seigneur ! oublierai-je jamais le spectacle qui nous y attendait ? En face de nous se déployaient sur trois rangs des grenadiers russes. Ils épaulèrent leurs fusils au moment où nous entrions et nous envoyèrent à bout portant une salve. Oudin et Papillette tombèrent, criblés de balles. Mon col-back avait sauté, j'avais deux trous dans mon dolman. Les grenadiers me chargèrent à la baïonnette.

— Trahison ! m'écriai-je. Nous sommes trahis ! Que personne ne descende de cheval !

Et je m'élançai sur la place.

Mais déjà elle fourmillait de troupes ennemies. Des dragons, des cosaques fondaient sur nous de toutes les rues voisines ; un feu roulant partait des maisons ; la moitié de mes hommes et de mes chevaux avaient mordu la poussière.

— Suivez-moi ! hurlai-je.

Et d'un bond j'enfourchai Violette. Au même instant, un officier de dragons, une espèce de colosse, me prenait à bras-le-corps, et tous les deux nous roulâmes à terre. Je le vis faire le geste de me percer avec son sabre ; mais il changea brusquement d'idée, me saisit à la gorge, me cogna le crâne sur les pavés jusqu'à ce que j'eusse perdu connaissance. Et c'est ainsi que je devins prisonnier des Russes.

Revenu à moi, je regrettai que l'homme qui m'avait pris ne m'eût pas cassé la tête. Une moitié des nôtres, tués ou blessés, gisaient sur la grande place de Minsk, au milieu d'une foule exultante ; le reste, rassemblé sous le porche de l'Hôtel de Ville, formait un groupe mélancolique, gardé par une sotnia de cosaques. Hélas ! que pouvais-je dire ? que pouvais-je faire ? J'avais moi-même jeté mes hommes dans une embûche savamment préparée. L'ennemi avait eu vent de notre mission, il avait pris ses mesures.

Pourtant, si j'avais, au mépris de toute précaution, couru droit sur la ville, c'était à cause de cette dépêche venue en ma possession à l'improviste. Comment expliquer cela ? Les pleurs m'inondaient les joues tandis que je contemplais les débris de mon escadron et que je songeais à l'angoisse des nôtres attendant les vivres que je devais leur apporter. Ney s'était fié à moi, j'avais échoué. Que de fois il parcourrait du regard l'étendue des neiges sans que l'apparition d'un convoi de grains dût réjouir sa vue ! Mon sort personnel ne laissait pas d'être pénible ; un exil en Sibérie était vraisemblablement ce que l'avenir me réservait de plus heureux ; et malgré tout, croyez-le, mes amis, ce n'est pas sur lui-même, c'est sur ses camarades mourant de faim qu'Étienne Gérard versait des larmes, aussitôt gelées que répandues.

— Qu'est-ce que cela ? fit à mon côté une voix brusque.

Je me retournai, et je vis le grand dragon à barbe noire qui m'avait arraché de ma selle.

— Un Français qui pleure ! Je croyais que le Corse était suivi par des hommes, non par des enfants !

— Si nous étions seuls vis-à-vis l'un de l'autre, répliquai-je, nous verrions bien lequel, de vous ou de moi, est un homme.

Pour toute réponse, la brute me donna un soufflet. Je l'empoignai par le cou, mais une dizaine de ses soldats me firent lâcher prise, et il me frappa de plus belle pendant qu'on me tenait les mains.

— Sale chien ! m'écriai-je. Est-ce donc ainsi que l'on traite un officier et un homme d'honneur ?

— Nous ne vous avons pas demandé de venir en Russie. Acceptez qu'on vous y traite comme on peut. Je vous ferais fusiller sans hésitations s'il ne dépendait que de moi.

— Un jour ou l'autre, vous me rendrez raison de tout ceci ! m'écriai-je en étanchant le sang qui ruisselait de ma moustache.

— Si l'hetman veut m'en croire, avant demain vous ne serez plus de ce monde, répondit-il avec un clignement féroce.

Il ajouta quelques mots de russe à l'adresse de ses soldats, qui enfourchèrent aussitôt leurs montures. On amena ma pauvre Violette, aussi misérable à voir que son maître, et l'on m'enjoignit de me remettre en selle ; puis on me noua au bras gauche une lanière, dont on fixa

VI – Comment le brigadier se rendit à Minsk

l'autre bout à l'étrier d'un sous-officier des dragons ; et je quittai Minsk dans cet appareil avec le reste de ma troupe.

Je n'avais jamais vu un brutal comme ce Sergine qui commandait l'escorte. L'armée russe contient tout à la fois du très bon et du très mauvais ; mais nulle part, sauf dans les guérillas de la Péninsule, il ne s'était, à mon souvenir, rien rencontré de pire que ce major des dragons de Kief. Grand, l'air dur et cruel, il avait une barbe noire mal peignée, qui lui tombait jusque sur la cuirasse. J'ai su depuis qu'on le réputait pour sa vigueur autant que pour sa bravoure ; en tout cas, je puis répondre, pour en avoir fait l'expérience quand il me descendit de ma bête, que sa poigne valait l'étreinte d'un ours. Il ne manquait pas d'un certain esprit de son cru et faisait à mes dépens force plaisanteries dont le sens m'échappait, car il s'exprimait dans sa propre langue, mais qui divertissaient prodigieusement ses dragons et ses cosaques. Deux fois il fustigea mes camarades avec sa cravache ; une troisième fois, comme il s'approchait de moi la mèche haute, il lut dans mes yeux quelque chose qui l'arrêta net.

Ainsi maltraités, humiliés, mourant de faim et de froid, nous continuâmes d'aller, colonne lamentable, à travers la vaste plaine neigeuse. Le soleil s'était couché, un long crépuscule du Nord traînait ses feux dans le ciel, que nous poursuivions encore cette marche languissante. Engourdi, transi, la tête douloureuse des coups que j'avais reçus, je me laissais mener par Violette. À peine savais-je où j'étais, où j'allais. Ma petite jument s'avançait le front bas, ne se redressant que pour hennir son mépris aux poneys galeux des cosaques.

Soudain l'escorte fit halte, je m'aperçus que nous venions d'entrer dans l'unique rue d'un petit village. Il y avait d'un côté une église, de l'autre une grande maison de pierre qu'il me sembla reconnaître. Je regardai autour de moi, et dans les dernières lueurs crépusculaires je vis qu'on nous avait ramenés à Dobrova. La maison était celle du prêtre chez qui nous nous étions arrêtés le matin. J'allais revoir la charmante Sophie qui, en me traduisant avec candeur le malencontreux message, nous avait si étrangement poussés à notre perte. Penser que quelques heures auparavant nous emportions d'ici tant de beaux espoirs, tant d'assurance dans le succès de notre mission, et que ce qu'il restait de nous, battu, bafoué, allait subir la loi d'un ennemi implacable ! Mais tel est le destin du soldat, mes amis : aujourd'hui les baisers, demain les coups ; le vin de Tokaï dans un palais, l'eau du fossé dans une bicoque ; les fourrures ou les guenilles ;

la bourse pleine ou le gousset vide. Ballotté d'un extrême à l'autre, on n'a rien où se rattacher que deux choses immuables : le courage et le sentiment de l'honneur.

Les Russes mirent pied à terre. Mes pauvres camarades reçurent l'ordre d'en faire autant. Le soir était tombé ; apparemment, nous allions passer la nuit dans le village. Les paysans, apprenant notre capture, se livrèrent à de grandes démonstrations de joie. Ils sortirent en hâte de leurs maisons, avec des torches enflammées ; les femmes apportèrent du thé et de l'eau-de-vie pour les cosaques. Je remarquai dans la foule le vieux prêtre. Il était, à présent, tout sourire. Il tenait un plateau sur lequel fumait un punch dont le parfum me revient encore. Derrière lui venait Sophie : je la vis avec horreur serrer la main du major Sergine en le félicitant de sa victoire. Cependant le vieux prêtre me regardait avec insolence, faisant sur moi des observations injurieuses et me désignant de sa main malpropre et desséchée. Quant à Sophie, elle ne disait rien, mais je pouvais lire une tendre pitié dans ses yeux noirs. Tout à coup, se rapprochant du major Sergine, elle lui dit, en russe, je ne sais quoi qui lui fit froncer les sourcils et hocher impatiemment la tête. Puis il me sembla qu'elle l'implorait.

Je les observais, la belle jeune fille et l'homme farouche, tous les deux arrêtés dans le faisceau de lumière que projetait la porte de la maison restée ouverte ; et un instinct m'avertissait que mon sort se débattait entre eux. Longtemps, le major se contenta de hocher la tête ; mais enfin il parut s'adoucir et se rendre. Il se tourna vers l'endroit où je me tenais, gardé par le sous-officier de dragons.

— Ces bonnes gens vous offrent pour la nuit l'hospitalité de leur toit, me dit-il en me toisant d'un regard tout chargé de haine. Il m'est difficile de leur refuser mon consentement ; mais je vous déclare que pour moi, je préférerais vous voir coucher sur la neige. Cela vous rafraîchirait le sang, coquin de Français !

— Vous êtes né sauvage, vous mourrez sauvage ! lui répondis-je, le dévisageant de mon air le plus dédaigneux.

Piqué au vif, il proféra un juron, en levant sa cravache comme pour me battre.

— Silence, chien essorillé ! cria-t-il. Pour peu que je fusse maître de mes actes, je vous guérirais de votre insolence avant qu'il soit demain !

Dominant sa fureur, il se retourna vers Sophie avec des façons qui voulaient être galantes.

VI – Comment le brigadier se rendit à Minsk

— Si vous avez une cave munie d'une bonne serrure, on peut y mettre ce drôle pour la nuit, puisque vous lui faites l'honneur de vous intéresser à son bien-être. Mais j'entends qu'il s'engage d'honneur à ne nous jouer aucun vilain tour, car je réponds de lui jusqu'à l'heure où, demain matin, je l'aurai livré à l'hetman Platoff.

Tant de superbe m'exaspéra. Il s'était exprimé en français afin que je ne perdisse rien de ce qu'il y avait de mortifiant pour moi dans ses paroles.

— Je n'accepte de vous aucune faveur, dis-je. Faites à votre guise, je me refuse à l'engagement que vous demandez.

Il haussa ses larges épaules, et se détournant comme si la discussion était close :

— À votre aise, mon garçon ! Mais tant pis pour vos mains et vos pieds. Nous verrons en quel état vous serez demain, après une nuit sur la neige.

— Un instant, major Sergine ! s'écria Sophie. Ne soyez pas si dur pour le prisonnier. Il a des titres spéciaux à notre bienveillance.

Le Russe nous examina tour à tour d'un œil soupçonneux.

— Des titres spéciaux ? Vous semblez porter un intérêt bien curieux à ce Français.

— Le premier de ces titres, c'est qu'il a, ce matin, de lui-même, remis en liberté le capitaine Alexis Barakoff, des hussards de Grodno.

— En effet, dit Barakoff, qui venait de sortir de la maison. Il m'avait fait prisonnier ce matin, et plutôt que de m'exposer à mourir en m'emmenant avec lui, il me relâcha sur parole.

— Puisque, reprit Sophie, le colonel Gérard s'est conduit avec tant de générosité, vous nous permettrez bien, à présent que la fortune a changé, de lui offrir, contre les rigueurs du froid, le pauvre abri de notre cave. Ce ne sera qu'une faible marque de notre reconnaissance.

Mais le major s'obstinait dans son mauvais vouloir.

— Qu'il me donne d'abord sa parole de ne pas chercher à s'évader. Vous m'entendez, monsieur, me donnez-vous votre parole ?

— Je ne vous donne rien, dis-je.

Sophie intervint encore, et m'adressant le plus cajoleur des sourires :

— Colonel Gérard, vous allez me la donner, à moi, votre parole ?

— Vous, je n'ai rien à vous refuser, mademoiselle ; et je vous la donne avec plaisir.

— Il suffit, vous voilà satisfait, major Sergine, s'exclama-t-elle, triomphante. Vous l'avez entendu, il m'a donné sa parole. Elle vous répond de lui.

Mon ours russe grommela un vague assentiment, et l'on m'emmena dans la maison, suivi du prêtre, qui s'était de nouveau renfrogné, et du grand dragon à barbe noire. Il y avait au sous-sol un vaste local où l'on gardait le bois pour l'hiver. On m'y fit descendre, en m'informant que j'y passerais la nuit. L'endroit était glacial, dallé de pierre, nu ; d'un côté seulement, les piles de bûches s'y amoncelaient jusqu'au plafond. On n'y voyait, en fait de fenêtre, qu'une ouverture latérale pratiquée dans l'épaisseur de la muraille et garnie de solides barreaux de fer. J'avais, pour m'éclairer, une grande lanterne d'écurie qui pendait à une porte basse. Le major Sergine sourit en la tirant à lui pour en projeter la lueur jusque dans les moindres coins.

— Que vous semble de nos hôtels russes, monsieur ? me demanda-t-il avec une méchanceté sarcastique. Ils ne sont pas très grands, mais c'est ce que nous avons de mieux à vous offrir. La prochaine fois qu'il vous prendra fantaisie de voyager, monsieur le Français, peut-être choisirez-vous un pays où vous trouverez mieux vos aises.

Son rire découvrit l'éclatante blancheur de ses dents sous sa barbe. Il me quitta là-dessus, et j'entendis la clef grincer dans la serrure.

Assis sur un tas de fagots, je demeurai toute une heure accablé, frissonnant de corps et d'âme, l'esprit occupé des plus tristes pensées. Si froid qu'il fît entre ces murs, je songeais à mes pauvres soldats forcés de coucher dehors, et je compatissais à leur infortune. Enfin je me levai, je me mis à marcher de long en large, frappant mes mains l'une contre l'autre, battant la semelle contre la muraille pour n'avoir pas les pieds gelés. La lampe ne donnait qu'une chaleur à peine sensible et je n'avais pas mangé de toute la journée. Il me sembla que tout le monde m'oubliait. Cependant un moment vint où la clef tourna dans la serrure. Je vis entrer mon prisonnier du matin, le capitaine Alexis Barakoff. Il avait sous le bras une bouteille et portait une grande assiette de ragoût fumant.

— Chut ! fit-il, pas un mot. Courage ! Je ne puis m'expliquer, Sergine est encore avec nous. Restez éveillé et tenez-vous prêt.

Ayant ainsi parlé tout d'un trait, il posa devant moi la bouteille et la bienheureuse assiette, puis il sortit.

VI – Comment le brigadier se rendit à Minsk

« Restez éveillé et tenez-vous prêt » : ces paroles me bourdonnaient dans l'oreille. Je mangeai, je bus ; mais ce qui me réchauffait le cœur maintenant, ce n'était ni la nourriture ni le vin. Que signifiaient les paroles de Barakoff ? Pourquoi devais-je rester éveillé ? À quoi devais-je me tenir prêt ? Se pouvait-il que j'eusse encore une chance de fuite ? Je n'ai jamais estimé l'homme qui, négligeant habituellement ses prières, prie à l'heure du péril ; il ressemble au mauvais soldat qui attend, pour respecter son colonel, d'avoir à lui demander une faveur. Mais dans l'alternative ou de faire connaissance avec les mines de la Sibérie ou de retourner près de ma mère en France, je ne pus empêcher qu'une prière s'élevât, sinon de mes lèvres, au moins du fond de mon âme, pour que les paroles de Barakoff eussent bien le sens que leur prêtait mon espoir.

Hélas ! les heures, une à une, s'égrenèrent à l'horloge du village ; nul bruit ne m'arrivait que les appels des sentinelles au dehors.

Soudain le cœur me battit avec violence, je venais d'entendre un pas très léger dans le couloir voisin.

L'instant d'après, la porte s'ouvrait, Sophie entra.

— Monsieur !... me cria-t-elle.

— Étienne, lui dis-je.

— Toujours le même ! Eh quoi ! est-il possible que vous ne me haïssiez pas, que vous me pardonniez de m'être jouée de vous ?

— Jouée de moi ? Comment ?

— Vous n'avez donc pas compris ? Cette dépêche que vous m'aviez demandé de vous traduire, je vous ai dit qu'elle signifiait : « Si les Français viennent à Minsk, tout est perdu pour nous. »

— Eh bien ?

— Eh bien, elle signifiait en réalité : « Laissez les Français venir à Minsk, nous les y attendons. »

Je fis un bond en arrière.

— Vous m'avez trahi ! m'écriai-je. Vous m'avez attiré dans un piège ! Je vous dois la mort de mes hommes ! Mais, aussi, qu'allais-je me fier à une femme !

— Pas d'injustice, colonel Gérard. Je suis Russe. Mon pays avant tout. Reprocheriez-vous à une Française d'avoir, en pareil cas, agi comme je l'ai fait ? Si je vous avais fidèlement traduit ce message, vous n'auriez pas été à Minsk, votre escadron nous eût échappé. Dites-moi que vous me pardonnez.

Elle avait un charme ensorceleur, tandis que, droite devant moi, elle plaidait ainsi sa cause ; mais pensant à mes hommes morts, je refusai la main qu'elle me tendait.

— Soit, dit-elle, vous songez aux vôtres, je songe aux miens, nos sentiments se valent. Mais dans cette maison même, colonel Gérard, vous avez prononcé une parole sage et bonne. Vous avez dit : « Un homme de plus ou de moins, cela ne peut faire de différence dans la lutte de deux grandes armées. » La noble leçon que vous donniez n'aura pas été perdue. Derrière ces piles de bois, il y a une porte où l'on n'a pas mis de sentinelle. En voici la clef. Fuyez, colonel Gérard. J'espère que nous ne nous reverrons plus.

Je restai un moment cloué sur place, la clef dans les doigts, un vertige dans la tête ; enfin je rendis la clef à Sophie.

— Je ne peux m'en servir, lui dis-je.

— Pourquoi ?

— J'ai donné ma parole.

— À qui ?

— Mais à vous.

— Je vous la rends.

Mon cœur sursauta de joie.

Elle disait vrai, je n'avais pas voulu me lier envers Sergine, je ne me reconnaissais point d'engagement envers lui. Si elle me rendait ma parole, mon honneur était sauf.

Je repris la clef.

— Vous trouverez le capitaine au bout de la rue, reprit-elle. Nous autres, gens du Nord, savons n'oublier ni une injure, ni un bienfait. Votre jument et votre sabre vous attendent. Ne tardez pas, il sera l'aube dans deux heures.

C'est ainsi que de ma prison je passai sous le ciel étoilé. Une dernière fois j'entrevis Sophie, qui me suivait des yeux par l'ouverture de la porte. Elle me regardait avec mélancolie. Sans doute avait-elle espéré mieux qu'un froid remerciement. Mais l'homme le plus humble a sa fierté ; j'étais blessé dans mon amour-propre par la façon dont elle avait surpris ma bonne foi ; je n'aurais pu condescendre à lui baiser les mains, encore moins les lèvres.

La porte donnait sur une étroite allée, au bout de laquelle je vis la forme obscure d'un homme emmitouflé de pied en cap et tenant Violette par la bride.

VI – Comment le brigadier se rendit à Minsk

— Vous m'aviez demandé d'être charitable pour le premier Français que je verrais dans la détresse, me dit le capitaine. Bon voyage et bonne chance !

Et comme je sautais en selle :

— Rappelez-vous, murmura-t-il, que le mot d'ordre est « Poltava ».

La recommandation n'était pas inutile : je rencontrai deux fois des postes de cosaques avant d'être sorti des lignes russes. Les dernières vedettes dépassées, je me croyais redevenu libre, quand j'entendis un bruit sourd et régulier derrière moi, sur la neige. Un homme de stature imposante, monté sur un grand cheval noir, arrivait, poussant vivement sa bête. Mon premier mouvement fut d'éperonner Violette ; mais je vis que le cavalier avait une cuirasse, que sur cette cuirasse s'étalait sa barbe brune ; alors je fis halte et je l'attendis.

— Je savais bien que c'était vous, chien de Français, me cria-t-il, brandissant vers moi son sabre. Vous avez trahi votre parole, coquin !

— Je n'avais point donné ma parole.

— Mensonge infâme !

Je regardai autour de nous. Personne. Les vedettes étaient immobiles à distance. Nous étions seuls, avec la lune sur nos têtes et la neige à nos pieds. La fortune me secondait encore.

— Je ne vous avais point donné ma parole.

— Vous l'aviez donnée à cette dame.

— Eh bien ! c'est à elle que j'en répondrai.

— Cela vous arrangerait sans doute. Mais ce n'est pas à elle qu'il s'agit d'en répondre, c'est à moi.

— J'y suis prêt.

— Vous avez votre sabre ? Il y a donc eu félonie ? Cette femme vous a aidé à fuir ? Nous verrons bien si elle n'y gagne pas d'aller en Sibérie !

Ce mot fut l'arrêt de mort du major Sergine. Pour le salut de Sophie, je ne pouvais permettre qu'il s'en retournât vivant. Nous croisâmes le fer ; il reçut ma pointe sous la barbe, en pleine gorge. Je fus à terre aussitôt que lui ; mais le premier coup avait suffi ; il mourut en me mordant sauvagement aux chevilles. Deux jours plus tard, je rejoignais l'armée à Smolensk, je reprenais ma place dans le cortège lugubre qui, pas à pas, s'avançait à travers la neige, marquant sa route d'une longue traînée de sang.

Restons-en là, mes amis : c'est assez réveiller le souvenir de ces jours funèbres, ils hantent encore mes rêves. Lorsque enfin nous nous arrêtâmes à Varsovie, nous laissions derrière nous nos canons, nos transports, les trois quarts de nos camarades. Du moins, nous n'y laissions pas l'honneur d'Étienne Gérard. On a dit que j'avais manqué à ma parole : on fera bien de ne pas me le dire en face, car la vérité, c'est ce que je vous ai raconté. Et si vieux que je sois, quand mon honneur est en cause, j'ai encore assez de force pour presser la détente d'un pistolet.

VII

COMMENT LE BRIGADIER SE CONDUISIT À WATERLOO

I. – L'Auberge dans la forêt

De toutes les grandes batailles où j'eus l'honneur de mettre sabre au clair pour l'Empereur et la France, pas une ne fut perdue. À Waterloo, bien qu'en un sens j'y fusse présent, je ne pus combattre, et l'ennemi remporta la victoire. Ce n'est pas à moi de voir un rapport entre ces deux faits, vous me connaissez trop pour m'attribuer une prétention pareille. Mais la coïncidence ne donne pas moins à réfléchir ; d'autres en ont tiré pour moi des conclusions flatteuses. En somme, pour que la journée tournât à notre avantage, il eût suffi de briser quelques carrés anglais ; et si les hussards de Conflans, Étienne Gérard en tête, n'y avaient point réussi, c'est qu'évidemment les meilleurs juges se trompent. Passons. Les destins avaient décidé d'arrêter ma main et d'abattre l'Empire ; mais ils avaient décrété en même temps que ce sombre jour me fournirait une occasion de m'illustrer comme je ne l'avais encore jamais fait quand, sur les ailes de la victoire, je volais de Boulogne à Vienne. Jamais je ne brillai d'un si vif éclat qu'à cette minute suprême où tombaient autour de moi les ténèbres. Vous savez que, fidèle à l'Empereur dans l'adversité, je refusai d'engager au Bourbon mon épée et ma parole : désormais je ne devais plus sentir un cheval entre mes genoux, ni trotter en avant de mes petits bougres, au ronflement des timbales, au son des trompettes d'argent. Eh bien, cela me remonte le cœur, mes amis, cela me met des larmes aux yeux de songer combien fut grande la fin de ma carrière, et de me rappeler qu'entre tous les exploits qui m'ont valu l'amour de tant de jolies femmes, le respect de tant de nobles hommes, il n'y en eut aucun de comparable, par la splendeur, par l'audace, par l'importance des résultats obtenus, à ma chevauchée de la nuit du 18 juin 1815. Cette histoire, je le sais, a couru les tables de mess et les chambrées ; dans

VII – Comment le brigadier se conduisit à Waterloo

l'armée, il n'y a guère personne qui l'ignore ; mais la modestie a toujours scellé mes lèvres ; aujourd'hui, je me laisserai aller, entre nous, à vous raconter les faits.

Mais, d'abord, je puis vous assurer d'une chose : c'est qu'à nulle époque Napoléon n'eut une armée aussi magnifique. En 1813, la France était épuisée. Pour un vétéran, il y avait cinq conscrits, des « Marie-Louise », comme nous disions, à cause de l'Impératrice, qui s'occupait elle-même des levées pendant que l'Empereur tenait la campagne. Quelle différence en 1815 ! Les prisonniers étaient tous revenus, qui des neiges russes, qui des donjons espagnols, qui des pontons britanniques. Survivants redoutables de vingt batailles, ils brûlaient du désir de reprendre le collier, ils avaient le cœur plein de haine et de rancune. On ne voyait dans les rangs que des troupiers à deux ou trois chevrons, dont chacun représentait cinq ans de service. Leur état d'esprit avait quelque chose de terrible. C'étaient des furieux, des enragés, des fanatiques, adorant l'Empereur comme un mameluk son Prophète, prêts à se jeter sur leurs propres baïonnettes s'il leur avait fallu leur sang. Rien qu'à les voir, ces farouches grognards, marcher à la bataille, avec leurs faces congestionnées, leurs yeux hagards, leurs cris déments, vous n'auriez pas douté que tout pliât devant eux. Telle était, à ce moment, l'âme de la France, qu'elle aurait dû faire trembler le monde. Mais les Anglais, eux, n'ont pas d'âme ; ce qu'ils ont à la place, c'est un bœuf, un bœuf solide, inébranlable, auquel nous nous attaquâmes en vain. Oui, mes amis, d'un côté la poésie, la bravoure, le sacrifice de soi-même, tout ce qui est beau, héroïque ; de l'autre, un bœuf. Nos espérances, nos rêves, notre idéal, tout alla se briser contre ce terrible bœuf de la vieille Angleterre.

Vous avez lu comment, l'Empereur ayant réuni ses forces, nous courûmes, lui et moi, avec cent trente mille vétérans, à la frontière du Nord, pour tomber sur les Prussiens et les Anglais. Le 16 juin, Ney occupait les Anglais aux Quatre-Bras, pendant que nous défaisions les Prussiens à Ligny. Je n'ai pas eu à dire dans quelle mesure je contribuai au succès, mais on sait que les hussards de Conflans se couvrirent de gloire. Ils se battaient bien, ces Prussiens, et huit mille d'entre eux restèrent sur le champ de bataille. L'Empereur estimant qu'il en avait fini avec eux, lança le général Grouchy à leurs trousses, avec vingt-deux mille hommes, pour les empêcher de contrecarrer ses plans. Puis, emmenant avec lui tout près de quatre-vingt mille hommes, il se tourna vers ces goddam d'Anglais. Que n'avions-nous pas à leur faire payer, nous, Français : les guinées de Pitt, les pontons de Portsmouth, l'invasion de Wellington, les perfides victoires de Nelson ! Le jour du châtiment semblait enfin luire pour eux.

Wellington avait sous ses ordres soixante-sept mille hommes, dont on savait que la moitié étaient des Hollandais et des Belges, peu animés du désir de se mesurer avec nous. Par le fait, il ne comptait pas cinquante mille hommes de bonnes troupes. L'idée de se trouver en présence de l'Empereur lui-même le paralysa au point qu'il ne put se mouvoir ni mouvoir son armée. Vous avez vu le lapin quand le serpent s'approche : ainsi les Anglais s'arrêtèrent sur la crête de Waterloo.

La nuit d'avant, l'Empereur, ayant perdu un aide de camp à Ligny, m'avait donné l'ordre de joindre son état-major, et j'avais quitté mes hussards, passant le commandement au chef d'escadron Victor. Je ne sais, de mes hommes ou de moi, qui ressentit le plus vivement cette séparation à la veille de la bataille ; mais un ordre est un ordre, un bon soldat n'a le droit que de se résigner à l'obéissance.

Le matin du 18, je reconnus à cheval, avec l'Empereur, le front de la position ennemie. Il l'inspectait de sa lunette, combinant ses plans en vue d'infliger à Wellington la destruction la plus rapide et la plus complète. Soult était près de lui, ainsi que Ney, Foy, et d'autres qui avaient combattu les Anglais en Portugal et en Espagne.

— Prenez garde, sire, lui dit Soult, l'infanterie anglaise est très solide.

— Vous les croyez de bons soldats parce qu'ils vous ont battus, répondit l'Empereur.

Et nous autres qui étions jeunes, nous nous détournâmes pour sourire. Mais Ney et Foy demeurèrent pensifs et graves. À une portée de fusil devant nous, la ligne anglaise, tachetée de bleu et de rouge, pointillée de batteries, montait une garde silencieuse. De l'autre côté de l'étroite vallée, nos soldats, ayant pris la soupe, se rassemblaient pour le combat. Il avait plu à verse ; mais à ce moment le soleil dardait sur notre armée, convertissant nos brigades de cavalerie en une nappe d'acier éblouissante et faisant fulgurer les baïonnettes des fantassins. Au spectacle de tant de beauté, de majesté, de splendeur, je ne pus me contenir. Je me levai sur mes étriers, j'agitai mon colback.

— Vive l'Empereur ! m'écriai-je.

Et ce cri devint une clameur, un grondement, qui se propagèrent d'un bout de la ligne à l'autre. Les cavaliers brandissaient leurs sabres, les fantassins dressaient leurs shakos à la pointe des

VII – Comment le brigadier se conduisit à Waterloo

baïonnettes. Quant aux Anglais, ils demeuraient comme pétrifiés, ils ne doutaient pas que l'heure qui venait ne fût leur dernière heure.

Elle n'eût pas manqué de l'être si l'armée avait reçu incontinent l'ordre d'avancer. Nous n'avions qu'à foncer sur l'ennemi pour le balayer de la surface de la terre. Toute question de courage mise à part, nous étions les plus nombreux, les plus aguerris, les mieux commandés. Mais l'Empereur ne faisait rien qu'à sa tête : nous perdîmes trois heures à attendre que le sol eût séché et durci, afin que l'artillerie pût manœuvrer.

Onze heures avaient sonné quand nous vîmes les colonnes de Jérôme Bonaparte s'avancer à notre gauche, cependant que le fracas des canons nous annonçait le début de la bataille. L'attaque visait une ferme tenue par la Garde anglaise ; nous entendîmes les trois cris d'effroi que ne purent s'empêcher de pousser les défenseurs. Comme néanmoins ils tenaient bon, d'Erlon s'avançait sur la droite pour attaquer un autre point de la ligne, quand notre attention fut détournée de ce qui se passait près de nous et attirée vers un endroit plus éloigné du champ de bataille.

L'Empereur, qui observait avec sa lunette, se tourna brusquement vers le duc de Dalmatie, autrement dit Soult, comme le nommaient de préférence les soldats.

— Qu'est-ce que cela, maréchal ? demanda-t-il.

Nous suivîmes tous la direction de son regard, quelques-uns élevant leur lunette, d'autres se faisant un écran de la main. Il y avait, là-bas, un bois touffu, puis une longue pente nue, puis encore un bois. Sur la pente nue, quelque chose de noir se traînait, comme l'ombre mobile d'un nuage.

— Ce doit être un troupeau, sire, répondit Soult.

Au même instant, un scintillement partit de la masse noire.

— C'est Grouchy, dit l'Empereur, abaissant sa lunette. Les Anglais sont deux fois perdus. Je les tiens dans le creux de la main. Ils ne peuvent m'échapper.

Ses yeux parurent chercher autour de lui. Alors, m'apercevant :

— Ah ! fit-il, voilà le roi des messagers. Êtes-vous bien monté, colonel Gérard ?

Je lui dis que je montais ma petite Violette, orgueil de la brigade.

— Partez à franc étrier, rejoignez le maréchal Grouchy, dont vous voyez là-bas les troupes, dites-lui de tomber sur le flanc gauche et l'arrière des Anglais, pendant que je les attaque de front. Nous les écraserons, entre lui et moi, d'une telle manière qu'ils ne sauveront pas un homme.

Je saluai sans mot dire et piquai Violette. Le cœur me dansait de joie à l'idée de la mission qui m'était confiée. Tout en galopant je regardais s'allonger, sous la fumée de la canonnade, l'imposante ligne bleue et rouge, et je lui montrais le poing. « Nous les écraserons d'une telle manière qu'ils ne sauveront pas un homme. » Ces paroles de l'Empereur, j'allais, moi, Étienne Gérard, les convertir en acte.

Dans ma hâte d'arriver au maréchal, je pensai un moment à traverser l'aile gauche anglaise pour prendre par le plus court. Ce n'eût pas été le premier ni le plus hardi de mes coups d'audace. Mais je réfléchis que si l'affaire tournait mal pour moi, si j'étais tué ou pris, ma mission ne s'accomplirait pas et les plans de l'Empereur en seraient contrariés. Je passai donc en avant de nos cavaliers, chasseurs, lanciers de la Garde, carabiniers, grenadiers à cheval. Les derniers que je vis furent mes petits bougres : leurs yeux m'accompagnèrent d'une expression de regret.

Derrière la cavalerie était rangée la Garde : douze régiments de vétérans, sombres, sévères dans leurs longues capotes bleues, avec leurs grands oursons d'où les plumets avaient disparu. Chacun d'eux portait dans son havresac de peau l'uniforme bleu et blanc qu'il revêtirait le lendemain pour l'entrée à Bruxelles. Je les examinai au passage. Devant ces figures marquées par tous les climats, devant ces attitudes rigides et muettes : « Jamais ces hommes n'ont été battus, me dis-je, jamais ils ne le seront. » Comment aurais-je prévu, grands dieux ! ce que nous réservait l'heure prochaine ?

À la droite de la Vieille Garde se tenaient la Jeune Garde et le 6e corps de Lobau ; Jacquinot avec ses lanciers, Marbot avec ses hussards, formaient l'extrémité de la ligne. Nulle part on ne savait rien du corps qui nous arrivait à travers les bois ; on ne prêtait d'attention qu'à la bataille, qui faisait rage sur la gauche. Le canon tonnait des deux côtés, le vacarme était si grand que, de toutes les batailles auxquelles j'ai assisté, je ne m'en rappelle guère qu'une douzaine d'aussi bruyantes. En tournant la tête, je vis deux brigades de cuirassiers, l'une anglaise, l'autre française, dévaler la colline ; les lames d'acier s'entre-croisaient au-dessus d'elles comme les éclairs d'un ciel d'été. Ah ! pouvoir tourner bride et me lancer dans la mêlée avec Violette, suivi de mes hussards ! Quel tableau : Étienne Gérard présentait le dos à la bataille quand se livrait une belle action de cavalerie ! Mais le devoir est le devoir. Une

VII – Comment le brigadier se conduisit à Waterloo

fois dépassé les vedettes de Marbot, je pris la direction du bois, laissant le village de Frichermont sur ma gauche.

Le bois, qu'on appelait le Bois de Paris, consistait essentiellement en une futaie de chênes sous laquelle circulaient des sentiers. Je fis halte en arrivant et j'écoutai ; mais de ses obscures profondeurs il ne m'arrivait aucune sonnerie de trompettes, aucun grincement de roues, aucun piétinement de chevaux, annonciateurs de la grande colonne que j'avais pourtant, de mes propres yeux, vue en marche. La bataille rugissait derrière moi ; devant, tout demeurait silencieux, comme la tombe où allaient bientôt dormir tant de braves. Les arceaux de feuillage interceptaient le soleil ; du sol détrempé s'élevait une odeur lourde et humide.

Je fis au galop plusieurs kilomètres dans des conditions où peu de cavaliers se risqueraient, menacé de buter sur des racines ou de donner du front contre les branches. Enfin, j'entrevis l'avant-garde de Grouchy. Sur ma droite et sur ma gauche, des patrouilles de hussards passèrent à quelque distance entre les arbres. J'entendis des roulements de tambour et cette rumeur sourde, profonde, qui signale l'approche d'une armée. Je pouvais, d'un moment à l'autre, rencontrer l'état-major et me trouver en position de transmettre à Grouchy l'ordre de l'Empereur ; car je savais qu'en pareil cas un maréchal de France devait accompagner son avant-garde.

Soudain, le bois s'éclaircit ; je compris, à ma grande satisfaction, que j'allais déboucher en terrain libre ; de là je pourrais voir l'armée et chercher le maréchal.

À l'endroit où le petit chemin se dégageait d'entre les arbres, il y avait une auberge à l'usage des bûcherons et des rouliers. Ayant poussé mon cheval jusque devant la porte, je regardai le pays qui se déroulait sous mes yeux. Un second bois, très étendu, apparaissait à la distance de quelques kilomètres. C'était le bois de Saint-Lambert, d'où l'Empereur avait vu sortir les troupes. Je m'expliquais sans peine, à présent, que, si elles avaient mis un si long temps à passer d'un bois dans l'autre, c'était qu'entre les deux il leur fallait traverser le profond ravin des Lasnes. Je tenais pour certain qu'une forte colonne de cavalerie, d'infanterie et d'artillerie descendait et remontait encore les pentes à l'heure où déjà son avant-garde atteignait l'extrémité opposée du bois que je venais de quitter.

Une batterie d'artillerie suivait la route. J'allais la rejoindre au galop, pour savoir, de l'officier qui la commandait, où je pourrais trouver le maréchal, quand je m'avisai que les canonniers étaient vêtus de bleu et n'avaient point de dolman à brandebourgs rouges comme en portaient les nôtres.

Tandis que je les considérais avec surprise, une main me toucha la cuisse : le maître de l'auberge s'était comme jeté sur moi.

— Fou ! me cria-t-il, fou que vous êtes ! Que faites-vous là ?

— Je cherche le maréchal Grouchy.

— Vous êtes en pleine armée prussienne. Demi-tour ! Fuyez !

— Impossible, ceci est le corps de Grouchy, insistai-je.

— Comment le savez-vous ?

— Je le tiens de l'Empereur lui-même.

— L'Empereur fait une terrible méprise. Une patrouille de hussards silésiens me quitte à l'instant. Ne l'avez-vous pas vue dans les bois ?

— J'ai vu des hussards.

— Ennemis.

— Où est Grouchy ?

— Ils l'ont laissé derrière.

— Alors, comment voulez-vous que je revienne ? En poursuivant ma route, je cours encore la chance de voir le maréchal. J'ai l'ordre de le trouver. Il faut que je le trouve.

L'homme réfléchit une seconde.

— Vite ! vite ! s'écria-t-il, empoignant Violette par la bride. Faites ce que je vous dis, peut-être réussirez-vous à vous sauver. L'ennemi ne vous a pas encore aperçu. Venez avec moi, je vous cacherai jusqu'à ce qu'il soit loin.

Derrière la maison était une écurie basse ; l'homme y poussa Violette. Puis, moitié me conduisant, moitié me tirant, il me fit entrer dans sa cuisine. C'était une pièce nue, carrelée de briques. Une grosse femme rubiconde grillait des côtelettes sur le foyer.

— Qu'y a-t-il ? demanda-t-elle, en même temps que, les sourcils froncés, elle interrogeait tour à tour du regard mon guide et moi-même. Qui amenez-vous là ?

— Un officier français, Marie. Nous ne pouvons permettre que les Prussiens le prennent.

— Pourquoi ?

— Pourquoi ? Sacré nom d'un chien ! n'ai-je pas été soldat de Napoléon ? N'ai-je pas gagné un fusil d'honneur chez les vélites de la

VII – Comment le brigadier se conduisit à Waterloo

Garde ? Souffrirai-je que devant moi on fasse prisonnier un camarade ? Marie, nous devons le sauver.

Mais la femme me regardait sans tendresse.

— Pierre Charras, dit-elle, vous ne vous tiendrez tranquille que lorsqu'on aura brûlé votre toit. Ne comprenez-vous pas, imbécile, que, si vous avez combattu pour Napoléon, c'est qu'il était le maître de la Belgique ? Il ne l'est plus. Les Prussiens sont nos alliés, et il est notre ennemi. Je ne veux pas de ce Français chez moi. Qu'il décampe !

L'aubergiste, tout désemparé, se grattait la tête.

Assurément, ce n'était ni de la France ni de la Belgique que se préoccupait cette femme, mais simplement du salut de sa maison.

— Madame, fis-je alors, avec toute la dignité, toute la fermeté dont j'étais capable, l'Empereur, dès avant ce soir, aura défait les Anglais, et vous verrez ici l'armée française. Si vous vous conduisez bien envers moi, vous serez récompensée ; si vous me dénoncez, vous serez punie, et le grand-prévôt fera brûler votre maison.

Voyant l'émotion que lui causaient ces paroles, je me hâtai de pousser mon avantage.

— Quand on est si belle, continuai-je, on ne saurait avoir un cœur insensible. Vous m'accorderez le refuge dont j'ai besoin.

Elle regarda mes pattes de lapin, et je vis qu'elle s'adoucissait. Je lui pris la main. Au bout de deux minutes, nous étions en si bons termes que son mari se fâcha, jurant que, si j'allais plus loin, il me mettrait lui-même à la porte.

— N'oubliez pas que la route est infestée de Prussiens, me cria-t-il. Allons, vite, au grenier !

— Au grenier, vite, vite ! répéta la femme.

Une trappe s'ouvrait dans le plafond ; tous les deux m'entraînèrent vers l'échelle. À ce moment, la porte résonna sous de grands coups. Vous jugez si j'eus hâte de m'engager dans l'ouverture. Je n'en avais pas plus tôt rabattu le couvercle que j'entendis dans la cuisine, au-dessous de moi, des voix germaniques.

Le lieu où je me trouvais était un long grenier mansardé, n'ayant que la toiture pour plafond. Il courait sur tout un côté de la maison ; par les interstices des planches, je pouvais voir ce qui se passait non seulement dans la cuisine, mais dans le salon et jusque dans la salle commune. Point de fenêtre ; mais le toit, tout délabré, avait, entre ses ardoises, de nombreux jours, qui me donnaient de la lumière et me permettaient d'observer au dehors. Un coin du grenier était réservé au fourrage ; dans le coin opposé s'empilait une énorme quantité de bouteilles vides. Nulle autre issue que la trappe par où j'étais entré.

 Je m'assis sur le foin et me mis à tirer des plans. C'était chose grave que les Prussiens dussent intervenir dans la bataille avant nos réserves. Ils semblaient, d'ailleurs, n'être pas plus d'un corps d'armée, et pour un homme comme l'Empereur, un corps de plus ou de moins ne fait pas grande différence ; même en dépit de ce renfort, il était de taille à battre encore les Anglais. Pour moi, je n'avais qu'une façon de le servir : attendre que les Prussiens eussent passé, puisque Grouchy venait derrière eux ; puis repartir, voir le maréchal et m'acquitter de mon message. Si, au lieu de continuer à suivre les Prussiens, le maréchal attaquait les Anglais dans le dos, tout irait bien. De mon jugement et de mes nerfs dépendait le sort de la France. Ce n'était pas la première fois, vous le savez, mes amis ; et vous savez aussi que je pouvais avoir une confiance absolue dans mes nerfs et mon jugement ; ils ne me feraient pas faux bond. L'Empereur avait bien choisi son homme. « Le roi des messagers », avait-il dit de moi. Je saurais justifier ce titre.

 De toute évidence, je ne pouvais rien faire tant que les Prussiens ne seraient point passés. J'employais donc mon temps à les observer. J'aime peu ces gens-là, mais je suis forcé de reconnaître leur discipline. Pas un n'entra dans l'auberge, bien qu'ils eussent tous les lèvres enduites de poussière et qu'ils fussent près de tomber de fatigue. Ceux que nous avions entendus frapper apportaient un camarade inanimé, qu'ils laissèrent pour reprendre aussitôt leur rang. On en apporta plusieurs de la même manière ; on les déposa dans la cuisine ; un tout jeune chirurgien, presque un enfant, resta seul auprès d'eux.

 Quand j'eus suffisamment regardé par les fentes du plancher, je tournai mon attention vers les brèches de la toiture, qui m'offraient, comme je l'ai dit, autant d'excellents observatoires. Les Prussiens continuaient de passer. Il était visible qu'ils avaient fourni une terrible marche ; les hommes avaient tous des mines de spectres, et ils étaient, de la tête aux pieds, recouverts d'une croûte de boue, par suite des chutes qu'ils avaient faites sur des routes détrempées et glissantes. Leur moral avait résisté aux épreuves. Ils s'attelaient aux caissons quand les roues s'enfonçaient jusqu'au moyeu dans la fange et que les chevaux, à bout de forces, embourbés eux-mêmes jusqu'aux genoux, ne parvenaient pas à les dégager. Les officiers parcouraient d'un bout à l'autre la colonne, encourageant par des éloges les plus énergiques, activant les traînards à coups de plat de sabre.

VII – Comment le brigadier se conduisit à Waterloo

Par-dessus les bois qui s'étendaient devant eux, l'effroyable grondement de la bataille montait sans trêve, comme si tous les fleuves du monde s'étaient réunis pour former une gigantesque et retentissante cataracte. Et de même qu'au-dessus d'une cataracte s'élève un rideau de brume liquide, ainsi un voile de fumée s'élevait au-dessus des arbres. Les officiers n'avaient qu'à le montrer du bout de leurs épées ; aussitôt, dans leur carapace de boue, exhalant de leurs gorges altérées des cris rauques, les hommes poussaient d'un nouvel effort vers la bataille.

Ils défilèrent ainsi pendant une heure, ce qui me fit croire que leur avant-garde avait déjà dû prendre contact avec les vedettes de Marbot et que l'Empereur n'ignorait plus leur arrivée. « Vous êtes bien pressés de faire le chemin, mes amis, me dis-je à moi-même ; vous serez encore plus pressés de le refaire en sens inverse ! » Et je me consolais avec cette idée.

Un incident se produisit alors, qui vint rompre la monotonie de ma longue attente. Assis à mon poste improvisé, je me félicitais que le corps prussien eût à peu près passé et que la route dût bientôt être libre, quand les éclats d'une violente altercation m'arrivèrent de la cuisine. On se disputait en français.

— Vous ne monterez pas ! criait une voix de femme.

— Si ! répondait une voix d'homme.

Et il y eut un bruit de lutte.

Instantanément, je collai mon oreille au plancher. La femme de l'aubergiste, pareille à un fidèle chien de garde, se campait au bas de l'échelle ; cependant, blême de colère, le jeune chirurgien allemand s'efforçait d'y grimper. Plusieurs des soldats, revenus de leur prostration, s'étaient dressés sur leur séant, et ils assistaient au débat avec une sorte d'attention stupide. Je n'apercevais nulle part l'aubergiste lui-même.

— Il n'y a pas de liqueurs là-haut, dit la femme.

— Ce n'est pas des liqueurs qu'il me faut, c'est du foin ou de la paille pour coucher mes hommes. Pourquoi coucheraient-ils sur le carreau quand vous avez là-haut de la paille ?

— Je n'ai point de paille.

— Qu'est-ce que vous mettez donc au grenier ?

— Des bouteilles vides.

Le chirurgien semblait près de renoncer à son intention, quand un soldat lui indiqua un endroit du plafond où j'imagine que des brins de paille sortaient d'entre les planches. En vain la femme protesta :

deux des soldats, qui avaient eu la force de se relever, la maintinrent, pendant que le jeune chirurgien s'élançait sur l'échelle, ouvrait la trappe et sautait dans le grenier.

Au moment où il soulevait le couvercle, je m'étais glissé par derrière ; ma chance voulut qu'à peine entré il le rabattît ; nous nous trouvâmes face à face. Jamais je ne vis jeune homme plus effaré.

— Un officier français ! fit-il, la bouche bée.

— Chut ! dis-je, chut ! pas un mot, si ce n'est à voix basse.

J'avais mis sabre au clair.

— Mais je ne suis pas un combattant, moi, protesta-t-il, je suis un médecin. Pourquoi me menacez-vous ? Je n'ai pas d'arme.

— Je ne vous veux pas de mal. Je me cache ici, j'ai à me défendre.

— Un espion ?

— Un espion ne porte pas mon uniforme. On ne trouve pas d'espion dans l'état-major d'une armée. J'ai donné par mégarde au milieu de votre corps prussien. J'attends qu'il soit passé. Ne vous occupez pas de moi et je ne m'occuperai pas de vous. Mais vous ne sortirez vivant de ce grenier que si vous me promettez de vous taire sur ma présence.

— Remettez votre sabre au fourreau, monsieur, me dit le jeune homme en clignant amicalement de l'œil. Je suis Polonais de naissance, je n'ai de mauvais sentiments ni à votre égard ni à l'égard de vos compatriotes. Je fais de mon mieux pour les blessés que je soigne ; j'entends bien m'en tenir là. Capturer des hussards n'entre pas dans les obligations d'un chirurgien. Avec votre permission, je vais descendre cette botte de foin pour y coucher mes hommes.

J'avais songé à exiger de lui un serment, mais je sais de bonne science qu'un homme décidé à mentir ne s'embarrasse point d'un parjure. J'eus donc garde d'insister. Il rouvrit la trappe, en ne remontant le couvercle que de façon à dégager suffisamment l'ouverture, puis il redescendit l'échelle en le laissant retomber. Je le surveillai d'un œil inquiet tandis qu'il rejoignait ses malades. Ma brave amie, la dame de l'auberge, faisait de même. Il ne dit rien, d'ailleurs, et se contenta de pourvoir aux besoins des hommes.

Entre temps, les derniers éléments du corps prussien avaient dû passer. Je regagnai mon poste d'observation, espérant trouver le chemin libre, à quelques traînards près dont je n'aurais pas à tenir compte.

VII – Comment le brigadier se conduisit à Waterloo

Effectivement, le corps était passé, je voyais ses dernières compagnies disparaître dans les bois ; mais concevez mon désappointement lorsque, du bois de Saint-Lambert, j'en vis sortir un deuxième, et non moins considérable ! Sans aucun doute l'armée prussienne, que nous pensions avoir détruite à Ligny, revenait se jeter tout entière sur notre aile droite, pendant que le maréchal Grouchy se laissait fourvoyer dans quelque folle équipée.

Le grondement plus proche de la canonnade me disait que les batteries prussiennes commençaient d'entrer en action. Quelle situation que la mienne ! Les heures succédaient aux heures, le soleil s'abaissait vers l'ouest. J'étais dans cette maudite auberge, comme sur un îlot battu par la furieuse montée de la marée prussienne. Il importait souverainement que je parvinsse à joindre le maréchal ; et comment mettre le nez dehors sans me faire prendre ? Vous pensez si je jurai, si je m'arrachai les cheveux. Combien peu nous prévoyons ce que la minute à venir nous réserve ! Tandis que je pestais contre les rigueurs de la Fortune, cette même Fortune m'assignait une tâche autrement plus haute que celle de porter un message à Grouchy, une tâche que je n'aurais jamais eu à remplir si je ne m'étais trouvé enfermé dans cette petite auberge, à la lisière du Bois de Paris.

Deux corps prussiens étaient passés, un troisième arrivait à la suite, quand j'entendis venir du salon un grand bruit, accompagné de la rumeur de plusieurs voix.

Je n'eus, pour me rendre compte de ce qui se passait, qu'à changer de place et à regarder au-dessous de moi par une fente. Il y avait dans le salon deux généraux prussiens, que des aides de camp et des officiers d'état-major entouraient en silence ; ils étudiaient une carte posée sur la table. Mais tandis que l'un d'eux, vieillard à la mine brutale, ridé, blanc de cheveux, la moustache grise en désordre, tapait du pied, tempêtait, sacrait comme un hussard, d'une voix rauque, qui tenait de l'aboiement, l'autre, plus jeune, le visage long et grave, mesurait, de l'air tranquille d'un savant, des distances sur la carte. C'était une étrange chose que le contraste de ce vieillard furibond et de ce jeune homme si calme. Je ne comprenais pas tout ce qu'ils disaient, mais j'en saisissais les grandes lignes.

Je vous dis d'aller de l'avant, toujours de l'avant ! s'écriait le vieux, en proférant un juron. J'ai promis à Wellington d'être là avec toute l'armée, dût-on me lier à mon cheval. Le corps de Bülow est engagé, celui de Ziethen l'appuiera de son dernier canon, de son dernier homme. En avant, Gneisenau, en avant !

L'autre hocha la tête.

— Prenez garde, Excellence, que, si les Anglais sont battus, ils se replieront sur la côte. Quelle sera notre situation, avec Grouchy entre nous et le Rhin ?

— Nous battrons les Français, Gneisenau ; le duc et moi les réduirons en poudre. Allez de l'avant, vous dis-je ! Nous terminerons la guerre d'un seul coup. Faites avancer Pirsch, et nous jetterons soixante mille hommes dans la balance, pendant que Thielmann contiendra Grouchy derrière Wavre.

Gneisenau leva les épaules. À ce moment un officier d'ordonnance se présentait à la porte.

— Un aide de camp du général Wellington, annonça-t-il.

— Ah ! ah ! fit le vieux, qu'a-t-il à nous dire ?

L'officier entra. Il marchait à grand'peine. Le sang se mêlait à la boue sur sa veste rouge. Il avait noué autour de son bras un mouchoir ensanglanté, et dut, pour ne pas tomber, se retenir à la table.

— J'apporte un message au maréchal Blücher, dit-il.

— Je suis le maréchal Blücher ; allez ! allez ! cria l'impatient vieillard.

— Le duc m'a chargé de vous faire savoir, monsieur, que l'armée anglaise est en état de briser tous les assauts et qu'il n'a pas de crainte pour l'issue de la bataille. La cavalerie française est détruite, deux divisions d'infanterie sont anéanties, seule la Garde reste en réserve. Pour peu que vous nous appuyiez énergiquement, la défaite de l'ennemi peut se changer en déroute, et…

Ses genoux fléchirent, il tomba lourdement sur le plancher.

— Assez parlé ! vociféra Blücher, assez parlé ! Gnei-senau, envoyez un aide de camp à Wellington, mandez-lui qu'il peut absolument compter sur moi. Venez, monsieur, nous avons de quoi faire.

Et dare dare il sortit de la pièce, son état-major le suivant dans un cliquetis de ferraille ; deux officiers d'ordonnance remirent leur camarade anglais aux soins du chirurgien.

Cependant Gneisenau, le chef d'état-major, resté un peu en arrière, posait sa main sur l'épaule d'un des aides de camp. Ce dernier avait attiré mon attention, car en tout temps j'ai su vite distinguer un

VII – Comment le brigadier se conduisit à Waterloo

bel homme. Il était grand et mince, le type accompli du cavalier ; en bref, il avait dans toute sa personne je ne sais quoi par où il me ressemblait. Figurez-vous un visage brun, le profil aigu d'un faucon, des yeux noirs pleins de feu, des sourcils touffus et une moustache qui lui eût mérité une place dans le plus fringant de mes escadrons. Il portait un habit vert à retroussis blancs et un casque orné d'une crinière. C'était, à ce que je présumais, un dragon, et, dans tous les cas, le plus brillant cavalier qu'on eût souhaité de trouver à la pointe de son sabre.

— Un mot, comte Stein, lui dit Gneisenau. Que l'ennemi soit mis en déroute, nous n'aurons encore rien fait si l'Empereur s'échappe. Mettons la main sur l'Empereur et nous aurons terminé la guerre. Un résultat pareil vaut un grand effort et justifie un grand risque.

Le jeune dragon garda le silence, mais il était manifestement intéressé.

— Supposez que le duc de Wellington ait raison, que l'armée française soit rejetée en désordre du champ de bataille : l'Empereur prendra certainement le chemin de Genappe et de Charleroi, c'est le plus court dans la direction de la frontière. Nous pouvons admettre qu'il aura des chevaux de choix et que les fuyards lui livreront passage. Notre cavalerie talonnera l'ennemi en retraite, mais l'Empereur sera loin de la mêlée.

Le jeune dragon inclina la tête.

— Comte Stein, à vous l'Empereur. Si vous le prenez, votre nom vivra dans l'histoire. On vous réputera le meilleur cavalier de l'armée. Prenez, pour vous accompagner, qui vous plaira, dix ou douze hommes, il n'en faudrait pas plus. Ne vous engagez pas dans la bataille ni dans la poursuite. Gardez la liberté de vos mouvements. Réservez-vous pour une fin plus noble. Vous me comprenez.

De nouveau, le dragon s'inclina. Son silence m'impressionnait. Il y avait là un homme redoutable.

— Je vous abandonne les détails de l'entreprise. Ne visez qu'au plus haut. Vous ne pouvez manquer de reconnaître la voiture impériale et la personne de l'Empereur. Mais il faut que je rejoigne le maréchal. Si je vous revois, ce sera, j'espère, pour vous complimenter d'une action dont retentira l'Europe.

Le dragon salua, Gneisenau s'éloigna en toute hâte. Après s'être un instant absorbé dans ses pensées, le jeune officier suivit le chef d'état-major.

Je l'épiai de mon observatoire, curieux de savoir ce qu'il allait faire. Son cheval, un balzan vigoureux et beau, de couleur bai châtain, était attaché à la rampe de l'auberge. Il bondit en selle, courut arrêter une colonne de cavalerie en train de défiler, adressa quelques mots à l'officier qui venait en tête du premier régiment, et bientôt après deux hussards, car c'était un régiment de hussards, sortaient des rangs pour se placer aux côtés du comte. Il arrêta de même le régiment suivant, et deux lanciers s'ajoutèrent à son escorte. Le troisième régiment lui fournit deux dragons, le quatrième deux cuirassiers. Ayant alors disposé à l'écart son petit groupe, il fit former le cercle et il expliqua aux hommes ce qu'il attendait d'eux. Finalement, chefs et soldats s'éloignèrent dans la direction du Bois de Paris où ils disparurent.

Inutile de vous dire, mes amis, ce que signifiait pour moi cette scène. Le comte Stein avait agi comme je l'aurais fait à sa place : il avait demandé à chaque colonel les deux meilleurs cavaliers de son régiment et il avait ainsi constitué une petite troupe capable de tout enlever devant elle. Plût au Ciel que l'Empereur ne se trouvât pas sur son chemin, et sans escorte !

Quant à moi, je vous laisse à concevoir ma peine, mon état de fermentation, mon délire.

Certes, je ne pensais guère à Grouchy maintenant. Grouchy était loin, on n'entendait pas son canon à l'est ; s'il survenait, ce ne pourrait être assez tôt pour changer le sort de la journée. Le soleil déclinait ; encore deux ou trois heures, et c'en serait fait de la lumière ; ma mission devenait inutile. Mais dans le même temps j'en voyais se proposer une autre, plus pressante, plus immédiate, et d'où dépendait la sécurité personnelle, peut-être la vie de l'Empereur. À tout prix, au travers de tous les dangers, je devais le rejoindre. Comment ? L'armée prussienne tout entière me séparait des lignes françaises. Elle tenait toutes les routes. Était-ce à dire qu'elle pût me bloquer celle du devoir quand je l'apercevais devant moi ? Je ne pouvais attendre plus longtemps, je devais partir.

Le grenier n'avait, ai-je dit, d'autre ouverture que la trappe ; j'étais donc forcé, pour m'en aller, de descendre par l'échelle. Je regardai dans la cuisine. Le jeune chirurgien était toujours là. Sur une chaise était assis l'officier blessé. Deux des soldats prussiens, arrivés à la dernière limite de l'épuisement, gisaient sur la paille ; on avait renvoyé les autres, suffisamment remis. Il me fallait traverser la cuisine pour retrouver ma jument. Du chirurgien, rien à craindre. L'Anglais était mal en point, et

VII – Comment le brigadier se conduisit à Waterloo

je voyais son sabre rangé à distance avec son manteau. Les deux Prussiens, outre qu'ils étaient à peu près sans connaissance, n'avaient pas leur fusil près d'eux. Quoi de plus simple ? J'ouvris la trappe, je descendis tout doucement l'échelle et j'apparus, le sabre en main.

Représentez-vous la surprise de mes gens. Le chirurgien, naturellement, savait tout ; mais à l'Anglais, aux deux Allemands, je dus faire l'effet du dieu de la guerre en personne tombé des nues dans cette cuisine. Quel spectacle j'offrais sans doute, digne de tous les regards, avec ma prestance et ma mine, mon uniforme argent et gris, mon glaive nu ! Les deux Allemands, médusés, écarquillaient les prunelles. L'officier anglais voulut se lever, mais sa faiblesse l'obligea de se rasseoir, la bouche ouverte, une main sur le dossier de sa chaise.

— Par le diable !… fit-il, par le diable !…

— Veuillez ne pas bouger, lui dis-je. Je n'attaquerai personne, mais malheur à qui voudrait mettre la main sur moi ! Vous n'avez rien à craindre si vous me laissez tranquille, rien à espérer si vous essayez de m'arrêter. Je suis le colonel Étienne Gérard, des hussards de Conflans.

— Par le diable !… répéta l'Anglais, vous êtes l'homme qui tua le renard !

Un nuage de mauvaise humeur avait assombri son visage. La vilaine passion qu'une jalousie de chasseur ! Il me détestait, cet Anglais, parce que je l'avais devancé en tuant le renard. Qu'il me ressemblait peu ! Moi, je l'aurais embrassé de joie si je l'avais vu accomplir une telle prouesse.

Mais ce n'était pas l'heure d'entamer une discussion.

— Mille regrets, monsieur, lui dis-je. Vous avez ici votre manteau, je dois le prendre.

Il voulut de nouveau se lever pour atteindre son sabre ; je m'interposai.

— Si vous avez quelque chose dans les poches…

— Une boîte, dit-il.

— Je n'ai pas l'intention de vous voler.

Soulevant le manteau, je tirai des poches et lui remis successivement un flacon d'argent, une boîte de bois carrée et une lunette de campagne. Le scélérat ouvrit la boîte, en sortit un pistolet, puis, m'ajustant à la tête :

— À présent, mon beau garçon, dit-il, jetez là votre sabre et rendez-vous !

Je me défiais si peu d'une telle infamie que j'en fus comme paralysé. Je parlai d'honneur, de gratitude ; mais par-dessus le pistolet, les yeux de l'Anglais restaient durs et fixes.

— Trêve de paroles, dit-il. Jetez votre sabre !

Endurer une telle humiliation, moi ! Non, plutôt la mort que de me laisser ainsi désarmer. Et déjà le commandement de : « Feu ! » était sur mes lèvres, quand l'Anglais s'effaça tout à coup de ma vue. À sa place, il y avait un grand tas de foin, au centre duquel se débattaient une manche d'habit rouge et deux bottes à l'écuyère. Ah ! la brave hôtesse ! Mes pattes de lapin m'avaient sauvé !

— Fuyez, militaire, fuyez ! me criait-elle, tout en continuant d'entasser le foin sur l'Anglais, qui, lui, continuait de se débattre.

En une seconde, je fus dans la cour, je fis sortir Violette de l'écurie et je sautai sur son dos. Une balle tirée de la fenêtre me rasa l'épaule ; j'aperçus un visage furibond, auquel je souris d'un air de pitié en éperonnant ma monture. Le dernier soldat prussien était passé, la route s'allongeait devant moi, aussi nette que mon devoir lui-même. Si la France était victorieuse, tout allait bien ; si elle était vaincue, de ma jument et de moi dépendait ce qui comptait plus que la victoire ou la défaite : le salut et la vie de l'Empereur. « Va, Étienne Gérard, va ! m'écriai-je. De tous tes nobles exploits, c'est le plus grand qui te réclame. Qu'importe s'il est le dernier ! »

VII – Comment le brigadier se conduisit à Waterloo

II. – Les neuf cavaliers prussiens

Dans notre dernier entretien, mes amis, je vous ai dit l'importante mission dont l'Empereur me chargea auprès du maréchal Grouchy. Vous savez que, si elle échoua, ce ne fut point par ma faute ; je dus rester enfermé toute une après-midi dans un grenier d'auberge, à cause des Prussiens qui m'entouraient de toutes parts. Vous vous souvenez en outre que je surpris les instructions données par le chef de l'état-major prussien au comte Stein et qu'ainsi je fus mis au courant des dispositions dangereuses qui menaçaient la vie ou la liberté de l'Empereur dans le cas d'une défaite française. Éventualité à laquelle, d'abord, je me refusai de croire ; mais le canon ayant tonné tout le jour sans que le bruit s'en rapprochât, il devint évident pour moi que les Anglais avaient dû tenir sur leurs positions et repousser toutes nos attaques.

L'âme de la France, vous ai-je dit, luttait, ce jour-là, contre le bœuf d'Angleterre. Convenons que le bœuf se montra tenace. Du moment où l'Empereur n'arrivait pas à battre les Anglais quand ils étaient seuls, il n'y avait pas apparence qu'il y réussît mieux maintenant qu'il avait sur le flanc ces soixante mille satanés Prussiens. En tout cas, le secret dont j'étais détenteur m'obligeait de voler à son côté.

Il vous souvient que j'avais, dans des conditions étourdissantes, laissé l'officier anglais fou de rage et me montrant le poing à la fenêtre ; je ne pouvais m'empêcher de rire quand je me tournais pour le regarder, car une auréole de foin lui cernait la figure. Une fois en route, je me dressais sur mes étriers pour revêtir le bel habit de cheval que je lui avais pris. Noir et liseré de rouge, il me tombait jusqu'en haut des bottes, si bien qu'il recouvrait entièrement mon indiscret uniforme. Quant à mon colback, il en existait de semblables dans l'armée allemande ; ce n'était pas là ce qui attirerait sur moi l'attention. À la condition que personne ne m'adressât la parole, je pouvais traverser sans encombre toute l'armée prussienne : je comprenais l'allemand, bien des dames m'ayant honoré de leur amitié en Allemagne aux temps heureux où je guerroyais dans ce pays ; toutefois, je le parlais avec un aimable accent parisien qu'on n'eût pu confondre avec leur façon d'articuler, rude et peu harmonieuse. Cette particularité ne manquerait pas de me trahir. Plût à Dieu qu'on me laissât faire mon chemin en silence !

Le Bois de Paris était si vaste que je ne devais pas songer à le contourner. Je pris donc mon courage à deux mains et m'élançai au galop sur les traces de l'armée prussienne. Je n'avais pas de peine à les suivre, les roues des canons et des caissons les avaient profondément imprimées dans le sol.

Bientôt les accotements de la route se garnirent de blessés, tant français que prussiens : c'était la place où les avant-gardes de Bülow avaient heurté les vedettes de Marbot. Un vieil homme à barbe blanche — un chirurgien, je suppose, — m'interpella de loin à grands cris. Tout en criant, il courait après moi ; mais je me gardai de tourner la tête, et je ne tins compte de ses appels que pour donner vigoureusement de l'éperon, je l'entendis longtemps encore après l'avoir perdu de vue entre les arbres.

Je ne tardai pas à rencontrer les réserves. Les fantassins s'appuyaient sur leurs fusils, ou, rompus de fatigue, se reposaient sur le sol humide. Les officiers, debout, réunis en groupes, écoutaient le puissant rugissement de la bataille et discutaient les rapports qui arrivaient du front. Je voulus passer à toute vitesse : l'un d'eux, se détachant des autres, courut me barrer le passage en me faisant signe de m'arrêter. Quelle minute ! Vous en pâlissez, mes amis ? Pensez si mes cheveux se dressèrent sur ma tête !

Mais ni ma présence d'esprit ni mon courage ne m'abandonnèrent. « Maréchal Blücher ! » m'écriai-je. N'était-ce pas mon ange gardien qui m'avait soufflé ces mots à l'oreille ? Le Prussien s'écarta, salua, et du doigt me montra la direction. Ils sont vraiment disciplinés, ces Prussiens : lequel eût osé arrêter un officier porteur d'un message pour le maréchal ? J'avais trouvé la formule magique qui m'aplanissait tous les obstacles du chemin. Cette idée me transportait. Elle était si heureuse que je n'attendais plus qu'on m'interrogeât : « Maréchal Blücher, maréchal Blücher ! » criai-je à droite, à gauche. Et l'on s'empressait de me diriger, de me livrer passage.

C'est ainsi qu'à de certains moments la suprême folie vaut la plus haute sagesse.

Mais il y faut quelque discrétion, et j'avoue que j'allai trop loin ; car tandis que je poursuivais ma route, sans cesse plus près de la bataille, un officier de uhlans prussiens saisit tout à coup mon cheval par la bride, et, me désignant un groupe d'hommes, non loin d'une ferme

VII – Comment le brigadier se conduisit à Waterloo

incendiée : « Voilà le maréchal Blücher ! me dit-il ; allez lui remettre votre message. »

Effectivement, c'était le vieux soldat que j'apercevais à une portée de pistolet, avec ses favoris gris et son air terrible. Il regardait de mon côté. Mais mon ange gardien me resta fidèle. Je me remémorai subitement le nom du général qui commandait les forces avancées de l'ennemi.

— Général Bülow ! criai-je.

Le uhlan lâcha ma bride.

« Général Bülow ! Général Bülow ! » ne cessai-je plus de crier, cependant qu'à chaque foulée ma chère petite jument me rapprochait des nôtres. Je traversai, à renfort d'éperons, entre deux colonnes d'infanterie prussienne, le petit village de Plancenoit, qui brûlait ; je sautai une haie ; je culbutai un hussard silésien accouru à ma rencontre ; je déboutonnai mon habit pour montrer mon uniforme, et je pénétrai enfin dans les rangs du 9e de ligne : j'avais retrouvé le corps de Lobau. Cédant au nombre, pris de flanc, il se retirait lentement sous la pression ennemie. J'allai de l'avant, toujours au galop, n'ayant plus d'autre souci que de joindre l'Empereur.

Soudain, un tableau s'offrit à mes yeux, qui m'arrêta net, comme si je venais d'être changé en statue équestre. Je n'avais plus la force de faire un mouvement, à peine respirais-je.

Mon chemin gravissait une côte ; parvenu au sommet, je regardai à mes pieds l'étroite et longue vallée de Waterloo. J'y avais laissé deux grandes armées, chacune sur son versant et séparées de l'autre par un espace libre ; à présent, les deux crêtes n'étaient plus bordées que de régiments disloqués, exténués, en haillons ; et une véritable armée de morts et de blessés gisait dans l'intervalle. Ils jonchaient le sol ou s'y amoncelaient, sur quatre kilomètres de long et un kilomètre de large.

À la vérité, une scène de massacre n'avait rien de nouveau pour moi, et ce n'était pas cela qui me stupéfiait ; c'était qu'aux pentes des hauteurs occupées par les Anglais, une forêt était en marche, noire, frissonnante, onduleuse, massive. Ne reconnaissais-je pas les bonnets à poil de la Garde ? Ne savais-je pas, mon instinct de soldat ne me disait-il pas que c'était la dernière réserve de la France, et que l'Empereur, comme un joueur désespéré, jetait avec elle sa dernière carte.

La Garde montait, montait, majestueusement, solide, inébranlable. Sous les feux de salve qui la fouettaient, sous la mitraille qui la ridait, cette marée sombre et puissante montait, léchant déjà les batteries anglaises. Je voyais avec ma lunette les canonniers anglais se jeter sous leurs pièces ou s'enfuir vers l'arrière. Les bonnets à poil montaient, montaient toujours. Une brusque fusillade crépita : ils venaient de rencontrer l'infanterie ennemie. Ils oscillèrent, hésitèrent. Ils n'avançaient plus. On les contenait. Grands dieux ! Était-ce possible ! Lâchaient-ils pied ? Une tache noire descendait rapidement la colline. Puis il y en eut deux, puis quatre, puis dix ; puis ce fut une masse énorme, éparse, qui se débattait, s'arrêtait, cédait, s'arrêtait encore, et qui enfin s'éparpilla dans une dégringolade éperdue. « La Garde est battue ! La Garde est battue ! » C'est le cri qui de partout s'élevait autour de moi. Tout le long de la ligne, les fantassins détournaient la tête, les canonniers s'éloignaient de leurs canons.

« La Vieille Garde est battue ! La Vieille Garde est en retraite ! » Un officier qui passait, livide, me hurla ces mots de malheur. « Sauve qui peut, sauve qui peut ! nous sommes trahis ! » brailla un autre. Les hommes, pris de panique, s'enfuirent en désordre, avec des bonds de troupeau épouvanté.

À ce moment, ayant regardé la position anglaise, je vis une chose que je n'oublierai jamais. Un cavalier tout seul, en haut de la crête, se profilait sur les feux irrités du couchant. Silhouette opaque, immobile, on eût dit, planant au-dessus de cette vallée terrible, l'Esprit même des combats. Il leva son chapeau dans l'air : à ce signal, toute l'armée anglaise, avec le grondement sourd et profond d'une vague qui se brise, roula par-dessus la crête, déferla dans la vallée. Longues rangées de rouge et de bleu frangées d'acier, flots irrésistibles de cavaliers, batteries à cheval cahotantes et retentissantes, tout cela se précipitait à la fois sur nos bataillons en ruine.

C'était la fin.

Un dernier cri monta d'un flanc à l'autre, cri d'agonie des braves qui n'avaient plus d'espérance ; et en une seconde il ne resta, de cette noble armée, qu'une multitude affolée, terrifiée, balayée du champ de bataille.

Aujourd'hui encore, vous le voyez, mes amis, je n'en puis parler sans que mes paupières se mouillent et que ma voix s'altère.

D'abord, je fus emporté dans cette fuite échevelée, comme un fétu dans le débordement d'un ruisseau. Mais que vis-je soudain au milieu des régiments confondus ? Un groupe de cavaliers à mine

VII – Comment le brigadier se conduisit à Waterloo

rébarbative, vêtus de gris et d'argent, et faisant flotter bien haut à leur centre leur étendard déchiqueté ! Oui, les forces unies de l'Angleterre et de la Prusse n'avaient pas raison des hussards de Conflans. Hélas ! combien le cœur me saigna quand je les eus rejoints ! Ils laissaient sur le champ de bataille le major, sept capitaines et cinq cents hommes. Le jeune capitaine Sabatier avait pris le commandement. Quand je lui demandai où étaient les cinq escadrons manquants : « Vous les trouverez autour d'un des carrés anglais », me répondit-il avec un geste vers l'arrière. Hommes et chevaux n'avaient plus que le souffle ; ils étaient trempés de sueur, couverts de boue, et leurs langues noircies pendaient de leurs bouches. N'empêche que j'eus un frisson d'orgueil à les voir, ces revenants, chevaucher encore botte à botte, chacun à sa place exacte, depuis l'élève-trompette jusqu'au maréchal-ferrant. Que ne pouvais-je les amener à l'Empereur ! Sous la garde des hussards de Conflans, il serait du moins en sûreté. Malheureusement, les chevaux étaient trop fatigués pour trotter. Je m'éloignai, en laissant au régiment l'ordre de rallier la ferme de Saint-Aunay où nous avions pris l'avant-veille nos cantonnements. Et pour retrouver l'Empereur, je poussai mon cheval dans la cohue.

Ce n'étaient partout, au sein de l'effrayante multitude, que visions dont le souvenir ne devait plus s'effacer de mon esprit. Mes cauchemars ressuscitent encore ces visages livides, hagards, roulés comme par un flot torrentueux, et ces hommes qui hurlent. La victoire vous masque l'horreur de la guerre, c'est au vent glacé de la défaite qu'elle se révèle. Je me rappelle un vieux grenadier de la Garde couché sur le bord de la route avec une jambe cassée, repliée à angle droit.

— Camarades, camarades, attention à ma jambe ! suppliait-il.

Mais on butait sur lui, on le piétinait tout de même.

J'avais devant moi un officier de la Garde dépouillé de sa veste : il venait de laisser un bras à l'ambulance, ses bandages s'étaient défaits, c'était horrible. Deux canonniers essayant de se frayer un passage avec leur pièce, un chasseur épaula son fusil, et l'un des canonniers tomba, frappé d'une balle à la tête. Sous mes yeux, un chef d'escadron de cuirassiers tira ses pistolets de ses fontes, tua son cheval et se suicida. Un homme portant l'uniforme bleu, qui s'était rangé à l'écart, se démenait comme dans un accès de folie furieuse : il était noir de poudre, en loques ; une de ses épaulettes avait disparu, l'autre lui pendillait sur l'épaule ; je ne reconnus que de tout près le maréchal Ney. D'une voix qui n'avait plus rien d'humain, il implorait ses troupes en fuite. Tout à coup il leva un tronçon d'épée, la lame étant brisée à trois pouces de la garde : « Venez voir, s'écria-t-il, comment meurt un maréchal de France ! » J'aurais voulu courir à lui, mais le devoir m'appelait ailleurs. Il ne trouva pas, vous le savez, la mort qu'il cherchait ; mais quelques semaines plus tard il la reçut tranquillement des mains de ses ennemis.

Un vieux proverbe dit que les Français sont plus que des hommes dans l'attaque et moins que des femmes dans la défaite : j'en vérifiai la justesse ce jour-là. Pourtant, la déroute elle-même me fit voir des choses dont je puis parler avec orgueil. À travers les champs qui bordent la route se repliaient les trois bataillons de réserve de la Garde commandés par Cambronne. C'était la fine fleur de notre armée. Ils allaient lentement, formés en carré, enseignes déployées par-dessus les sombres files des oursons. Autour d'eux, la cavalerie anglaise et les lanciers noirs de Brunswick faisaient rage, lançant leurs vagues, l'une après l'autre, avec un bruit de tonnerre, puis se brisant avec fracas et s'éparpillant. Au moment où je les perdis de vue, les canons anglais leur envoyaient, par six à la fois, des paquets de mitraille, l'infanterie les arrosait de balles ; mais comme un lion qui porte accrochée à ses flancs une meute, ces glorieux débris de la Garde s'en allaient sans hâte, ne cessant pas de s'arrêter, de se reformer, de s'aligner, ils se retiraient avec majesté de leur dernière bataille. Derrière eux, la batterie de la Garde ramenait sur la hauteur ses canons de douze. Tous les canonniers étaient à leur place, mais aucune pièce ne tirait.

— Pourquoi ne tirez-vous pas ? demandai-je au colonel, en passant.

— Nous n'avons plus de poudre.

— Alors, pourquoi ne vous en allez-vous pas ?

— Notre présence peut en imposer à l'ennemi. Nous devons donner à l'Empereur le temps de s'éloigner.

Voilà ce qu'étaient les soldats de France.

Derrière le rideau de braves, les autres reprenaient haleine ; et, quand ils repartaient, ils semblaient moins désespérés. Ils avaient quitté la route, les champs d'alentour en fourmillaient au crépuscule. Ma vaillante bête m'eut bientôt dégagé du désarroi. Au sortir de Genappe, je rattrapai l'Empereur et ce qui restait de son état-major. Soult était encore près de lui, avec Drouot, Lobau, Bertrand et cinq chasseurs de la Garde. Leurs chevaux avaient peine à se mouvoir. Dans l'indécise clarté du soir tombant, l'Empereur tourna vers moi un visage blême.

VII – Comment le brigadier se conduisit à Waterloo

— Qui est là ? demanda-t-il.

— Le colonel Gérard, lui répondit Soult.

— Vous avez vu le maréchal Grouchy ?

— Non, Sire. L'armée prussienne était entre lui et moi.

— Peu importe. Rien n'importe à présent. Soult, il faut que je revienne là-bas.

Il voulut faire demi-tour : Bertrand saisit son cheval par la bride.

— Ah ! Sire, dit Soult, l'ennemi n'a déjà eu que trop de bonheur !

Forcé de suivre son escorte, il continua d'aller en silence, le menton sur la poitrine ; et sa grandeur n'avait d'égale que sa tristesse. Très loin derrière nous grondait sans trêve l'impitoyable canonnade. Parfois, dans l'ombre, s'élevaient des cris ou le bruit sourd d'un galop ; alors nous éperonnions nos montures pour passer plus vite au milieu des troupes disséminées.

Une chevauchée de toute la nuit au clair de lune nous permit de laisser enfin à bonne distance les fuyards et leurs poursuivants. Au moment où nous franchissions le pont de Charleroi, l'aube commençait à poindre. De quels spectres nous avions l'air sous cette lumière froide, claire, scrutatrice, l'Empereur avec sa face de cire, Soult barbouillé de poudre, Lobau éclaboussé de sang ! Mais rien n'entravait notre marche, nous ne regardions plus en arrière, cinquante bons kilomètres nous séparaient déjà de Waterloo. Nous avions recueilli à Charleroi une des voitures de l'Empereur. Nous fîmes halte sur l'autre rive de la Sambre et nous mîmes pied à terre.

Vous me demanderez pourquoi, tout ce temps-là, n'ayant pas au cœur d'autre souci que le salut de l'Empereur, je n'avais rien dit à personne. En réalité, j'avais essayé de glisser un mot à Soult et à Lobau ; mais ils étaient si accablés par le désastre, et d'ailleurs si occupés des nécessités immédiates que je n'avais pu leur faire sentir l'urgence de ma communication. J'ajoute que durant notre trajet nous avions eu constamment autour de nous un bon nombre de nos fuyards : tout démoralisés qu'ils étaient, ils nous protégeaient suffisamment contre une attaque de neuf hommes. Mais tandis que dans le petit matin nous nous tenions rangés devant la voiture de l'Empereur, j'observai avec anxiété que sur toute la longueur de la route blanche il ne se montrait plus un seul des nôtres. Nous avions gagné de vitesse l'armée entière.

J'examinai les moyens de défense dont nous disposions. Quatre sur cinq des chasseurs de la Garde avaient crevé leurs chevaux ; seul, le cinquième, un maréchal des logis à moustache grise, avait encore le sien. Quant à Soult, à Lobau, à Bertrand, quels que fussent leurs talents militaires, j'aurais mieux aimé, à l'heure des coups, avoir près de moi un simple brigadier de nos hussards. Restaient l'Empereur lui-même, le cocher et un valet de pied qui nous avaient rejoints à Charleroi. De sorte que, tout compte fait, nous étions huit hommes. Mais, sur les huit, deux seulement, le maréchal des logis et moi, étions des soldats en état de nous battre et en qui l'on pût avoir, le cas échéant, toute confiance.

L'idée d'une telle détresse me donna le frisson. Et comme, à ce moment, je levais les yeux, j'aperçus les neuf cavaliers prussiens gravissant une colline.

De l'autre côté de la route s'étendait une longue plaine mollement accidentée, que se partageaient des champs de blé mûr et de grasses prairies baignées par la Sambre. Au sud s'élevait une petite hauteur, par-dessus laquelle grimpait la route de France. C'était là, sur cette hauteur et suivant cette route, que les neuf cavaliers prussiens venaient d'apparaître. Le comte Stein avait donc exécuté les ordres reçus : il avait couru au sud pour prévenir l'Empereur, il arrivait de la direction que nous allions prendre, et qui était bien la dernière où l'on dût s'attendre à rencontrer l'ennemi.

Quand je les découvris, les neuf cavaliers étaient encore à la distance d'environ un kilomètre.

— Sire, m'écriai-je, des Prussiens !

Tout le monde sursauta, ouvrit de grands yeux.

Enfin, l'Empereur rompit le silence.

— Qui dit que ce sont des Prussiens ?

— Moi, Sire, moi, Étienne Gérard.

On n'apportait pas à l'Empereur une mauvaise nouvelle sans provoquer un accès de fureur qu'il passait sur le messager.

— Vous n'avez jamais été qu'un bouffon ! me cria-t-il, de cette voix rugueuse et rauque, de cette voix corse qu'il prenait quand il ne se possédait plus. Qu'est-ce que cela signifie, des Prussiens ? Comment des Prussiens viendraient-ils de cette direction, qui est celle de la France ? Vous avez perdu le peu d'esprit qui vous restait.

Ces paroles me cinglèrent comme un fouet ; mais tous nous avions pour lui les sentiments d'un vieux chien pour son maître. On oubliait vite ses colères, on ne lui gardait pas rancune. À quoi bon

VII – Comment le brigadier se conduisit à Waterloo

raisonner et me justifier ? J'avais, du premier coup d'œil, reconnu à ses balzanes le cheval de tête, je savais qu'il portait le comte Stein.

Les neuf cavaliers s'arrêtèrent un moment et nous observèrent ; puis, donnant de l'éperon, ils descendirent la route au galop, en poussant un hourrah de triomphe. Ils avaient découvert leur proie, ils la savaient en leur pouvoir.

Cette charge impétueuse dissipa tous les doutes.

— Pardieu ! Sire, s'exclama Soult, ce sont en effet des Prussiens !

Lobau et Bertrand se mirent à courir d'un côté à l'autre de la route comme des poules effarées. Le sous-officier de chasseurs lança une bordée de jurons et dégaina. Le cocher et le valet piaulaient à qui mieux mieux en se tordant les mains. L'Empereur s'était comme figé, un pied sorti de la voiture. Et moi... Ah ! mes amis, moi, je fus magnifique. Où trouver des mots qui rendent justice à ma conduite en cette circonstance solennelle de ma vie ? J'alliai le sang-froid à la promptitude ; je sus être imperturbable et alerte, lucide et agissant. L'Empereur m'avait traité de bouffon, d'imbécile : quelle noble revanche j'allais prendre ! Sa raison lui faisait défaut, j'y pourvoyais.

Combattre était absurde, fuir était ridicule. Une fatigue mortelle aggravait chez l'Empereur les inconvénients de la corpulence ; et même en son beau temps il n'avait fait qu'un médiocre cavalier. Comment donc échapper à ces neuf hommes, élite d'une armée ? Ils représentaient les meilleurs cavaliers de Prusse. Mais je représentais, moi, le premier cavalier de France. Tout irait bien si, en les attirant sur moi, je les détournais de l'Empereur. L'idée ne m'en fut pas plus tôt venue que j'en tirai la conclusion logique. Et de cette conclusion logique, je passai sans délai à l'action. Je courus vers l'Empereur, qui, maintenant, immobile, l'air égaré, se tenait debout sur la route, près de sa voiture, du côté opposé à l'ennemi.

— Votre chapeau, Sire ! votre capote ! lui criai-je.

Et je lui arrachai capote et chapeau, je le bousculai comme on ne l'avait bousculé de sa vie, je le poussai dans sa voiture ; après quoi je bondis sur son cheval, et le fameux arabe blanc s'enleva, plantant le groupe sur la route.

Vous avez saisi mon idée ; peut-être vous demandez-vous comment j'espérais me faire prendre pour l'Empereur. Car j'avais la tournure que vous me voyez encore, au lieu qu'il avait toujours manqué de prestance, étant court de taille et gros. Mais la taille d'un homme ne se remarque pas quand il est en selle ; et pour le reste, je n'avais qu'à me courber sur le cheval, le dos arrondi en sac de farine. Je portais le petit tricorne et la capote grise flottante que connaissent les moindres galopins aux deux bouts de l'Europe ; j'avais sous moi le célèbre coursier blanc : l'illusion était complète.

Au moment où je pris le galop, les Prussiens n'étaient plus qu'à deux cents mètres. Feignant un geste de terreur et de désespoir, je lançai mon cheval par-dessus le petit talus bordant la chaussée. Les Prussiens hurlèrent d'exultation, de fureur et de haine : ainsi le loup affamé qui a éventé sa proie.

Cependant que je pressais le cheval à travers la plaine herbeuse, je regardais par-dessous mon bras. Ah ! la glorieuse minute où je vis, l'un après l'autre, huit cavaliers sauter le petit talus pour me poursuivre ! Quant au neuvième, entendant des cris et le bruit d'une lutte, je me souvins de notre vieux maréchal des logis et ne doutai point qu'il nous en débarrassait. La route de France était rouverte, l'Empereur pouvait repartir.

Il me fallait maintenant songer à moi-même. S'ils me rattrapaient, les Prussiens ne me pardonneraient pas leur déconvenue ; mais ma vie leur coûterait un bon prix. D'ailleurs, je me flattais encore de leur échapper. Avec des cavaliers ordinaires et montant des bêtes ordinaires, c'eût été facile ; malheureusement, j'avais affaire ici à des chevaux et à des cavaliers de choix. La magnifique bête que je montais ne se ressentait que trop des fatigues de la nuit, et l'Empereur n'était pas de ces cavaliers qui ménagent une monture ; il y pensait peu et il avait la main lourde. Mais, d'autre part, Stein et ses hommes arrivaient de loin, ils avaient marché très vite ; la partie était égale.

J'avais cédé à une impulsion si rapide, agi avec tant de célérité, que je ne m'étais pas suffisamment préoccupé de mon sort. Par exemple, ma première pensée aurait dû être de reprendre la direction d'où nous étions venus, de façon à rencontrer les nôtres. En tournant la tête, je vis que les Prussiens s'étaient déployés sur une longue ligne, de façon à me couper la route de Charleroi. Je ne pouvais tourner bride ; du moins, je pouvais obliquer au nord.

Je savais que nos troupes couvraient le pays et que tôt ou tard je tomberais au milieu d'elles.

Dans mon émotion, j'oubliais une chose : la Sambre. Je ne m'en ressouvins que quand je la vis, profonde et large, miroitant sous le soleil du matin. Elle me barrait la route. Plus que jamais les Prussiens

VII – Comment le brigadier se conduisit à Waterloo

hurlaient à mes trousses. Arrivé au bord de la rivière, le cheval refusa d'y sauter. J'eus beau l'éperonner, la berge était haute, le courant très rapide, l'animal tremblait, renâclait, reculait. Les hurlements, de plus en plus proches, se changeaient en cris de victoire. À cet endroit, la berge formait une anse. Je donnai un coup de rêne et j'engageai le cheval à toute vitesse dans la descente. La retraite m'étant coupée ; je devais, n'importe comment, traverser la rivière.

Soudain, j'eus un frisson d'espoir, je venais d'apercevoir une maison sur la rive où j'étais, et une autre sur l'autre rive. Deux maisons ainsi placées supposent généralement un gué. On accédait à celui-ci par un chemin en pente douce. Je pressai mon cheval. Il entra dans l'eau jusqu'à la selle, au milieu d'un sillage d'écume. Un moment, il hésita, barbota ; je me crus perdu. Mais il se reprit et, quelques instants plus tard, il abordait la pente opposée. À peine avait-il touché terre que, derrière moi, un grand clapotement se faisait entendre : le premier Prussien entrait dans l'eau. Il n'y avait juste entre nous que la largeur de la rivière.

Je repartis grand train, la tête enfoncée entre les épaules, à l'exemple de Napoléon, et n'osant me retourner de crainte qu'on ne vit mes moustaches. J'avais, du reste, pour les cacher, autant que possible, relevé le col de la capote grise. S'ils s'avisaient de leur bévue, les Prussiens avaient encore le temps de s'en retourner et de rejoindre la voiture impériale.

Une fois sur la route, le claquement des sabots me disait à peu près la distance où j'étais de mes poursuivants : bientôt il me sembla devenir plus fort, comme si l'on gagnait sur moi.

Nous suivions maintenant le sentier pierreux et tout creusé d'ornières qui remontait du gué. En risquant par-dessous le bras un coup d'œil circonspect, je vis qu'un des cavaliers, un hussard, se détachait tout seul, en tête de ses camarades. Cet homme était pour moi un danger. Tout petit sur un énorme cheval noir, il devait à son peu de poids l'avance sensible qu'il avait prise. Il tenait la place d'honneur : elle a ses risques, et il n'allait pas tarder à l'apprendre. Je fouillai les fontes : hélas ! elles ne contenaient point de pistolets ; rien que des tas de papiers et une lunette.

J'avais laissé mon sabre avec Violette. J'aurais eu simplement ma petite jument et mes armes que j'aurais pu tenir tête à ces coquins. Mais j'étais totalement désarmé. L'épée de l'Empereur pendait à la selle. Elle était courbe et courte, incrustée d'or à la garde, mieux faite pour briller dans une parade que pour servir un soldat dans la pire extrémité. Nonobstant, je la tirai du fourneau et m'en remis à ma chance.

Les claquements de sabots ne cessaient plus de se rapprocher. J'entendais le halètement du cheval, les menaces de mon ennemi. Le sentier formait un coude. Arrivé là, je dressai mon cheval sur les hanches, je lui fis faire une pirouette qui nous mit, le Prussien et moi, face à face. Le Prussien était trop lancé pour s'arrêter. Il ne pouvait essayer qu'une chose : me jeter par terre. Il y risquait la mort, mais il pouvait en même temps me blesser, ou blesser mon cheval, assez gravement pour nous enlever toute possibilité de fuite. L'imbécile, voyant que je l'attendais, se déroba ; il passa sur ma droite. Je me fendis par-dessus l'encolure de ma bête et le perçai de mon épée-joujou. Sans doute elle était de l'acier le plus fin et tranchante comme un rasoir, car c'est à peine si je la sentis entrer ; cependant, quand je la retirai, elle avait trois pouces de sang sous la garde. Le cheval avait continué de galoper, portant son cavalier ; c'est seulement cent mètres plus loin que je vis la tête du hussard s'affaisser sur la crinière, puis le long du cou, et battre enfin la route. Déjà je rattrapais le cheval. Il avait suffi d'un instant pour tout ce que je viens de vous dire.

Un rugissement de colère s'éleva du milieu des Prussiens quand ils passèrent devant le corps de leur camarade ; et je souris en me demandant s'ils s'attendaient à trouver chez l'Empereur un cavalier et un ferrailleur de cette trempe. Glissant derechef un regard par-dessous mon bras, je vis que pas un des sept hommes ne s'arrêtait : le sort de leur camarade était peu de chose au prix de leur mission. Ils étaient infatigables et implacables comme des chiens de meute. Mais je menais bien, mon arabe tenait bon, je me crus sauvé. Et c'est pourtant à ce moment que je courus le danger le plus terrible.

Le sentier se divisait en deux branches. Je pris la moins large, parce que l'herbe y était plus fournie et le sol meilleur. Imaginez l'horreur dont je fus saisi lorsque, ayant franchi une grille, je me trouvai dans une cour, entre des écuries et des bâtiments de ferme, sans autre chemin pour en sortir. Ah ! mes amis, si mes cheveux sont blancs, n'avais-je pas fait ce qu'il fallait pour qu'ils le devinssent ?

Plus de retraite possible. J'entendais, comme un roulement de foudre, dans le sentier, la galopade prussienne. J'inspectai les lieux autour de moi. La nature m'a donné, par bonheur, cette vivacité du coup d'œil qui doit être le premier apanage du soldat, et surtout du chef ou du cavalier. Entre la longue rangée basse des écuries et les bâtiments

VII – Comment le brigadier se conduisit à Waterloo

de ferme, je remarquai une loge à cochon ; ce qu'il y avait au-delà, mystère. Le devant de la loge était une claie de bois, haute de huit pieds ; le derrière, un mur de pierre surélevé ; de l'un à l'autre, l'intervalle mesurait tout au plus quelques mètres.

Je n'avais qu'un parti à prendre, si désespéré fût-il. Je lançai mon cheval sur la claie. Il la sauta fort bien ; mais à la descente, ses pieds de devant portèrent sur le cochon qui sommeillait à l'intérieur, ses genoux fléchirent : projeté au dehors par-dessus le mur du fond, j'allai tomber, sur la figure et sur les mains, au beau milieu d'une plate-bande. Mon cheval était d'un côté du mur, j'étais de l'autre, et les Prussiens envahissaient la cour. Je me relevai à la seconde. Je saisis la bride et je la tirai à moi. Le mur était bâti en pierres sèches : j'en arrachai quelques-unes pour faire une brèche, puis je secouai la bride, en même temps que de la voix j'invitais le brave animal à sauter. Un instant après il m'avait rejoint, j'étais en selle.

Une idée héroïque germa dans mon esprit. Si les Prussiens sautaient par-dessus la loge, ce ne serait qu'un à un ; et pour que leur attaque fût redoutable, il faudrait d'abord qu'ils fussent remis d'un tel bond. Pourquoi ne pas les attendre de pied ferme et les expédier à mesure qu'ils se présenteraient ? Inspiration magnifique ! Ils apprendraient qu'on ne traque pas impunément un Étienne Gérard.

Je cherchai mon épée ; et concevez, mes amis, ce que j'éprouvai en ne rencontrant qu'un fourreau vide : elle s'en était échappée quand mon cheval avait buté sur ce pourceau du diable. À quels riens absurdes tiennent nos destinées ! Un pourceau contre-balançait les miennes !

Repasser par-dessus le mur et ramasser mon épée ? Impossible. Les Prussiens étaient dans la cour. Je repris la fuite.

Mais pendant un moment je crus n'être sorti d'un piège que pour tomber dans un pire. L'endroit où je me trouvais était le jardin de la ferme ; un verger en occupait le centre ; à l'entour couraient des plates-bandes fleuries ; partout régnait un grand mur de clôture. Je réfléchis cependant qu'il devait bien y avoir une entrée quelconque, car on ne pouvait demander aux visiteurs de franchir, pour entrer, une loge à cochon. Je longeai le mur, et, comme je l'avais présumé, j'y découvris une porte. La clef était à la serrure, du côté de l'intérieur. Je mis pied à terre, tournai la clef, ouvris la porte : un lancier prussien à cheval se dressa devant moi.

Nous nous regardâmes au blanc des yeux, le temps d'une seconde, puis je ramenai la porte et la refermai à clef. Dans le même instant, un grand fracas suivi d'un grand cri m'arrivait de l'autre extrémité du jardin : je compris qu'un de mes ennemis ayant voulu sauter par-dessus la loge, l'affaire avait tourné à son dam.

Par quel moyen me tirer du cul-de-sac où j'étais fourvoyé ? Quelques hommes de la bande avaient dû faire le tour de la ferme pendant que les autres s'acharnaient sur mes traces. J'aurais eu mon épée que je me serais défait du lancier ; mais sortir sans arme, c'était aller au massacre. Cependant, si je m'attardais, l'un ou l'autre des Prussiens escaladerait la loge ; et quand il m'aurait rejoint, que faire ?

C'est en de pareilles conjonctures que j'ai l'intelligence le plus éveillée, l'action la plus prompte. Je pris mon cheval par la bride, et, rasant le mur, laissant le lancier monter sa garde, je m'éloignai d'une centaine de mètres ; après quoi je me mis, non sans peine, à détacher de la crête du mur un certain nombre de pierres. Cela fait, je me hâtai de revenir à la porte. Comme je l'avais espéré, le lancier, me voyant pratiquer une brèche dans le mur, s'était dit que je voulais me sauver par là ; et je l'entendais qui galopait pour prévenir ma fuite. Je regardai derrière moi. Un cavalier habillé de vert, et que je savais être le comte Stein, venait de sauter la loge à cochon ; il traversait le jardin au galop furieux de son cheval ; déjà il chantait victoire :

— Rendez-vous, Majesté, rendez-vous, nous vous ferons quartier ! beuglait-il.

Je me glissai de l'autre côté de la porte, mais je n'avais pas le temps de la refermer à clef : Stein était sur mes talons, le lancier revenait. Je sautai sur le dos de l'arabe. La campagne m'offrait de nouveau la libre étendue de ses herbages. Avant de pouvoir me poursuivre, Stein était obligé de descendre pour ouvrir la porte, de faire passer son cheval et de se remettre en selle. Je le craignais plus que le lancier, qui ne montait qu'une bête très ordinaire et très fatiguée.

Quand j'eus galopé dur l'espace d'environ un kilomètre, je me risquai à regarder en arrière. Stein me suivait à la distance d'une portée de fusil ; le lancier, à une distance deux fois égale. Trois autres cavaliers seulement étaient en vue. Mes neuf Prussiens perdaient de l'effectif, la disproportion devenait plus raisonnable ; mais un seul avait beau jeu contre un homme désarmé.

Je m'étonnai de n'avoir, durant tout ce temps, rencontré aucun des fuyards de notre armée. Cependant je réfléchis que j'avais pris fort à l'ouest de leur ligne de retraite et que, pour les rejoindre, je devais obliquer à l'est ; sans quoi il était vraisemblable que mes poursuivants,

VII – Comment le brigadier se conduisit à Waterloo

s'ils n'arrivaient à me rattraper eux-mêmes, continueraient à me tenir de l'œil tout le temps nécessaire pour que j'allasse me jeter sur quelque parti de leurs camarades arrivant du nord.

Comme j'interrogeais l'horizon au levant, j'aperçus un nuage de poussière long de plusieurs kilomètres : apparemment, il signalait la marche de notre malheureuse armée sur la grand'route. Mais j'eus bientôt la preuve que des groupes de fuyards avaient déjà rôdé de mon côté dans les traverses. Car je me trouvai tout à coup en présence d'un cheval qui broutait au coin d'un champ ; près de lui, le dos appuyé contre le rebord du chemin, était un cuirassier français horriblement blessé et qui semblait sur le point de mourir. Je bondis à terre et m'emparai de son sabre. Jamais je n'oublierai la transfiguration dont je fus témoin au moment où il leva sur moi des yeux près de s'éteindre. C'était un de ces fanatiques dont je vous ai parlé, un grognard à moustaches grises. La suprême vision de son Empereur, à cette minute, lui fut comme une révélation d'en haut. L'étonnement, l'amour, l'orgueil se firent jour à la fois sur son visage pâle. Il balbutia quelques mots, ses derniers mots sans doute. Mais je n'étais plus à même de l'entendre. L'arabe m'emportait au galop.

De grands fossés coupaient maintenant les prairies. Certains avaient pour le moins quatorze ou quinze pieds de large, et je tremblais en les abordant : une glissade eût causé ma perte. Mais l'homme chargé de choisir les chevaux de l'Empereur s'acquittait bien de son office : l'arabe n'eut pas une défaillance, en dehors de celle qui l'avait retenue au bord de la Sambre. Il franchissait d'un bond chaque obstacle.

Néanmoins, je n'arrivais pas à me défaire de ces maudits Prussiens. Je n'avais pas plus tôt sauté un ruisseau que je me retournais plein d'espoir, mais toujours je revoyais Stein menant son balzan ventre à terre. Honneur à mon ennemi pour la façon dont il se comporta ce jour-là !

Mesurant de l'œil la distance qui séparait Stein du second cavalier, j'en vins à me demander si je ne devais pas faire une brusque volte-face, et l'expédier, comme j'avais précédemment expédié le hussard, d'un coup de sabre, avant que son camarade put lui prêter main-forte. Malheureusement, les autres avaient gagné du terrain. Je réfléchis que, selon toute probabilité, Stein maniait le sabre aussi bien qu'il montait un cheval et que je n'en aurais pas raison tout de suite. Les autres viendraient à son aide, je resterais sur le carreau. Le plus sage, c'était de continuer à fuir.

Une route bordée de peupliers traversait la plaine de l'est à l'ouest. Elle conduisait vers le nuage qui marquait la retraite française. J'y lançai mon cheval. Tout en galopant, je distinguai sur ma droite une maison isolée : au bouchon qui la décorait, je reconnus une auberge. Plusieurs paysans se tenaient devant la porte, mais je m'en souciai peu ; ce qui m'effraya, ce fut la tache éclatante de deux habits rouges : l'auberge devait recevoir des Anglais, je ne pouvais ni tourner bride, ni m'arrêter, je n'avais rien à faire que d'aller de l'avant, à tous risques. Pas de troupes en vue ; si des Anglais étaient là, ce devaient être des maraudeurs ou des égarés, de qui je n'avais pas grand'chose à craindre.

Bientôt je vis qu'ils étaient deux, en train de boire. Ils flageolaient sur leurs jambes : impossible de douter qu'ils fussent ivres. L'un d'eux vint se camper en titubant au milieu de la route :

— Eh ! c'est Boney. Dieu m'assiste ! c'est Boney ! vociférait-il.

Et il s'élança, les deux mains tendues, prêt à me saisir. Par bonheur pour lui l'ivresse le trahit, il chancela et tomba, la tête la première.

Je n'en fus pas quitte à si bon marché avec l'autre. Il s'était précipité dans l'auberge ; juste comme je passais, je l'en vis ressortir avec son fusil. Il mit un genou en terre. Je me penchai sur mon cheval. D'un Prussien ou d'un Autrichien, un coup de fusil n'a pas d'importance ; mais les Anglais, à cette époque, étaient les meilleurs tireurs de l'Europe, et mon ivrogne me sembla suffisamment assuré quand il épaula.

J'entendis la détonation, mon cheval fit un écart qui eût désarçonné plus d'un cavalier, je le crus blessé à mort et près de s'abattre ; mais en me retournant sur la selle, je vis qu'il saignait de l'arrière-main. Je regardai de nouveau l'Anglais : il venait de mordre une seconde cartouche, qu'il introduisait dans le fusil ; le temps qu'il l'eut amorcée, nous étions hors d'atteinte.

Ces hommes étaient des fantassins, ils ne pouvaient donc se joindre à la poursuite ; mais je les entendis derrière moi qui faisaient un hourvari de tous les diables, comme on en fait pour rallier les chiens dans la chasse au renard. Les paysans se répandirent dans les champs, armés de bâtons qu'ils brandissaient, et criant, eux aussi, à tue-tête. Ce n'étaient plus, de tous côtés, que gens à mes trousses, s'égosillant et gesticulant.

Penser que c'était l'Empereur que l'on forçait ainsi ! Et ne pouvoir tenir tous ces coquins sous le vent de mon sabre ! Mais je me

VII – Comment le brigadier se conduisit à Waterloo

sentais toucher au bout de ma course. J'avais fait tout ce qu'on pouvait attendre d'un homme ; plus peut-être, dira-t-on. J'arrivais à un moment où je n'apercevais plus une possibilité de salut. Si les chevaux de mes poursuivants étaient fourbus, le mien était non seulement fourbu, mais blessé ; il saignait à flots ; laissant sur la blancheur du chemin une longue traînée rouge. Déjà son allure faiblissait, il ne tarderait pas à s'abattre.

Une fois de plus, je tournai la tête. Et ce fut pour voir les cinq inévitables Prussiens : Stein à cent mètres en avant du peloton, puis le lancier, puis les trois autres ensemble. Stein avait tiré son sabre, dont il me menaçait de loin. J'étais bien résolu à ne pas m'abandonner. Je tenais à savoir combien de ces Prussiens j'étais capable d'entraîner avec moi dans l'autre monde.

À cet instant, toutes les grandes actions de ma vie se représentèrent dans ma mémoire comme sur un tableau, et je sentis que mon dernier exploit couronnait dignement une telle carrière. Ma mort, sans doute, porterait un coup funeste à ceux qui m'aimaient : à mes hussards, à bien d'autres que je ne nommerai pas ; mais tous ils avaient à cœur ma réputation, ma gloire ; leur chagrin se colorerait de fierté en apprenant ma chevauchée et mon combat de ce dernier jour.

Je raidis mes nerfs, je tirai du fourreau le grand sabre que j'avais pris au cuirassier et serrai les dents pour la suprême lutte.

Juste à ce moment, comme l'arabe boitait de plus en plus, je reprenais de la bride, crainte de me trouver tout à coup sur mes pieds en face de cinq cavaliers, lorsqu'une découverte inattendue, en me rendant à l'espérance, m'arracha un cri de joie.

Par-dessus un bouquet d'arbres, l'église d'un village dressait devant moi son clocher. Mais il ne pouvait y avoir deux clochers semblables : tout un coin de celui-ci s'était écroulé, peut-être frappé par la foudre, ce qui lui donnait une forme fantastique. Je l'avais vu deux jours auparavant, l'église était celle de Gosselies.

Ma joie ne venait pas tant de la proximité du village que du fait d'être maintenant en pays connu. Cette maison de ferme que j'apercevais à quelque huit ou neuf cents mètres, avec son pignon aigu pointant du milieu des feuillages, c'était la ferme de Saint-Aunay, où j'avais donné rendez-vous au capitaine Sabatier avec les hussards de Conflans. Ils étaient là, mes petits bougres ; la question n'était plus que d'arriver jusqu'à eux. À chaque bond, mon cheval perdait de ses forces. Le grondement de la poursuite allait croissant. J'entendais tout près les jurons gutturaux des Allemands. Une balle de pistolet me siffla dans l'oreille. Déchirant de l'éperon mon pauvre arabe, le fouaillant avec le plat du sabre, je le poussai à fond de train. Devant moi s'ouvrait la cour de la ferme, j'y voyais scintiller de l'acier. Je m'y engouffrai. La tête du cheval de Stein n'était plus qu'à dix mètres.

— À moi, camarades ! à moi ! m'écriai-je.

J'entendis un bourdonnement pareil à celui d'un essaim en colère qui sort de la ruche. Mon cheval s'abattit : le magnifique arabe blanc était mort. Je vidai les étriers, tombai en avant sur des cailloux et perdis connaissance.

Tel fut le dernier de mes exploits et le plus fameux, mes chers amis. Il fit le tour de l'Europe. Il inscrivit mon nom dans l'Histoire. Hélas ! tous mes efforts n'aboutirent qu'à donner à l'Empereur quelques semaines de liberté, car il se rendit le 15 juillet aux Anglais. Ce ne fut point ma faute s'il ne put rassembler les réserves qui lui restaient en France et livrer un autre Waterloo plus heureux. Eût-il rencontré partout une fidélité comme la mienne, le sort du monde eût été changé ; il eût conservé son trône ; un vieux soldat comme moi n'en serait pas à planter des choux ni à traîner dans les cafés une vieillesse rabâcheuse.

Vous me demandez ce qu'il advint de Stein et de ses cavaliers ? Rappelez-vous que je lui avais tué un homme. Des trois qui étaient demeurés en route, je ne sais rien. Quant aux cinq autres, mes hussards, croyant défendre l'Empereur, en dépêchèrent trois. Stein, légèrement blessé, fut fait prisonnier avec l'un des uhlans. On ne leur conta pas la vérité, jugeant qu'il valait mieux ne laisser courir sur l'Empereur aucune nouvelle, vraie ou fausse ; Stein resta donc persuadé qu'il avait été à deux doigts de la plus formidable capture.

— Vous pouvez aimer l'Empereur, nous disait-il, je n'ai jamais vu un pareil cavalier ni une pareille lame.

Il ne comprit pas pourquoi, sur ces mots j'éclatai de rire.

Il l'a su depuis.

VIII

LA DERNIÈRE AVENTURE DU BRIGADIER

Je ne vous raconterai plus d'histoires, mes chers amis.

L'homme, dit-on, ressemble au lièvre, qui tourne en cercle pour revenir mourir à son point de départ. Je sens, depuis quelque temps, que ma Gascogne me rappelle. Je revois la Garonne bleue qui serpente au milieu des vignes, l'Océan plus bleu encore auquel elle apporte ses eaux ; je revois aussi la vieille ville, avec son quai de pierre et la forêt de mâts qui le hérissent. J'aspire à l'air du pays, à l'éclat et à la chaleur du soleil qui m'a vu naître. Dans ce Paris où nous sommes, j'ai mes relations, mes occupations, mes plaisirs ; j'ai les tombes de ceux qui m'ont connu. Et pourtant, quand le vent du sud-ouest heurte ma fenêtre, il me semble entendre la voix de la terre maternelle rouvrant de loin ses bras à l'enfant dont elle ne tardera pas à bercer le repos.

J'ai joué mon rôle, j'ai eu mon heure ; cette heure est passée, je dois passer à mon tour. N'allez pas vous en affliger, mes amis. Quoi de plus heureux que d'avoir pu mener toute une existence d'honneur, embellie par l'amour et par l'amitié !

Certes, la minute est solennelle où l'homme, arrivé au terme d'une longue route, aperçoit le tournant qui plonge dans l'inconnu. Mais quoi ! l'Empereur et ses maréchaux l'ont pris, ce tournant sombre. Ils l'ont pris aussi, mes hussards, dont il reste à peine cinquante. Il faut que je m'en aille.

Eh bien ! avant de partir, ce soir, je ne me contenterai pas de vous faire un récit ; je vous confierai un grand secret historique.

J'ai toujours gardé là-dessus bouche close ; mais je ne vois pas pourquoi je laisserais se perdre le souvenir d'une aventure extraordinaire dont il ne resterait rien si je n'en rendais témoignage, puisque seul au monde aujourd'hui je connais les faits.

VIII – La dernière aventure du brigadier

Je vous demanderai de bien vouloir remonter avec moi jusqu'à l'année 1821. Notre grand Empereur était alors, depuis cinq ans, éloigné de nous ; à peine quelque vague rumeur arrivée de par delà les mers nous apprenait, de temps à autre, qu'il vivait encore. Pour nous qui l'aimions, vous ne pouvez savoir combien était lourde au cœur l'idée de cette âme géante se rongeant dans la captivité sur une île solitaire. De l'heure où nous nous levions à celle où le sommeil refermait nos paupières, nous ne cessions de penser, en rougissant, que lui, notre chef, notre maître, subissait une humiliation pareille, sans qu'il nous fût possible de bouger la main pour le secourir. Alors qu'un si grand nombre d'entre nous eussent volontiers sacrifié leur vie afin de lui procurer un peu de bien-être, nous ne pouvions que rester dans les cafés à ronchonner et à contempler la carte, en supputant le nombre de lieues marines qui nous séparaient de lui. On l'eût relégué dans la lune que l'impuissance de nos vœux n'eût pas été plus grande. Car nous n'étions que des soldats, totalement ignorants de la mer.

Ajoutés au sentiment de l'injuste misère dont souffrait l'Empereur, nos petits ennuis personnels accroissaient, bien entendu, notre amertume. Beaucoup d'entre nous qui avaient occupé de hautes situations les eussent occupées de nouveau s'il était rentré en France. Nous avions refusé de servir sous le drapeau blanc des Bourbons et de prêter un serment qui nous eût engagés à tourner notre épée contre l'homme que nous aimions. Ainsi, privés d'emploi, démunis d'argent, quelle autre ressource avions-nous que de nous réunir, de bavarder, de récriminer ensemble ? Ceux qui avaient quelque chose payaient la consommation de ceux qui n'avaient rien. Le hasard aidant, nous nous arrangions, de-ci de-là, pour nous quereller avec quelque garde du corps ; et si nous le couchions sur l'herbe du Bois, il nous semblait avoir une fois de plus travaillé pour Napoléon. À la longue, ces messieurs finirent par connaître si bien nos lieux habituels de rendez-vous qu'ils les évitaient comme des nids de guêpes.

Il y avait, en particulier, rue de Varenne, à l'enseigne du Grand Homme, un établissement que fréquentaient certains des officiers les plus distingués et les plus jeunes de l'armée napoléonienne. Presque tous avaient pour le moins été colonels ou aides de camp ; et si, d'aventure, un officier d'un moindre rang se risquait au milieu de nous, nous ne laissions pas de lui faire sentir la liberté grande. Vous auriez vu là, par exemple, le capitaine Lépine, qui avait gagné la croix d'honneur à Leipzig ; le colonel Bonnet, aide de camp de Macdonald ; le colonel

Jourdan, dont la réputation dans l'armée ne le cédait guère qu'à la mienne ; Sabatier, mon camarade des hussards de Conflans ; Meunier, des lanciers rouges ; Le Breton, de la Garde ; et une douzaine d'autres.

Nous nous retrouvions tous les soirs pour tailler des bavettes, jouer aux dominos, vider un ou deux verres, et nous demander combien de temps il se passerait encore avant que l'Empereur fût de retour à la tête de ses régiments. Les Bourbons avaient déjà perdu toute autorité sur le pays ; on le vit bien quelques années plus tard quand, pour la troisième fois, Paris, soulevé contre eux, les chassa de France. Que Napoléon se montrât sur la côte, et il marcherait sans coup férir jusqu'aux portes de la capitale, comme il l'avait fait après son évasion de l'île d'Elbe.

C'est dans ces circonstances qu'un soir de février nous vîmes entrer, au café où nous nous tenions, un singulier petit homme, trapu, carré, large d'épaules, avec une tête si grosse qu'elle en semblait difforme. Son visage brun était curieusement sillonné de cicatrices blafardes, et il avait des favoris gris, qu'il portait à la façon des gens de mer ; les anneaux d'or de ses oreilles, les tatouages qui lui couvraient les mains et les poignets avaient achevé de nous révéler sa qualité de marin bien avant qu'il se fût présenté à nous comme étant le capitaine Fourneau, de la marine impériale. Outre que les lettres d'introduction dont il était muni pour deux d'entre nous ne permettaient aucun doute sur son dévouement à « la cause », il s'imposait à notre estime pour ne s'être pas moins battu que nous : les brûlures dont il gardait la trace dataient du jour d'Aboukir, où il était resté à son poste de commandement sur l'Orient jusqu'à ce que le navire coulât sous lui.

D'ailleurs, il nous parla peu de lui-même. Il alla s'asseoir dans un coin du café, d'où il se mit à nous observer, dardant sur nous deux yeux d'une acuité prodigieuse et ne perdant pas un seul de nos propos.

Une nuit, comme je quittais le café, il me suivit. Et m'ayant touché au bras, il m'accompagna un bon moment sans desserrer les lèvres. Enfin, comme nous arrivions devant la maison où il habitait :

— Je voudrais causer avec vous, me dit-il.

Sur ce, il me fit monter dans sa chambre, alluma une lampe, prit sur son bureau une enveloppe et en retira une feuille de papier, qu'il me tendit. Je lus :

« Le capitaine Fourneau agit dans l'intérêt supérieur de l'empereur Napoléon. Quiconque aime l'Empereur doit, sans discussion, au capitaine Fourneau, pleine et entière obéissance. »

VIII – La dernière aventure du brigadier

Cela était daté de quelques mois auparavant et du palais de Schœnbrunn, à Vienne. Je connaissais l'écriture de l'Impératrice, je ne pus révoquer en doute l'authenticité du document.

— Eh bien ! me dit le capitaine, êtes-vous satisfait de mes lettres de créance ?

— Entièrement.

— Et prêt à recevoir mes ordres ?

— Cet écrit m'y oblige.

— J'ai cru comprendre, à un détail de votre conversation, tout à l'heure, que vous parliez l'anglais ?

— En effet.

— Parlez un peu, que je voie.

Je dis en anglais :

— Whenever the Emperor needs the help of Étienne Gérard, I am ready night and day to give my life in his service. Ce qui signifiait : « En quelque circonstance que l'Empereur ait besoin d'Étienne Gérard, de nuit comme de jour, ma vie est à son service. »

Le capitaine Fourneau se mit à rire.

— Drôle d'anglais ! fit-il, mais cela vaut mieux que rien. Moi, je parle l'anglais comme un Anglais. C'est tout ce que j'ai gagné à six années de captivité en Angleterre. Sachez maintenant pourquoi je suis venu à Paris. Je cherche un agent qui me seconde dans une entreprise intéressant l'Empereur. On m'a dit qu'au café du Grand Homme je trouverais un choix de ses vieux officiers dont il n'est pas un qui ne doive m'inspirer confiance. Je les ai tous étudiés ; c'est vous qui convenez le mieux à mes desseins.

Je le remerciai du compliment, puis :

— Que désirez-vous de moi ? lui demandai-je.

— Simplement que vous me teniez compagnie pendant quelques mois. Je dois vous dire qu'une fois rendu à la liberté je me suis établi en Angleterre. J'y ai pris femme ; aujourd'hui, j'y commande un petit navire marchand, avec lequel j'ai déjà fait plusieurs voyages de Southampton à la côte de Guinée. Les Anglais me considèrent comme un de leurs compatriotes. Vous comprenez cependant qu'avec mes sentiments pour l'Empereur je me trouve quelquefois bien seul, et que ce serait pour moi un agrément d'avoir un compagnon dont les pensées fussent en accord avec les miennes. On s'ennuie durant ces longues traversées. Et vous n'aurez pas perdu votre temps en partageant ma cabine.

Il me lorgnait de ses yeux finauds en dégoisant cet amphigouri ; je l'en payai d'un regard qui lui fit voir qu'il n'avait pas affaire à un imbécile.

— Voici cent livres d'or, reprit-il en exhibant un sac de toile. Avec cette somme, vous achèterez tout ce qu'il vous plaira pour le voyage. Si vous m'en croyez, d'ailleurs, vous ferez vos emplettes à Southampton, d'où nous partons dans dix jours. Mon navire s'appelle le Black Swan. Je regagne demain Southampton. J'espère vous y revoir dans le courant de la semaine prochaine.

— Allons, soyez franc ! Où prétendez-vous m'emmener ? dis-je.

— Vous ai-je caché que votre destination fût la côte de Guinée, en Afrique ?

— Mais en quoi ce voyage peut-il servir hautement les intérêts de l'Empereur ?

— Vous les servirez vous-même en vous abstenant de toute question indiscrète et en m'épargnant l'indiscrétion d'y répondre.

Ce mot, prononcé d'un ton bref, mit fin à notre conversation, dont je crois bien que, rentré chez moi, la réalité m'eût semblé sujette à caution si le sac d'or ne m'eût prouvé que je n'avais pas fait un rêve.

Tout m'engageait à pousser jusqu'au bout l'aventure. Je partis donc la semaine d'après pour l'Angleterre et passai de Saint-Malo à Southampton, où je n'eus qu'à m'informer sur le quai pour trouver sans peine le Black Swan. C'était un charmant petit navire, de l'espèce qu'on nomme brick, ainsi que je l'appris dans la suite. Le capitaine Fourneau se trouvait sur le pont, où allaient et venaient sept ou huit gaillards de rude mine, qui s'occupaient à tout mettre en ordre pour l'appareillage. Sitôt qu'il m'eut souhaité la bienvenue, il me fit descendre dans sa cabine.

— Ici, me dit-il, vous n'êtes plus que M. Gérard, insulaire de la Manche. Je vous saurai gré d'oublier vos façons militaires, et plus particulièrement de ne pas promener sur mon pont ces allures fendantes qui peuvent être de mise dans la cavalerie. J'ajoute qu'une barbe serait d'un effet plus marin que vos moustaches.

De telles paroles m'emplirent d'horreur. Mais, en définitive, qu'importait ? Il n'y a pas de dames en haute mer. Le capitaine sonna ; un homme parut sur le seuil de la cabine.

— Gustave, lui dit le capitaine, je recommande à vos bons soins mon ami M. Étienne Gérard, qui fait avec nous le voyage.

VIII – La dernière aventure du brigadier

Puis, se tournant vers moi :

— Voici mon commis aux vivres, mon steward comme nous disons dans la marine anglaise, Gustave Kérouan, un Breton, entre les mains de qui vous pouvez être tranquille.

Ce steward, avec ses yeux durs et son visage renfrogné, avait un air bien martial pour un emploi si pacifique. Je ne dis rien, mais vous pensez si je fus sur mes gardes.

On m'avait aménagé une cabine près de celle du capitaine, et elle m'eût semblé assez confortable sans l'extraordinaire splendeur du logement de Fourneau. Cet homme aimait évidemment le luxe. Sa chambre, tendue à neuf d'un velours rehaussé d'argent, eût convenu au yacht d'un noble plutôt qu'à un petit navire faisant le commerce avec la côte occidentale d'Afrique. C'était l'avis du lieutenant, M. Burns, qui ne pouvait cacher son ironie et son mépris chaque fois qu'en passant il la regardait. Cet individu, un gros Anglais solide, à cheveux carotte, occupait l'autre cabine attenante à celle du capitaine. Il y avait un second lieutenant nommé Turner, qui logeait au milieu du navire. Neuf matelots et un mousse composaient l'équipage. Sur les neuf matelots, trois étaient, comme moi, des insulaires de la Manche. Burns, le second lieutenant, qui me donna ce détail, était fort curieux de savoir pourquoi j'entreprenais la traversée.

— Pour mon plaisir, lui dis-je.

Il ouvrit de grands yeux.

— Avez-vous jamais été à la Côte Occidentale ?

Sur ma réponse négative :

— Je m'en doutais, fit-il. Quand on y revient, ce n'est pas pour son plaisir.

Trois jours après mon arrivée, on défit les amarres qui retenaient le navire, et nous prîmes le large. Je n'ai jamais été qu'un marin médiocre : la terre avait depuis longtemps disparu quand je fus en état de me hasarder sur le pont. Enfin, le cinquième jour, ayant bu le potage que m'apportait le bon Kérouan, je sortis de mon cadre, non sans peine, et je montai l'escalier. L'air frais me ranima. Dès lors, petit à petit, je m'accoutumai au mouvement du bateau. Ma barbe commençait à croître. J'aurais, d'aventure, fait ma carrière dans la marine que j'y aurais certainement déployé autant de mérites que dans l'armée. J'appris à tirer les cordes pour hisser les voiles, et aussi à pousser au cabestan. Mais ma principale fonction était de jouer à l'écarté avec le capitaine Fourneau et de lui tenir compagnie.

Ne vous étonnez pas qu'il manquât de société : ses deux lieutenants, si bons marins qu'ils fussent, ne savaient ni lire ni écrire. Je me demande comment nous aurions retrouvé notre route sur l'immensité des eaux si par malheur il avait été frappé de mort subite ; car lui seul possédait les connaissances nécessaires pour marquer notre position sur la carte. Cette carte était fixée au mur de sa cabine ; chaque jour il y marquait la place où nous étions ; et nous pouvions, ainsi, d'un coup d'œil, mesurer la distance qui nous séparait encore de notre destination. La justesse de ses calculs tenait du prodige : un matin, par exemple, il nous dit que nous apercevrions le soir le feu du Cap-Vert ; effectivement, à la tombée de la nuit, nous le découvrîmes sur notre gauche. Le lendemain, la terre avait fui de nouveau ; Burns, le premier lieutenant, m'expliqua que nous ne la reverrions plus jusqu'au jour où nous entrerions au port dans le golfe de Biafra.

Nous faisions route au sud, par vent favorable. Chaque jour, sur la carte, l'épingle se rapprochait davantage de la côte africaine. Il était dit que nous allions chercher de l'huile de palme, échange de ce que nous portions et qui consistait en cotonnades de couleur, en vieux fusils, en pacotille de toute nature comme en vendent aux sauvages les marchands anglais.

Mais le vent qui nous avait accompagnés jusque-là étant venu à faiblir, nous dérivâmes plusieurs jours sur une mer plate, sous un soleil qui faisait bouillonner la poix entre les planches du pont. Nous ne cessions pas de tourner les voiles d'un côté, puis d'un autre, pour saisir le moindre souffle qui passait ; si bien qu'enfin nous parvînmes à sortir de cette zone de calme et, sous la poussée d'une forte brise, nous recommençâmes à courir au sud. D'innombrables poissons volants rendaient la mer vivante autour de nous.

Burns montrait depuis quelques jours un certain malaise. La main posée en abat-jour au-dessus des yeux, il fouillait continuellement l'horizon, comme s'il eût cherché la terre. Je le surpris deux fois, dans la cabine du capitaine, à contempler, de si près qu'il la touchait presque du front, cette carte où l'épingle avançait toujours vers la côte d'Afrique sans jamais l'atteindre.

Un soir, comme le capitaine Fourneau et moi jouions notre éternel écarté, le lieutenant entra. Son visage hâlé avait une expression de colère.

— Je vous demande pardon, capitaine Fourneau, dit-il ; mais dans quelle direction pensez-vous que gouverne l'homme de barre ?

VIII – La dernière aventure du brigadier

— Plein sud, répondit le capitaine sans daigner lever les yeux.

— Quand c'est plein est qu'il devrait gouverner !

— D'où tirez-vous cela ?

Le lieutenant fit entendre un grognement de mauvaise humeur.

— Je n'ai pas beaucoup d'éducation, répliqua-t-il ; mais permettez-moi de vous dire, capitaine, que, dès l'âge de dix ans, je naviguais dans ces eaux. Je reconnais la ligne quand j'y suis, je reconnais la zone des calmes et je sais dans quelle direction se trouvent les rivières d'huile. Nous sommes pour le moment au sud de la ligne, nous devrions faire route à l'est et non au sud si le port que vous cherchez est bien celui où vous envoient les armateurs.

Le capitaine posa son jeu.

— Excusez-moi, monsieur Gérard, me dit-il. Veuillez seulement vous rappeler que c'est moi qui ai la main.

Puis, s'adressant au lieutenant :

— Venez, monsieur Burns, je vais vous donner devant la carte une leçon de navigation pratique. Voici la direction des alizés, voici la ligne, voici le port où nous voulons arriver, et voici enfin un homme qui entend être le maître à bord de son navire.

Ainsi parlant, il saisit le malheureux à la gorge et le serra si fort qu'il le rendit à peu près insensible. Kérouan s'était précipité dans la cabine. Il tenait une corde. En un instant, Burns se trouva bâillonné, ligoté, réduit à l'impuissance.

— Un de nos Français tient la barre, dit le steward. Nous ne ferions pas mal d'envoyer le lieutenant par-dessus bord.

— Ce serait plus sage, dit le capitaine Fourneau.

Je n'en pus supporter davantage ; rien ne me ferait admettre qu'on tuât un homme sans défense. Sur mon intervention, le capitaine finit par consentir de mauvaise grâce à épargner son lieutenant. Nous le transportâmes dans la cale, derrière le grand mât, sous la cabine, et nous l'y déposâmes entre des ballots de cotonnades de Manchester.

— Pas la peine de refermer l'écoutille, fit le capitaine. Gustave, allez me chercher M. Turner, j'ai deux mots à lui dire.

Le second lieutenant entra sans méfiance. En un clin d'œil il fut ficelé, bâillonné comme l'avait été Burns, puis descendu dans la cale et déposé à côté de son camarade. Après quoi l'écoutille fut refermée.

— Ce rousseau m'a forcé la main, dit le capitaine, j'ai dû, plus tôt que je ne voulais, faire éclater ma mine. D'ailleurs, ce n'est qu'un petit accroc à nos plans, ils n'auront pas trop à en souffrir. Kérouan, prenez un barillet de rhum, remettez-le en mon nom à l'équipage, qu'il le boive à ma santé en l'honneur du passage de la ligne, il n'en demandera pas plus. Quant à nos hommes vous les mènerez à la cambuse, de façon que nous puissions être sûrs d'eux en temps utile. Maintenant, colonel Gérard, reprenez votre titre et, s'il vous plaît, revenons à notre écarté.

Ce fut une de ces minutes que je n'oublie guère. À peine venait-il de se manifester sous un aspect si redoutable, le capitaine battait les cartes, coupait, distribuait, jouait comme au café.

D'en bas nous arrivaient les plaintes inarticulées des deux lieutenants, à demi-étouffées par les mouchoirs qui leur recouvraient la bouche.

Dehors, les couples du navire craquaient, les voiles ronflaient sous les efforts violents de la brise. Nous entendions, mêlés au sifflement du vent, au clapotis des vagues, les cris des Anglais défonçant le baril de rhum.

Nous jouâmes une douzaine de parties, puis le capitaine se leva.

— Là ! dit-il, je crois qu'à présent ils sont mûrs.

Tirant deux pistolets d'une armoire, il m'en remit un.

Mais nous n'avions pas à craindre de résistance, il n'y avait personne en état de nous tenir tête. Soldat ou marin, l'Anglais de ce temps était un ivrogne incorrigible. Bon et brave à l'ordinaire, il perdait l'esprit dès qu'il avait à boire ; rien ne le retenait plus. Dans la demi-obscurité du réduit qui leur servait de tanière, cinq hommes ivres-morts et deux autres hurlant, blasphémant, chantant, se trémoussant comme des fous, représentaient tout l'équipage anglais du Black Swan.

Le steward avait apporté des cordes. Avec l'aide de deux marins français, le troisième ayant pris la barre, nous nous assurâmes de nos ivrognes, nous les entortillâmes de telle sorte qu'ils ne pouvaient plus ni parler ni faire un mouvement ; puis nous les plaçâmes dans la cale d'avant, comme nous avions mis leurs officiers dans celle d'arrière ; Kérouan fut chargé de leur donner, deux fois par jour, à manger et à boire. Nous étions désormais les seuls maîtres à bord du Black Swan. Je ne sais ce que nous aurions fait si le temps se fût gâté. Mais nous poursuivîmes gaiement notre route par un vent assez fort pour nous porter rapidement au sud sans toutefois nous causer d'alarmes.

VIII – La dernière aventure du brigadier

Le soir du troisième jour, je vis le capitaine Fourneau qui, perché sur le gaillard, observait attentivement quelque chose à l'avant du navire.

— Regardez, Gérard, regardez ! me cria-t-il.

Et il me désignait du doigt le lointain dans la direction du beaupré.

Tout à fait à l'horizon, là où se rencontraient le bleu tendre du ciel et le bleu profond de la mer, il y avait une espèce d'ombre assez pareille à un nuage, mais plus nette de forme.

— Qu'est-ce que cela ? criai-je au capitaine.

— La terre.

— Quelle terre ?

Et devinant la réponse, je prêtai, pour mieux l'entendre, les deux oreilles.

— Sainte-Hélène !

Elle était donc là, l'île de mes rêves ! Elle était là, cette cage où l'on emprisonnait l'Aigle de France ! Tant de milles marins n'avaient pas suffi à retenir Étienne Gérard loin du maître qu'il aimait ! Ce rivage qui ne faisait encore qu'une tache noire sur le bleu sombre de la mer, c'était le séjour de Napoléon ! Je le dévorais des yeux. Mon âme, devançant le navire, volait vers le captif. Elle s'en allait lui dire qu'on ne l'oubliait pas, qu'après tant de jours un de ses fidèles serviteurs revenait à son côté... De minute en minute, la tache noire au-dessus de l'eau devenait plus claire et plus précise. Je ne tardai pas à reconnaître une île montagneuse.

La nuit tombait. Cependant, agenouillé sur le pont, je ne détachais plus mes yeux de la place, gagnée par les ténèbres où je savais qu'était l'Empereur. Une heure passa, puis une autre. Soudain, une petite lumière dorée se mit à briller juste en face de nous : sans doute la lumière de quelque maison, et peut-être la sienne. Elle ne pouvait plus être éloignée que d'un ou deux milles. Ah ! comme je tendis les mains vers elle, de pauvres mains qui n'étaient que celles d'Étienne Gérard, mais tendues pour la France entière !

Nous avions éteint tous les feux du bord. Sous la direction du capitaine, nous halâmes une corde, ce qui fit tourner je ne sais quoi dans la mâture, et le navire s'arrêta. Alors, le capitaine me pria de descendre dans sa cabine.

— Vous comprenez tout, à présent, colonel Gérard, me dit-il, et vous me pardonnerez de ne vous avoir pas mis complètement dans ma confidence. C'est une de ces affaires où je ne me confie à personne. Il y a longtemps que je projette de délivrer l'Empereur. Et voilà pourquoi je suis resté en Angleterre, pourquoi j'y ai pris du service dans la marine marchande. Tout a marché selon mes souhaits. Après plusieurs voyages heureux sur la côte occidentale d'Afrique, j'ai sans difficulté obtenu le commandement de ce navire. J'ai adjoint, un par un, à mon équipage, quelques anciens matelots de la flotte française. En prévision d'une lutte à soutenir, j'ai voulu m'assurer avec vous le secours d'un soldat éprouvé ; sans compter que je désirais fournir à l'Empereur, afin de lui abréger les longueurs du retour, un compagnon à sa convenance. J'ai fait approprier pour lui ma cabine. J'espère qu'il l'occupera demain et que nous serons loin déjà de cette île maudite.

Vous jugez quelle fut mon émotion, mes amis, en entendant ces paroles. J'embrassai le vaillant capitaine, je le suppliai de me dire en quoi je pouvais le seconder.

— Il faut, me dit-il, que je m'en remette à vous du reste de l'entreprise. Je serais, si je le pouvais, le premier à courir vers l'Empereur et à lui rendre hommage. Mais je dois m'interdire cette imprudence. Le baromètre baisse ; une tempête s'annonce, nous avons la terre sous le vent. De plus, trois navires anglais croisent dans les parages de l'île, ils peuvent tomber sur nous d'un instant à l'autre. C'est donc à moi de garder le navire et à vous d'aller chercher l'Empereur.

Un frémissement me traversa.

— Donnez-moi vos instructions ! m'écriai-je.

— Je ne dispose pour vous que d'un seul homme, car j'ai déjà bien du mal à manœuvrer les vergues. J'ai fait parer une chaloupe : cet homme va vous conduire à terre, il attendra votre retour. La lumière que vous voyez est celle de Longwood. Nous n'avons là que des amis, vous pouvez compter sur eux pour favoriser la fuite de l'Empereur. Sans doute il y a un cordon de sentinelles anglaises, mais à bonne distance. Une fois entré dans la maison, vous informerez l'Empereur de nos projets, vous le guiderez jusqu'à la chaloupe et vous l'amènerez ici.

L'Empereur lui-même ne m'eût pas donné ses instructions d'une façon plus brève et plus claire. La chaloupe m'attendait, je n'avais pas une minute à perdre. J'y pris place, le matelot qui m'accompagnait saisit les rames, et nous poussâmes vers le rivage. L'esquif dansait sur l'eau ; mais devant moi tremblait toujours la lumière de Longwood, la lumière de l'Empereur, étoile d'espérance !

VIII – La dernière aventure du brigadier

Bientôt notre quille racla les galets de la plage. C'était une anse déserte, aucune sentinelle ne troubla notre venue. Laissant le matelot près de la chaloupe, je commençai à gravir la pente d'une colline. Un sentier de chèvre serpentait au milieu des rocs ; je trouvai donc facilement mon chemin. Au reste, il va de soi qu'à Sainte-Hélène tous les chemins menaient chez l'Empereur.

J'arrivai à une barrière. Pas de factionnaire à la porte. Je passai. Après cette barrière, j'en trouvai une seconde. Et toujours pas de factionnaire. Je me demandai ce qu'était devenu le cordon de sentinelles dont m'avait parlé Fourneau. Je n'avais pas à monter plus haut : la lumière brûlait juste en face de moi. Je me cachai, je promenai mes yeux de tous les côtés, mais nulle part je ne vis trace de l'ennemi.

Comme je m'approchais, la maison m'apparut dans son ensemble. C'était une bâtisse longue et basse, ornée d'une véranda. Un homme faisait les cent pas dans le sentier, près de l'entrée. Je me mis à ramper vers lui et je le regardai. Était-ce Hudson Lowe ? Quel triomphe, si du même coup, je délivrais et vengeais l'Empereur ! Mais sans doute n'avais-je affaire qu'à une sentinelle anglaise.

Je continuai d'avancer au ras du sol. L'homme s'arrêta devant la fenêtre éclairée, de sorte que je pus le voir. Non, ce n'était pas une sentinelle, c'était un prêtre. Que faisait-il en ce lieu, sur les deux heures du matin ? S'il était français et qu'il appartînt à la maison, je pouvais me fier à lui. S'il était anglais, je devais craindre qu'il ne ruinât mes plans.

J'avançai de nouveau, toujours rampant. À ce moment, le prêtre poussa la porte, un flot de lumière coula au dehors. Je n'avais plus que le temps d'agir. Courbé en deux, je partis en courant vers la fenêtre, puis je levai la tête et plongeai le regard à l'intérieur.

L'Empereur était là, couché tout de son long, mort !

Je m'affaissai sur le sable de l'allée, sans connaissance, comme frappé au cœur par une balle. La commotion avait été si violente que je m'étonne encore d'y avoir survécu. Pourtant, une demi-heure après, debout et me tenant à peine, tremblant de tous mes membres, claquant des dents, je contemplais avec une fixité de fou cette chambre funéraire.

On avait mis l'Empereur au centre de la pièce, sur un lit de camp. Ses traits calmes, apaisés, majestueux, gardaient cette expression de force sereine qui nous illuminait le cœur aux jours de bataille. Ses lèvres pâles souriaient à demi ; ses yeux entr'ouverts semblaient tournés vers les miens. Il avait grossi depuis que je l'avais vu pour la dernière fois à Waterloo, et sa physionomie s'était beaucoup adoucie. À ses côtés brûlait une double rangée de cierges : c'était là le phare qui nous avait souhaité la bienvenue en mer, qui m'avait guidé sur les eaux, que j'avais salué comme l'astre de mes espérances !

Petit à petit, je m'aperçus vaguement que des gens étaient en prières dans la chambre : Bertrand et sa femme, Montholon, le prêtre... Aucune ne manquait, de la petite cour qui avait partagé la fortune du proscrit. J'aurais voulu prier, moi aussi ; mais pour prier j'avais le cœur trop gonflé d'amertume.

Il me fallait d'ailleurs repartir. Cependant pouvais-je quitter l'Empereur sans qu'il eût un signe de ma présence ? Au risque d'être vu, je me dressai devant mon chef mort, et, les talons joints, pour le suprême adieu, je lui fis le salut militaire.

Puis, me retournant, je m'enfuis dans les ténèbres, poursuivi par la vision de ces yeux gris qui ne bougeaient plus et de ces pâles lèvres souriantes.

Il me semblait n'avoir laissé qu'un instant la chaloupe ; le matelot qui m'avait amené me dit qu'il y avait des heures. Je n'aurais pas pris garde, s'il ne m'en avait fait l'observation, que le vent de mer commençait à souffler en rafale et que les vagues mugissaient dans la baie. Deux fois il essaya de pousser notre petit esquif à travers les lames, deux fois elles le rejetèrent sur le sable. La troisième fois, une grosse vague l'emplit et creva le fond. Nous dûmes nous résigner à attendre l'aube. Quand elle se leva, elle éclaira une mer déchaînée sur laquelle fuyaient des averses. Le Black Swan avait disparu. Nous gravîmes la colline. Si loin que notre regard explorât l'immensité battue par la tempête, c'est en vain que nous y cherchâmes la blancheur d'une voile. Le navire avait-il coulé ? Était-il retombé au pouvoir de son équipage anglais ? Que sera-t-il devenu ? Je l'ignore.

Je n'ai jamais revu le capitaine Fourneau pour lui rendre compte de ma mission. En nous livrant aux Anglais, le matelot et moi, nous nous donnâmes comme les survivants d'un bateau perdu, ce qui n'était pas un mensonge. Les officiers de l'île me reçurent et me traitèrent avec cette générosité que j'ai toujours rencontrée dans l'armée britannique. Mais bien des mois s'écoulèrent avant qu'il me fût possible de me rembarquer pour le cher pays loin duquel un vrai Français comme moi ne connaît point de félicité.

Et maintenant que je vous ai dit comment je pris congé de mon maître, je prends congé de vous, mes amis, qui avez écouté avec tant de patience les interminables récits d'un soldat tout cassé par l'âge.

VIII – La dernière aventure du brigadier

Vous avez, à ma suite, parcouru l'Italie, la Russie, l'Allemagne, l'Espagne, le Portugal, l'Angleterre ; vous avez pu, à travers mes yeux affaiblis, entrevoir une éblouissante époque ; j'ai projeté devant vous l'ombre des hommes dont le pas faisait trembler la terre. Gardez au fond de vous-mêmes le trésor que j'y ai déposé ; repassez-le à vos enfants. Une nation n'a pas de bien plus précieux que le souvenir de ses grands hommes. De même que les feuilles dont il se dépouille contribuent à nourrir l'arbre, ainsi les jours morts et les héros évanouis engendrent d'autres floraisons de héros, de législateurs et de sages.

Je m'en retourne en Gascogne ; mais que nos entretiens persistent dans vos mémoires, et, peut-être, longtemps après qu'on m'aura oublié, un cœur sera-t-il réchauffé, une âme raffermie, par l'écho d'une de mes paroles.

Messieurs, un vieux soldat vous salue et vous dit adieu.

FIN